까마귀가 쓴 글

국립중앙도서관 출판시도서목록(CIP)

까마귀가 쓴 글 : 김현영 소설집 / 김현영 지음.
— 서울 : 문학동네, 2003
　p. ;　　cm

ISBN　89-8281-719-0 03810 : ₩8500

813.6-KDC4
895.735-DDC21　　　　　CIP2003000971

까마귀가 쓴 글

김현영 소설

문학동네

차례

꽃 핀 아몬드 나뭇가지

피범벅이 된 손으로 시민 K의 옷자락을 움켜쥐며 약혼자가 말했다. 그러나 그 순간에 시민 K가 들은 소리는 약혼자의 음성이 아니었다. 그 순간, 그녀는 자신의 머릿속을 꽉 채우고 있는 그 그림처럼 창 밖의 꽃봉오리들이 일제히 폭발하는 소리를 들었다. 세상에 대해 방화라도 저지르듯이.

휴일 아침, 시민 K는 폭발음과도 같은 재채기를 터뜨리며 눈을 떴다. 재채기가 얼마나 심했던지 그녀는 전신을 애벌레처럼 뚤뚤 만 채 침대 아래로 굴러떨어졌다. 시민 K의 침대 주위로는 부연 먼지가 마치 일용할 양식이라도 되는 양 뻔뻔스럽게 부유하고 있었다. 시민 K의 재채기 소리를 '에이—취'로 표기할 수 있다면 그녀는 '에이' 하면서 그놈의 일용한 양식을 들이마신 것이었으며 '취'를 내뱉음과 동시에 재빨리 그것을 모두 게위낸 셈이었다. 제아무리 일용한 양식이라고 한들 취하지 않아도 좋은 권리가, 그 정도 권리쯤은 시민 K에게도 있었다. 그러나, 늘 그렇듯이, 권리를 주장하기란 쉬운 일이 아니었다. '취'를 발음한 대가로 그녀는 함부로 침대 밑으로 내던져지는 형벌을 받았던 것이다.

그날 아침은 시민 K에게 결코 특별한 날이 아니었다. 언제나처럼 먼지 입자들은 그녀의 상상력을 조롱하기라도 하듯 허공을 스케치북

삼아 뻔한 추상화를 그려대고 있었다. 그러나, 재채기는 달랐다. 항상 오합지졸처럼 떠돌아다니던 먼지가 그날 아침, 갑자기, 숙련된 스파이처럼 그녀의 허파 속으로 잠입했던 것이다. 그리고는 아직 그녀 자신도 들여다보지 못한 그곳에서 테러를 저질렀던 것이다.

이제 시민 K의 눈에는 먼지가 뻔한 추상화로 보이지 않았다. 그것은 어쩌면 지옥에서 보내온 전언일지도 몰랐다. 그녀는 세상의 모든 경고를 무시할 수가 없었다. 한 도시의 시민으로서 시민 K가 그 정도 의무감을 갖는 건 당연했다.

시민 K는 아직도 잠이 붙어 있는 눈을 억지로 벌려가며 먼지의 행방을 좇았다. 다른 날보다도 먼지의 양이 현저하게 많다는 사실을 알 수 있었다. 평상시보다 증가한 먼지, 바로 그 늘어난 양만큼이 자신에게 보내진 지옥의 전언임을, 자신을 습격한 테러리스트임을 시민 K는 깨달았다.

시민 K는 요 며칠 계속 불었던 황사바람을 떠올렸다. 퇴근 후 집에 돌아왔을 때 집 안을 온통 뒤덮고 있던 미세한 모래 알갱이들. 황사가 지나간 날이면 어김없이 그랬다. 문이란 문은 죄다 꽁꽁 닫아두었음에도 불구하고 그것들은 용케 틈을 찾아내서 집 안을 난장판으로 만들곤 했던 것이다. '황사가 심한 날은 외출을 삼가시오'라고 매스미디어는 나름대로 경고 내지는 처방을 해주었지만 다 소용없는 일이었다. 집 안이라고 해서 결코 안전지대는 아니었던 것이다. 하나마나한 얘기를 지껄여대는 매스미디어는 소음의 또다른 이름일 뿐이었다.

"또 황산가? 지겹군……"

시민 K는 창 밖으로 시선을 돌리며 중얼거렸다. 중얼거렸다고는 하지만 자기 귀에도 안 들릴 정도로 작은 소리였다. 혼자 있으면서 굳이 큰 소리를 낼 까닭이 없는 것이다. 그녀가 제아무리 숨죽이고 살아도, 시끄러운, 나날이었다. 그런 세상에다가 자신의 하찮은 소음까지 보탠다는 건 시민으로서 양심이 허락지 않았다.

시민 K는 소음에 민감한 편이었다.

현재 그녀가 살고 있는 아파트는 이면도로 바로 옆에 있었다. 11평형부터 54평형까지 있는 아파트였다. 그녀의 집은 가장 작은 평수에 속해 있었으며 그곳은 단지 내에서 가장 시끄러운 장소였다. 대부분의 아파트 단지가 다 그렇듯이 말이다. 수도관 교체다, 케이블 공사다…… 수다한 명목 아래 이면도로는 수시로 뜯기고 수시로 봉인되었다. 그때마다 아스팔트를 뚫고 들어가는 굴착기 소음이 시민 K의 신경을 덩달아 헤집어놓곤 했다. 굴착기가 파헤치고 있는 것은 아스팔트가 아니라 자신의 늑골인 것만 같은 기분이었다. 아직 온기가 살아 있는 심장을 찾아 달빛에 몸을 적신 채 무덤을 파헤치는 구미호 같은 족속은 차라리 얼마나 낭만적인가. 하지만 현대판 구미호인 굴착기에게 그런 낭만 따위는 없었다. 백주에, 산 사람의 신경을 난도질하면서도 현대판 구미호는 뻔뻔하기만 했다. 그 모든 게 시민 K의 편의를 위해서라고 주장하기 때문이었다. 어쩌면 옳은 주장일지도 몰랐다. 수돗물을 쓰고 버리고, 티브이를 시청하고, 인터넷에 접속하고, 도시가스로 난방을 하는 생활을 유지하려면 그 정도 소음에는 너그러워져야 할 것이다. 시민 K의 생활은 분명 갖가지 편의시설을 기반으로 하고 있었다. 불편한 것은 단지 하나, 너무 편하다는 것, 그뿐이었다.

자신의 청각이 원래 그렇게 예민했는지, 후천적인 것이라면 도대체 언제부터 예민해진 것인지, 시민 K는 알 수 없었다. 특별히 민감한 사람이 아니더라도 견딜 수 없는 소음 속에서 살고 있는 건지 아닌지도 알 수 없었다. 하지만, 불편할 정도로 차고 넘치는 편의시설을 군소리 없이 누리려면 청각 따위는 버려야 한다는 생각을 한 적은 있었다. 귀가 먹는 것, 그거야말로 인간이 진화했다는 증거가 되지 않겠는가. 그러고 보면 황사바람이 심하게 불었던 지난 며칠이 그다지 나쁘지만은 않았다고 시민 K는 생각했다. 어쨌든 그 기간 동안에는 모든 공사가 전면 중단되었기 때문이다.

세상살이란 게 다 좋을 수도, 다 나쁠 수도 없는 일이다……

바로 어제, 반강제적으로 사직서를 쓰면서도 그렇게 스스로를 위로하던 시민 K였다. 비록 직장은 잃었지만 그녀는 곧 가정을 갖게 될 터였다. 좋지도, 나쁘지도 않은 일이었다.

시민 K의 눈앞으로 펼쳐진 하늘은, 투명했다. 나뭇가지가 좌우로 흔들리는 걸 보면 바람이 부는 모양이었지만 황사가 섞여 있는 것 같지는 않았다. 나뭇가지에는 자잘한 꽃망울들이 잔뜩 맺혀 있었다. 요 며칠간 계속된 황사바람 속에서였다면 결코 보이지 않았을, 꽃망울이었다.

"이 많은 먼지는 도대체 어떻게 된 거야?"

시민 K는 약간 짜증스런 어투로 마치 누군가에게 질문이라도 던지듯 목소리를 높였다. 하지만 그 질문을 듣고 있는 사람은 오로지 그녀뿐이었다. 따라서 그에 대한 답을 말해줄 사람도 오직 그녀뿐이었다. 그러나 그녀는 대답할 수 없었다. 평상시보다 훨씬 늘어난 먼지의 정체에 대해서. 시민 K는 오로지 황사바람에다 모든 혐의를 두었다. 하지만 이제 그건 잘못된 추리였음이 밝혀졌다. 새로운 가설을 세우고 증거를 수집해야 마땅했지만 그녀는 어쩐지 무기력할 따름이었다. 휴일 아침이어서가 아니었다. 오 년이나 근무했던 직장에 사직서를 제출한 다음날이어서도 아니었다. 분명히 다른 이유가 있었다.

하지만 그때까지도 시민 K는 전혀 눈치채지 못하고 있었다.

자동차 모양을 한 투명 전화기에서 주황색 할로겐 램프가 깜빡거리기 시작했다. 시민 K에게 전화가 걸려온 것이다. 그녀가 조간신문의 사회면을 읽고 있을 때였다. 하지만 벨소리는 들리지 않았다. 전화벨의 볼륨을 아예 제로에 고정시켜두었기 때문이다. 그녀는 자기가 할 수 있는 선에서라면 최선을 다해 소음을 줄이려고 애쓰는 양심적인 시민이었다. 연쇄 방화범 검거. 사회면 헤드라인이었다. 할로겐 램프에서 새어나온 빛이 '방화'라는 글자에 불을 지르고 있었다. 시민 K는 그토록 고요하게, 그러나 화염처럼 강렬하게 자신을 찾고 있는 발신자와 통화하기 위해 수화기를 집어들었다.

"네."

시민 K의 입에서 나온 말은 '여보세요'도 아니고 '헬로'도 아니었다. '알루'나 '모시모시'도 아니었다. 그녀는 간단하게, 한 음절로, '네'라고만 대답했다. 어차피 모두 같은 뜻을 담고 있는 단어라면 가장 짧게, 경제적으로, 그것을 부릴 권리와 의무가 시민 K에게는 있었다.

"……"

그러나 익명의 발신자는 아무런 응답도 하지 않았다. 그렇다고 먼저 전화를 끊는 것도 아니었다. 수화기 저편에서는 어떤 소리도 들리지 않았다. 색깔에도 소리가 있다면 거기에는 오직 녹슨 구릿빛 같은 소리만이 가득 차 있었다. 들을 수는 없고 볼 수만 있는, 이상한 소리였다.

"여보세요."

"……"

"○○동입니다."

"……"

"말씀하세요."

"……"

"여보세욧!"

"……"

　시민 K로서는 같은 뜻을 가진 서로 다른 말들을 그토록 다양하게 구사해보기는 그때가 처음이었다. 하지만 그녀의 노력에도 불구하고 익명의 발신자는 완강한 침묵으로 그녀의 성의를 철저히 무시했다. 그것은 소리없는 소음이었다. 우정의 이름으로 악수를 청하는 자의 손안에 숨겨진 몰염치한 면도날이었다. 시민 K는 마침내 수화기를 내려놓고야 말았다.

　수화기를 내려놓기가 무섭게 할로겐 램프가 다시 발광하기 시작했다. 하지만 익명의 발신자는 이번에도 침묵으로 일관할 뿐이었다. 시민 K 역시 더이상 대꾸하지 않았다. 그저 조용히 전화를 끊어버렸다. 상대방은 그러나 집요했다. 전화는 계속해서 걸려왔다. 자동차 모양을 한 전화기는 도로교통법 따위는 안중에도 없다는 듯 제멋대로 질주하고 있었다. 토마토처럼 시민 K를 으깨버릴 생각인지도 몰랐다. 그것은, 붉은 눈의 미치광이였다. 그녀는 단호하게, 살인자의 눈을 찌르는 심정으로, 전화기 코드를 뽑아버렸다.

　시민 K는 읽다 만 신문을 다시 펼쳐들었다. '방화'라는 글자는 이제 더이상 주황색으로 물들지 않았다. 타다 남은 잔해와도 같은 시커

먼 글자들을 그녀는 천천히 읽기 시작했다.

방화범은 삼십대 중반의 남자였다. 직장에서 해고당한 데 대한 분풀이로 밤마다 불을 지르고 다녔다는 것이다. 시민 K는 아직까지 한 번도 방화의 욕구를 느껴본 적이 없었다. 불을 지르고 싶기는커녕 성냥불을 켜는 것조차 능숙하게 하지 못했다.

시민 K가 초등학교에 다닐 적에는 '실과'라는 과목이 있었다. 어느 해 실과시간, 성냥불 켜기를 실기시험이랍시고 치른 적이 있었다. 그녀가 준비한 성냥갑에는 날개 달린 사자가 그려져 있었다. 차례가 되자 그녀는 다른 아이들처럼 성냥개비 한 개를 꺼내들었다. 그 자체로는 아무 위협이 되지 않는, 한 마리의 사자를. 잠든 사자를 깨우는 건 어려운 일이 아니었다. 성냥갑 표면에 부착된 적린(赤燐)과 성냥개비를 마찰시키기만 하면 되었던 것이다. 하지만 그 시험을 통해 평가받는 것은 단지 불을 붙일 수 있는가 없는가가 아니었다. 불을 붙이긴 붙이되 바르게 성냥을 긋는 방법도 숙지하고 있어야 했다. 자신의 가슴 쪽에서부터 바깥쪽을 향해 성냥을 그을 것. 바른 방법이란 그것이었다. 성냥갑에 붙은 적린을 향해 시민 K는 잠자는 사자의 머리통을 날렸다. 이미 시험을 치른 다른 아이들과 마찬가지로. 이제 곧 그녀의 사자도 불꽃 같은 갈기를 흔들며 잠에서 깨어날 터였다. 그러나, 그러나 어쩐 일인지 시민 K는 그렇게도 간단한 그것을 차마 할 수가 없었다. 성냥을 바깥쪽으로 그으면 당장에 교실이 화염에 휩싸일 것만 같았다. 자기 쪽으로 긋는다 해도 그 또한 아무 명분 없는 분신 자살을 감행하는 것밖에는 되지 않았다. 아직 불도 붙지 않은 성냥개비를 손에 쥔 채, 오직 방화의 가능성만 가지고도 시민 K는 겁에 질렸던 것이다. 만약에 곤히 잠든 사자에게 잡아먹힐 정도로 어리석은 사람이 있다면 그 순간의 그녀야말로 바로 그런 사람이었다.

실기시험이 있던 그날, 아이들은 곳곳에 모여 떳떳하게 불장난을 했다. 아니, 그것은 더이상 불장난이 아니었다. 그것은 성실한 학생들의 복습 행위였다. 적어도 그날만큼은.

신문 기사에 의하면 방화범은 S동에서만 무려 열한 번이나 불을 질렀다. 직장에서 해고당한 데 대한 분풀이였다고 한다. 하지만 그에게 내려진 해고통지가 부당한지 아닌지, 부당했다면 방화의 책임을 그 혼자 지는 게 과연 공정한 것인지, 어떤 큰 사건의 원인을 단지 분풀이로 해석하는 게 옳은 일인지, 그는 왜 그런 식으로 분풀이를 해야 했는지…… 등등, 시민 K가 진정으로 알고 싶은 사안에 대해서는 아무 말도 없었다. 그런 것들을 전하는 대신에 범인 검거 후, 그 동안 공포에 떨었던 주민들의 반응을 짧게 스케치하는 것으로 기사는 마무리되고 있었다.

시민 K는 자기도 모르게 양미간을 잔뜩 구기고 있었다. 방화범과 마찬가지로 그녀는 실업자였던 것이다. 물론 시민 K는 실직한 지 만 하루도 되지 않은 '초짜'였다. 게다가 방화는커녕 성냥불도 제대로 못 켜는 처지였다. 하지만 누군들 태어날 때부터 방화범이었겠는가. 그건 어디까지나 제도교육의 결과일 뿐이었다. 시민 K가 불지르는 법을 배운 곳은 바로 학교였다. 바깥쪽으로 성냥을 그으라고, 그게 옳은 방법이라고, 분명히 그녀는 그렇게 배웠다. 그러므로 제도교육을 받은 사람이라면 누구나 잠재적인 방화범이기도 한 것이다. 앞으로 시민 K가 어떻게 될지는 그녀 자신도 모르는 일이었다.

체머리를 흔들며 시민 K는 신문을 접었다. 방화범이 잡혔든 도망 갔든 어쨌거나 오늘은 휴일이었다. 오늘부터 계속될 휴일이기는 하지만 다르게 생각하면 오늘은 또한 직장인으로서 그녀가 누릴 수 있는 마지막 휴일이기도 했다. 대학 졸업 후 지금까지 오 년이나 근무했던 그곳에서 그녀는 분명히 어제까지 근무했다. 어제까지 일했다면 오늘은, 적어도 오늘만큼은, 직장인으로서 즐기는 휴일이어야 했다. 그 무엇의 방해도 받아서는 안 되는 소중한 날이었다.

그러고 보니 오늘 아침은 그 어느 날보다도 고요했다. 좀 전에 신문을 접을 때도 아무 소리가 나지 않았다는 사실을 시민 K는 그제야 깨달았다.

쉴새없이 이면도로를 왕래하던 자동차들의 엔진 소리, 경적 소리, 트럭을 몰고 다니는 현대판 보부상들의 호객 소리, 엘리베이터가 상승하고 하강할 때마다 들리던 굉음, 육중한 철문을 여닫는 소리, 전시 상황에서의 경보처럼 갑작스럽고도 잦았던 아파트 관리사무소의 공지 방송, 시도 때도 없이 울리는 초인종, 아파트 내부에 복잡하게 얽혀 있는 여러 가지 파이프를 타고 잠입했던 소음들—변기 물 내리는 소리, 렌지 후드가 작동하는 소리, 수돗물 트는 소리 등등—말기 암 환자처럼 고통스럽게 끅끅거리던 오래된 냉장고의 작동음, 전화벨, 형광등 수은이 타는 소리…… 언제나 시민 K와 함께했던 소음들, 그녀의 현관 속에서 피톨처럼 당연하게 흐르던 그 소리들이 전혀 들리지 않았던 것이다.

그것은 시민 K가 늘 꿈꾸던 아침이었다. 하지만 그 꿈이 실현되리라고 생각한 적은 단 한 번도 없었다. 소리에, 소음에 진절머리를 내긴 했지만 그건 이미 그녀 삶의 일부였고 그녀의 육체에 저장된 새로운 유전자였다. 소음에 대한 거부는 어떤 의미에서 자신의 존재를 부정하는 것과도 같았다. 고요함으로 꽉 찬 아침을 맞이하기란 그녀가 갑자기 세계적인 슈퍼모델이 된다거나 삼십억원짜리 복권에 당첨되기보다 더 어려운 일이었다. 세상의 모든 소리가 사라질 확률은, 제로였다. 그래서 그녀는 꿈꾸었던 것이다. 완벽하게 불가능하기 때문에.

시민 K는 주먹으로 탁자를 두드려보았다. 주먹만 아팠지 소리는 나지 않았다. 그녀는 공연히 수도꼭지를 열고 물이 흐르는 걸 보았다. 물은 시원스레 흘러나왔지만 물 흐르는 소리는 없었다. 건드리기만 해도 음악과 잡담을 쏟아내야 할 라디오도 침묵하고 있었다. 창문을 향해 리모콘을 던져보기도 했지만 그것은 깃털처럼 가볍게 착지할 따름이었다. 소리가 없어지자 사물의 무게를 가늠할 수가 없었다. 모든 것이 다 가볍게만 보였다.

"아아아, 아아, 아에이오우……"

시민 K는 마이크 테스트라도 하듯 무의미한 단어들을 발음해보았다. 일상의 모든 소음이 일제히 시침을 뚝 떼고 있는 상황에서 어떤 소리건 낼 수 있는 사람은 자기 자신밖에 없었다. 아아아, 아아, 아에이오우…… 그녀가 뱉어낸 소리들이 고스란히 그녀의 귓속으로 귀가했다. 청각을 잃은 것은 아니었다. 그렇다면 소리가 사라진 게 분명했다. 그녀만을 놓아둔 채.

과연 이게 좋은 일인지 나쁜 일인지 시민 K는 얼른 판단할 수가 없었다. 확률 제로의 불가능한 꿈이 이루어진 지금, 분명 놀라운 순간이었다. 더구나 오늘은 그녀의 특별한 휴일이었다. 앞으로 계속될 그녀의 휴일에 대한 좋은 징조일지도 몰랐다. 하지만 혼자 남았다는 사실은 그렇게 간단한 문제가 아니었다. 모두가 망명을 떠난 땅에 혼자 남은 사람이 있다면 그가 있는 그곳이 바로 유배지인 것이다. 정작 추방당한 사람은 바로 그인 것이다.

또, 역시나, 좋지도 나쁘지도 않은 일이다……

시민 K는 사직서를 쓰던 그때 그 심정을 다시 불러들였다. 좋지도 나쁘지도 않은 일이 진짜로 있는지는 모르겠지만 어쨌든 그런 말이 있다는 건 정말 다행이었다.

물 속 같은 시간 속에서 시민 K는·유영하듯이 밥을 먹고 설거지를 하고 청소를 했다. 소리가 사라졌다고 해서 일상 자체가 모두 없어지는 건 아니었다. 여전히 시민 K는 배가 고팠고 가재도구는 날마다 새로운 먼지를 뒤집어쓰고 있었다. 하지만 어떤 일을 해도 그녀는 현실감을 느낄 수가 없었다. 사라진 건 단지 소리뿐인데도 그녀는 컵을 만지거나 걸레를 빠는 일조차 허공을 움켜쥐는 기분으로 해야 했다. 시민 K는 비누거품으로 만들어진 사람 같았다. 움직이면 움직일수록 가뭇없이 사라지는.

현실에 대한 구체적인 감각을 놓칠 때마다 시민 K는 입을 벌려 소리를 냈다. 왜 이런 일이 일어났는지는 모르겠지만 아무튼 그녀는 자신의 소리밖에 들을 수 없게 되었기 때문이다.

원맨쇼를 하듯이 시민 K는 다채로운 소리들을 내뱉었다. 수돗물을 틀고서는 '쏴아'를, 이를 닦으며 '치카치카'를, 청소기를 돌리며 '윙윙'을, 그릇을 닦으며 '달그락달그락'을…… 그렇게 소리를 내는 순간에만 그녀는 존재했다. 입을 다무는 순간 그녀는 죽은 것이었다. 입을 열고 닫는 데 따라 시민 K라는 존재의 명암이 극명하게 엇갈렸다. 사라졌다가 존재했다가, 존재했다가 사라졌다가, 점멸등처럼 깜빡거리는 그녀. 소리는, 소음은 이제 그녀의 호흡이 되어 있었다. 들숨처럼 침묵하고 날숨처럼 소리를 내뱉는 새로운 호흡법을 시민 K는 받아들여야 했다.

시민 K가 붉은색 램프를 깜빡거리고 있는 자신의 휴대폰을 발견한 것은 소파 위에 놓인 쿠션을 들어올렸을 때였다. 휴대폰은 쿠션 밑에 숨어 있었으며 또한 진동 모드로 되어 있었다. 아마도 그녀는 벨소리를 듣기 싫어서 진동으로 해두었을 테고, 진동음마저 듣기 싫어서 그걸 쿠션 밑에 처박아두었을 것이다. 되도록 소리를 줄이는 것은 그녀의 오랜 버릇이었다. 이제는 굳이 그럴 필요도 없는 일이지만 아무튼 어제까지만 해도 그것은 그녀에게 매우 유용한 습관이었다.

일반적인 상황에서라면 휴대폰 램프는 초록색으로 깜빡거린다. 붉은색 불이 들어오는 경우는 둘 중의 하나였다. 수신 불가능 지역이거나 새로운 메시지를 수신했거나. 시민 K가 사는 아파트에서 수신이 불가능할 리는 없었다. 생활 수준의 향상을 위해 하루가 멀다 하고 땅을 파헤치고 새로운 설비를 위한 공사를 해대는 지역에서 수신 불가란 있을 수 없는 일이었다.

시민 K는 휴대폰의 폴더를 열었다. 그녀가 가진 휴대폰 기종으로는 더이상 수신할 수 없을 정도로 새로운 메시지가 가득 들어 있었다. 음성 메시지와 문자 메시지가 모두 그렇게 꽉 차 있는 경우는 처음이었다.

뭐하니?, 전화좀받아, 왜그냥전화를끊는거니?, 무슨일이니답답하다, 메시지확인했으면전화해당장, 오늘약속잊었어?, 미치겠다정말아무튼시간맞춰갈게……

시민 K가 받은 문자 메시지는 하나같이 띄어쓰기를 무시하고 있었다. 메시지가 수신된 시각도 어느 한순간에 집중적으로 몰려 있었다.

메시지는 많았지만 그것을 보낸 사람은 단 한 명이었던 것이다. 시민 K가 익명의 발신자, 붉은 눈의 미치광이에게 쫓기고 있던 무렵, 메시지가 수신된 시각은 얼추 그 무렵이었다. 그렇다면 그때 전화를 걸어온 사람이 바로 이 사람이었단 말인가. 그가 아무 말도 하지 않은 게 아니라 자신이 듣지 못했던 거란 말인가. 시민 K로서는 선뜻 받아들일 수가 없는 상황이었다. 그는 다른 사람들과 달랐다. 달라야 했다. 그는 그녀의 약혼자였던 것이다.

시민 K는 약혼자의 전화번호가 입력되어 있는 단축 다이얼을 길게 눌렀다. 신호음이 들리지 않았다. 전화가 제대로 걸렸는지 어쩐지 확인조차 할 수 없었다. 당연히 약혼자의 목소리도 들리지 않았다.

"여보세요? 내 말 들려? 들리느냐고! 들었으면 대답해봐. 제발 뭐라고 말 좀 해봐. 여보세요? 여보세요?……"

시민 K는 한 오 분쯤을 그렇게 혼자 떠들어댔다. 그러나 그녀의 절박한 음성을 들었는지 못 들었는지 그녀의 약혼자는 아무 응답도 하지 않았다. 그녀의 외침을 듣고 있는 사람은 오직 그녀 자신뿐이었다. 그녀는 연달아 다섯 번이나 더 그에게 전화를 걸었지만 끝내 그의 목소리를 듣는 데는 실패하고 말았다.

문제가생겼어도착하거든문자보내문자절대전화는하지마.

약혼자가 그랬듯 시민 K는 띄어쓰기를 무시한 채 문자 메시지를 작성했다. 지금 그녀가 할 수 있는 일은 그것밖에 없었다. 하지만 그거라도 할 수 있어서 얼마나 다행인가. 아무것도 할 수 없는 경우보다는 어쨌든 좋은 상황인 것이다. 난관에 부닥칠 때마다 그녀는 항상 좋지도 나쁘지도 않다고 생각하는 쪽이었다. 그런 태도야말로 평범한 한 시민의 삶을 무난하게 유지시키는 최상의 방법임을 그녀는 잘 알고 있었던 것이다.

황사가 걷힌 하늘은 비현실적으로 보일 정도로 투명했다. 비취색 하늘을 배경으로 나뭇가지마다 다닥다닥 맺혀 있는 꽃망울도 마찬가지였다. 그것은 마치 누군가가 입력한 파괴의 시간을 향해 온 힘을 모으고 있는 시한폭탄처럼 보였다.

꽃나무 아래에선 오늘도 무슨 공사인가가 진행중이었다. 소리가 사라진 탓일까. 언제나처럼 땅을 파헤치고 있는 굴착기가 시민 K의 눈에는 낯설기 짝이 없었다. 단지 파이프 몇 개를 교체하거나 통신선 몇 줄을 깔기 위해 저렇게 땅을 파고 있다고는 생각되지 않았다. 거기에는 왠지 더 큰 음모가 있을 것만 같았다. 일테면 지구의 심장을 탈취하기 위해서라든가. 상상이 거기에 이르자 시민 K는 파헤쳐진 땅 속에서 하얗게 질린 채 떨고 있는 꽃나무의 벗은 발을 언뜻 본 것도 같았다. 굴착기와 포크레인, 그리고 형광색 조끼를 걸친 인부들의 분주한 움직임. 그날 아침, 자신의 허파를 습격했던 먼지의 전언을 그녀는 그제야 이해했다. 소음에 시달릴 때는 깨닫지 못했는데 공사 현장에서 생기는 먼지가 황사보다 더 심각했던 것이다. 황사가 전면전이라면 공사 현장의 먼지는 게릴라전이었다. 규모는 작지만, 바로 그렇기 때문에 허를 찌를 수가 있는 것이었다. 휴일에, 그것도 이른 아침부터 재개된 공사가 말하려는 바는 분명했다. 황사 때문에 늦춰진 삶의 스텝을 용납할 수 없다는 것, 그것이었다. 그날은 분명 휴일이었지만 누구에게나 다 그런 건 아니었다. 공사장 인부들에게는 황사가 불었던 지난 며칠이 휴일이었지 오늘은 아니었다. 그리고 시민

22

K에게는 앞으로 매일매일이 휴일일 것이다. 그녀 삶의 스텝은 매일매일 늦춰질 것이다. 그녀만을 놓아둔 채 세상은 저 멀리, 그녀의 손이 닿지 않는 먼 곳으로 달아날 것이다.

창 밖을 내다보고 있는 시민 K의 뒷모습은 항상 제로를 가리키고 있는 저울 바늘처럼 보였다. 좋지도 나쁘지도 않은 상태. 그것은 그녀 같은 평범한 시민이 추구할 수 있는 가장 고상한 삶이었다. 사라진 건 소리뿐, 단지 소리뿐이었다. 겨우 그것 때문에 삶의 무게가 오락가락할 수는 없었다.

물론 미래에 대해 암울한 상상을 할 수도 있을 것이다. 하지만 그것은 실현될 수도 있고 불발탄으로 끝날 수도 있는 문제였다. 가능성만으로 미래를 걱정하는 건 어리석은 일이었다. 시민 K는 섣부르게 방화 따위를 저지르고 싶진 않았다. 아직까지는 그랬다. 하지만 그 순간 그녀가 미처 깨닫지 못한 게 하나 있었다. 삶의 저울에 얹혀진 불길한 미래의 가능성, 그것의 무게를 부정하고 항상 제로를 가리키기위해 바늘 끝이 미세하게 떨고 있다는 사실을 말이다.

사라진 건 단지 소리뿐이었다. 그리고 그건, 전부였다.

"제발 평소처럼 굴지 마. 아무것도 안 들린다고, 내 목소리밖에 들을 수가 없다고, 분명히 얘기했잖아."

저녁식사가 차려진 식탁에 앉아서 시민 K는 약혼자에게 또 그렇게 말했다. 그날 하루 동안 그녀가 그 말을 한 게 벌써 몇 번째인지 몰랐다.

"아, 미안. 도대체 적응이 안 되는군. 넌 들을 수가 없다지만 내가 보기엔 아무것도 달라진 게 없거든. 적응이 될 리가 없잖아."

약혼자 역시 매번 같은 말을 해댔다. 같은 말을 반복하기가 지겨웠는지 이제 그는 듣지 못하는 그녀를 위해 자신의 말을 종이 위에 적는 수고조차 하지 않았다. 펜 대신 젓가락을 손에 쥔 채 공연히 반찬을 뒤적거릴 뿐이었다. 게다가 미안하다고 말하는 그의 표정은 전혀 미안해 보이지 않았다.

그가 하는 말을 듣기 위해 시민 K는 귀를 세우는 대신에 눈을 부릅떴다. 그의 입술은 속기사처럼 재빠르게 움직였다. 그에게는 자기가 입술로 쓰고 있는 글씨를 그녀가 제대로 읽도록 배려하는 마음 따위는 전혀 없었던 것이다. '아, 미안'을 제외한 나머지 단어는 제대로 읽을 수가 없었다. 그러나 시민 K는 그의 입술 끝에 매달려 있는 도마뱀 꼬리와도 같은 웃음을 똑똑히 보았다. 그는 도마뱀 한 마리를 입 속에 숨긴 채 시치미를 떼고 있었지만 살짝 내비친 꼬리만 보고도 그녀는 알 수 있을 것 같았다. 그는, 재미있어하고 있었다. 오래된 연인들을 위해 새롭게 개발된 놀이쯤으로 이 상황을 받아들이고 있는 게 분명했다. 그가 하는 말을, 오직 그 말만을 들을 수 있었다면 그녀는 그가 감추려 드는 도마뱀 따위는 보지 못했을 것이다. 아니, 그것의 존재를 상상조차 하지 않았을 것이다. 하지만 아무 소리도 들리지 않았기 때문에 오히려 그녀는 더더욱 많은 소리를 듣고 있었다. 양미간이나 입술, 혹은 손짓을 통해 줄기차게 떠들어대는 그의 모든 소리들을. 그는 여러 겹으로 말하고 있었다. 그라는 사람은 한 명이었지만 그의 입은 셀 수 없이 많았다.

물론 그가 처음부터 재미있어했던 건 아니었다. 처음 사태를 파악한 순간 그는 당사자인 시민 K보다도 더 심각해져서 도대체 왜 이런 일이 일어난 것인지를 이성적으로 숙고하려 들기까지 했다. 그는 갑자기 탐정이라도 된 듯 시민 K에게 이것저것 꼬치꼬치 캐물었다. 어젯밤부터 오늘 아침 사이에 무슨 일이 있었던가를. 그러나 그녀는 아무 대답도 할 수가 없었다. 어젯밤부터 오늘 아침 사이에 그녀가 한 일이라곤 잠을 잔 것뿐이었다. 원하는 증거를 찾는 데 실패하자 이번에는 정신분석가라도 된 양 그는 시민 K가 간밤에 무슨 꿈을 꾸었는지 추궁하기 시작했다. 역시나 대답할 수 없는 문제였다. 그녀는 어떤 꿈도 꾸지 않았던 것이다. 아무 대답도 할 수 없었던 건 그녀의 잘못이 아니었다. 사실이 그랬으니까 말이다. 그러나 어떻게든 이유를 찾아보기 위해 최선을 다하는 그에게 아무 대답도 할 수 없다는 사실이 그녀에게는 죄를 짓는 것처럼 여겨졌다. 그는 익명의 아무나가 아니라 그녀의 약혼자라는 특별한 자리에 있는 사람이었기 때문이다. 그녀는 무엇이든 생각해내기 위해 애를 썼다. 한참 후 그녀에게 떠오른 것은 먼지, 오늘 아침 자신을 습격했던 먼지였다. 그밖에 다른 징후를 찾아내기란 불가능했다. 그녀는 나름대로 성의를 다해 먼지에 대해서 얘기했다. 그러나 그는 냉정했다. 그건 원인이 아니라 결과일 뿐이라며 더이상 듣기를 거부했던 것이다. 그는 자신이 납득할 만한 대답을 원했다. 종이 위에 계속해서 새로운 질문을 적어대는 그가, 육하원칙에 맞게 대답할 것을 요구하는 그가, 시민 K는 낯설게만 보였다. 뭔가 스트레스가 좀 있었나봐. 잠깐 이러다가 말겠지. 어디 가서 바람이라도 쐬고 오면 좀 나아질 거야. 그런 말로 상대방을 달래며 지루하고 잔인한 심문의 시간을 먼저 끝장낸 사람은, 그녀였다. 그날은 그녀에게 특별한 휴일이었다. 약혼자에게 심문이나 당하며 흘려버리기엔 너무 아까운 시간이었다.

그들은 자동차를 몰고 교외로 나갔다. 휴일, 도시에서 교외로 빠져나가는 길은 언제나 그렇듯이 길이 아니라 주차장이었다. 시민 K가 생각하는 특별한 휴일이란, 사실은 전혀 특별하지 않았던 것이다. 그녀는 특별하길 바라면서도 그 특별함조차 무난하기를 바랐다. 좋지도 나쁘지도 않게.

차 안에서 그들은 단 한마디의 대화도 나누지 않았다. 어차피 그건 불가능한 일이었다. 두 사람 다 말을 할 수는 있었지만 한쪽이 듣지 못했기 때문이다. 대화란 서로 이야기를 주고받는다고 해서 성립되는 게 아니었다. 대화의 핵심은 말하기가 아니라 듣는 데에 있었다. 시민 K에게는 새삼스런 깨달음이었다. 그녀는 그제야 알 것 같았다. 사람들과 많은 이야기를 나눌수록 점점 더 공허해지는 까닭을. 알 수 없는 이유로 인해 시민 K는 지금 자기 목소리밖에 들을 수 없는 처지가 되었지만, 따지고 보면 인간이란 족속은 누구나 다 그녀와 같은 처지였다. 그건 시민 K의 옆에 앉아 차를 몰고 있는 그녀의 약혼자만 보더라도 당장에 증명할 수 있는 일이었다. 그는 무료했는지 시민 K에게 묻지도 않고 라디오를 틀었다. 파워 버튼을 누르는 그의 동작, 그리고 무표정한 그의 얼굴. 그녀에게는 익숙한 장면이었다. 그렇다. 그는 언제나 그랬던 것이다. 그의 머릿속에는 그녀가 지금 듣지 못한다는 생각이 들어 있지 않았다. 언제나처럼 그는 단지 할말이 없을 뿐이었다. 그러므로 듣지 못하는 시민 K를 배려하느라 그가 입을 다물고 있다고 생각한다면 그건 오해였다.

정체는 쉽게 풀리지 않았다. 하여간 다들 뭐 볼 게 있다고. 그는 짜증 섞인 목소리로 말했다. 물론 시민 K의 귀에는 들리지 않았다. 그는 자신도 그 '다들' 중의 하나임을 미처 모르는 모양이었다. 몇 번인가 더 짜증을 내다가 그는 시민 K에게 묻지도 않고 차를 돌렸다. 데이트 코스라면 진력이 날 정도로 줄줄이 꿰차고 있다는 표정으로 말이다. 잠시 후 그가 차를 세운 곳은 테마파크였다. 데이트 한번 하기가 더럽게 힘드네. 자동차 문을 열며 그가 말했다. 뭐라고? 뭐라고 했어? 안 들린단 말이야, 진짜. 뒤따라 내리며 그녀가 물었다. 아무것도 아니야. 그는 악을 쓰듯이 크게 외쳤지만 그래도 시민 K는 알아듣지 못한 얼굴이었다. 할 수 없다는 듯 그는 그녀의 손바닥을 곧게 편 후에 그 위에다가 자신의 검지로 글씨를 쓰기 시작했다. '막 소리질러 봐. 귀가 뚫릴지 누가 알아.' 그가 입으로 했던 말과 손바닥 위에 쓴 것은 전혀 다른 내용이었다. 그도 약혼녀에 대해 그 정도 예의는 차릴 줄 알았다. 그는, 무난한 사람이었다.

롤러코스터와 바이킹 같은 기구를 타는 동안에 그는 차츰, 그리고 점점 빠른 속도로 시민 K가 처한 상황을 잊어버렸다. 당연한 일이었다. 무언가를 기억하기 위해 그런 곳에 오는 사람은 아무도 없었던 것이다. 그는 지금 자신의 연인에게 일어난 일 따위는 중요하지 않다는 듯, 아니 그런 일은 일어나지도 않았다는 듯이 시민 K를 대했다. 솔직히 그는 실감할 수가 없었다. 그녀가 듣지 못한다는 사실을 체감하기란 생각보다 어려운 일이었다. 만약에 그녀가 시력을 잃었다거나 벙어리가 되었더라면 그도 그녀 못지않게 그녀의 장애를 구체적으로 같이 겪었을 것이다. 입이나 눈 없이 사는 게 얼마나 불편한 일인지는 눈을 감고 입을 닫은 채 단 십 분만 지내보아도 서늘하게 느낄 수 있을 것이다. 또한, 보고 말하는 건 전적으로 의지의 문제였다. 보고 싶지 않으면 보지 않을 수 있었다. 말하고 싶지 않으면 말하지 않을 수도 있었다. 하지만 듣지 못한다는 건 달랐다. 그건 너무도 개인적이고 내밀한 불편이었다. 귀는 항상, 그냥, 열려 있었다. 듣고 싶은 의지가 있다고 해서 열리는 것도, 듣고 싶지 않다고 해서 닫히는 것도 아니었다. 약혼녀의 입장이 되어보려고 그도 노력은 해보았다. 그러나 아무 소리도 들리지 않는 순간은 단 일 초도 되지 않았다. 듣지 못한다는 것. 그것은 상대방의 입장이 되어보려고 부단히 애를 쓴다 해도 결코 치환될 수 없는 그 무엇이었다. 그러므로 평상시와 다름없이 시민 K를 대했다고 해서 그를 몰인정한 사람으로 몰아붙일 수는 없는 일이었다. 그는 단지 무난한 사람이었을 뿐이다. 자기 흥에 겨워 그는 때때로 시민 K에게 무어라고 말을 던지기도 했다. 그러나 그녀의 반응은 기다리지도 않은 채, 당연히 그녀가 알아들었을 거라는 표정으로 그는 다음 코스로 전진, 또 전진했다. 그의 눈앞에 펼쳐진 모든 것들이 — 스핑크스, 유럽 풍의 궁전, 트레비 분수, 디즈니 캐릭터들, 사파리 — 급조된 낙원임을 알면서도 잠시 잊고 즐기듯이 그는 약혼녀의 처지도 깨끗이 잊어버렸던 것이다. 못 듣는다는 그녀의 얘기는 어쩌면 거짓인지도 모른다, 단지 권태에서 벗어나기 위해 이 인공 낙원처럼 급조한 것인지도 몰라…… 그녀의 처지를 잊어버리는 것만으론 부족했던지 그의 생각은 거기까지 비약하고 있었다. 그러나 그의 말 한마디 제대로 들을 수 없었던 시민 K가 그의 생각까지 알 수는 없는 일이었다.

시민 K는 내내 공포에 빠진 채 허우적대고 있었다. 그녀가 느낀 공포는 롤러코스터 같은 기구를 탔을 때 느끼는 그런 종류의 것이 아니었다. 그런 종류의 공포란 자판기에 일렬로 진열된 음료수 깡통과도 같은 것이었다. 탄산음료, 과즙음료, 혹은 커피나 차…… 맛의 차이는 있었지만 모두가 규격 포장된 채 소비되기를 기다리는 공산품에 불과한 공포였다. 그건 시민 K도 익히 알고 있던 사실이었다. 그래서 그녀는 롤러코스터 따위를 타고 공연히 비명을 질러대기도 했던 것이다. 자판기에 동전을 밀어넣는 기분으로 말이다. 하지만 그날은 달랐다. 그녀는 비명조차 지를 수가 없었다. 그녀는 소리가 지워진 세계 속에 있었다. 롤러코스터의 리듬에 몸을 맡긴 채 괴성을 지르다가도 이내 입을 다물어야 했다. 롤러코스터에 타고 있는 사람들은 많았지만 소리를 지르는 사람은 그녀 혼자였던 것이다. 실제로도 그런 건 아니었지만 어쨌든 그녀의 귀에는 그렇게 들렸다. 모두가 숨을 죽이고 있는 조용한 도서관에서 혼자 랩송을 부르다가 다른 사람들로부터 핀잔이라도 받은 듯 그녀는 움찔, 주위를 살폈다. 하지만 그녀에게 시선을 주는 사람은 아무도 없었다. 왜 혼자 그렇게 떠드느냐며 그녀를 비난하는 사람도 당연히 없었다. 다들 침묵하고 있는 가운데 혼자만 소리를 낸 건 분명 아니었다. 하지만 그래서 더더욱, 그녀는 고독했다. 약혼자와 단둘이 있던 차 안에서 그녀가 이인분의 고독을 경험했다면 그곳에서의 그녀는 만 명만큼 고독했다. 시민 K가 느낀 공포의 정체는 바로 그것이었다.

"너 정말 대단하다. 어떻게 지금까지 버틸 수가 있는 거니. 여기서 보니까 너는 하나도 달라진 게 없잖아. 아무 일도 없었던 거지? 그렇지? 이제 장난 그만 해. 덕분에 즐거웠으니까 이제 그만 하라고. 테마파크를 나오며 그가 말했다. 시민 K의 손바닥에다 글씨를 쓰는 게 아니라 분명히 입을 열고서 그는 그렇게 말했다. 그녀가 정말로 못 듣는 척하기라도 한 것처럼. 이제 그가 어떤 생각을 하는지 좀더 명확해졌다. 불행히도 그는 그녀가 처한 상황을 이해하지 못했다. 이해가 되지 않는 일이 벌어졌다는 것. 그에게 그것은 아무 일도 일어나지 않은 것과 같았던 것이다.

"못 들으려면 다 못 듣든가 해야지 어떻게 자기 목소리는 들을 수가 있다는 거야? 그게 말이 된다고 생각해?"

식탁 위에 놓인 생선구이를 젓가락으로 쑤셔대며 그가 말했다. 물론 이번에도 시민 K는 듣지 못했다. 그러나 그녀가 듣건 말건 그는 더이상 상관하지 않았다. 그의 신경은 온통 젓가락에 쏠려 있을 뿐이었다. 생선에서 떨어져나온 눈이 그의 젓가락 사이에서 잡힐 듯 말 듯 달음질치고 있었다.

"지금 뭐라고 했어?"

"아무 말도……"

여전히 생선의 눈을 가지고 장난을 치며 그가 말했다. 그는 히죽, 웃기까지 했다. 시민 K는 점점 뭔가 참을 수 없는 기분이 되고 있었다. 자꾸만 음식을 뒤적거리는 그의 태도를, 정말이지 참을 수 없었다.

"도대체 왜 웃는 거야? 하고 싶은 말이 있으면 여기에 적으란 말야. 난 정말로 들을 수가 없다고!"

어떤 욕구가 솟구치는 것을 억누르며, 최대한 부드럽게, 시민 K는 그의 손에서 젓가락을 빼앗고 대신에 펜을 쥐어주었다. 하지만 그는 더이상 필담을 나눌 생각이 없는 모양이었다. 자신의 손에 쥐어진 펜을 무시한 채 그는 또 입으로 말했다.

"그만 좀 해라. 지겹다. 뭐든 적당히 해야 귀여운 거지……"

"여기다 쓰라니까!"

시민 K는 자기도 모르게 버럭 소리를 질렀다. 그제야 그는 정말로 귀찮다는 듯이, 그러나 의무라면 기꺼이 이행하겠다는 포즈로 종이 위에 뭔가를 쓰기 시작했다.

'처음엔 재미있었지만 이젠 아니야. 그러니까 장난 그만 해.'

그가 적은 내용이었다.

"장난? 당신 눈엔 이게 장난으로 보여?"

'그럼 뭐지? 네가 그렇게 될 이유가 없잖아. 장난이 아닌 다른 거라면 나는 절대로 이해할 수 없어.'

"이해가 안 되는 것도 좀 이해해보란 말이야!"

단말마의 비명을 내지르듯 시민 K는 말했다. 이해할 수 없는 걸 이해하라니 말도 안 되는 소리였다. 하지만 그녀가 할 수 있는 말이라는 게 그렇게 다 말도 안 되는 소리밖에 없었다. 그녀가 처한 상황 자체가 말도 안 되는 상황이었기 때문이다.

점점 목소리가 커지고 있는 시민 K를 보며 그는 갑자기 뒤통수를 맞은 사람처럼 황당한 표정을 지었다. 그녀의 그런 모습을 그는 처음 보았던 것이다.

"설마, 너……"

한동안 황당해하고 있던 그의 표정이 차츰 뭔가를 알겠다는 표정으로 바뀌어가고 있었다. 그는 자기가 깨달은 내용을 재빠르게 종이에 옮겨적었다.

'설마 너, 직장을 그만둔 것 때문에 그러는 거니? 그래서 날 원망하는 거야?'

그렇게 적고 나니까 그는 모든 게 홀가분하게 끝난 것 같은 기분이 들었다. 비로소 그녀를 이해할 수 있을 것 같은 기분이었다. 그러나 불행히도 시민 K는 전혀 그렇지 않았다. 그녀는 점점 더 참을 수가 없어졌다.

시민 K와 그는 동갑내기였으며 같은 직장의 선후배였다. 그녀가 선배, 그가 후배였다. 동갑이었지만 그는 군대에 다녀오느라 그만큼 사회 진출이 늦어졌기 때문이다. 그들이 연인이 되었을 무렵 정리해고라는 한파가 몰아닥쳤다. 앞뒤로 사정없이 잘려나가는 동료들을 보며 아직 남아 있는 그들의 마음이 어땠을까는 굳이 말할 필요가 없을 것이다. 그 와중에도 그들의 사랑은 정상적으로 성장했다. 결혼이라는 결실을 얻기 위하여. 하지만, 문제가 있었다. 식구가 줄줄이 딸린 가장들조차 언제 해고당할지 몰라 전전긍긍하는 걸 뻔히 보면서 한 집에서 두 명씩이나 같은 직장을 다니기가 그들은 미안했던 것이다. 그들은 그 정도 양심은 갖고 있는 시민이었다. 그들은 둘 중에 한 명은 그만두어야 한다는 결론에 도달했다. 그리고, 그가 남기로 했다. 그녀가 그만두고 나면 그가 그녀의 직위를 물려받게 될 터였다. 그게 전부였다. 그녀로서는 좀 서운하긴 했지만 그렇다고 크게 불만이 있는 것도 아니었다. 그들은 대부분의 사람들이 살아가는 방식을 선택했을 뿐이었다. 누구를 원망하고 말고 할 만한 문제가 아니었다.

"차라리 이해를 하지 마. 그게 아니야, 아니라고!"

시민 K는 자리를 박차고 일어났다. 그 바람에 의자가 뒤로 넘어가고 식탁 위에 놓인 반찬 그릇이 흔들렸다. 어느 틈에 그녀는 손에 젓가락까지 쥐고 있었다. 누구를 원망하고 말고 할 문제가 아님에도 불구하고 어떻게든 이유를 갖다붙이려 드는 그가, 그렇게 해서라도 이해라는 걸 해야만 직성이 풀리는 그가, 그녀는 견딜 수 없었다. 직장이 문제가 아니었다. 정말이지 그건 아니었다. 진짜 참을 수 없는 건 생선 눈알을 가지고 장난치는 그의 태도 같은 것이었다. 이성적으로 설명할 수 없는 감정이었지만, 그러나 진심이었다.

"그것도 아니면 도대체 나더러 뭘 어떻게 하라…… 으아악, 이게 무슨 짓이야!"

그는 시민 K 못지않게 광분한 목소리로 대꾸했지만 차마 말을 끝맺을 수가 없었다. 그녀가, 그의 약혼녀인 그녀가, 갑자기 자신의 눈을 젓가락으로 찔렀던 것이다. 그는 두 손으로 눈을 감싼 채 식탁 위로 고꾸라졌다.

그의 눈을 찌르는 순간, 시민 K는 세상의 모든 고름이 자신을 향해 파죽지세로 몰려오는 걸 느꼈다. 자신의 몸이 한 개 종양이 되어 발갛게 부풀어오르는 걸, 마침내 폭죽처럼 터져버린 걸, 그녀는 생생히 느끼고 있었다.

그는 고통과 공포로 범벅이 된 채 괴성을 지르다가 식탁 모서리에 머리를 박으며 주저앉았다. 휴일이면 언제나 함께했던 그들의 저녁 식탁은 전쟁이 휩쓸고 지나간 대지처럼 엉망진창이 되었다. 그러나 소리가 지워진 탓일까, 시민 K의 눈에는 그저 슬랩스틱 코미디의 한 장면처럼 보일 뿐이었다. 조금도 심각하게 여겨지지 않았다. 때때로 볼륨을 죽이고 텔레비전을 시청할 때처럼 세상의 모든 게 그저 무의미하게 보였다. 그가 이대로 죽어버린다고 해도 그건 진짜 죽음이 아니라 하나의 유희에 불과할 것 같았다.

눈을 감싸고 있는 그의 손가락 사이로 검붉은 핏방울이 꽃잎처럼 뚝뚝 떨어져내렸다. 불현듯 시민 K의 머릿속으로 어떤 그림 하나가 떠올랐다. 하늘색 바탕 위에 꽃이 잔뜩 핀 나뭇가지를 그려놓은 그림, 그것은 대학 시절 시민 K가 유럽 배낭여행중에 보았던 그림이었다. 그녀는 여행을 좋아하지 않았다. 유럽에 특별히 애착을 느낀다거나 그림에 관심이 있는 것도 아니었다. 그런데, 그럼에도 불구하고 그녀가 유럽의 미술관들을 돌아다녔던 것은 그 무렵의 대학생들이 누구나 그곳으로 여행을 떠났고 누구나 미술관을 둘러보았기 때문이었다. 그녀는 단지 무난하게 살기를 바랐을 뿐이었다. 그녀는 밀린 과제를 해치우는 심정으로 그림들을 보고 다녔다. 특별한 목적이 없었으므로 특별히 어떤 그림에 마음을 두지도 않았다. 그 그림이라고 예외는 아니었다. 그녀는 그 그림을 어느 도시의 미술관에서 보았는지, 누가 그렸는지, 제목이 뭐였는지 전혀 기억해낼 수가 없었다. 그런데 왜, 어째서 지금 이 순간 자기가 그 그림을 떠올려야만 하는지 그녀는 정말 이해할 수가 없었다. 하지만 그녀의 이해력이 미치지 않는 어떤 곳―그녀 안에 버젓이 있음에도 불구하고 그녀가 한 번도 보지 못한 심장이라든가 허파와 같은―에서 그 그림은 끈질기게 그녀를 부르고 있었다. 어쩌면 아주 오래 전부터 그 그림은 거기에 걸려 있었는지도 몰랐다. 그녀가 보아주기를 기다리며, 그녀의 시선 속에서 통렬하게 개화하기를 꿈꾸며.

"나한테 왜 이러는 거야, 도대체 왜……"

피범벅이 된 손으로 시민 K의 옷자락을 움켜쥐며 약혼자가 말했다. 그러나 그 순간에 시민 K가 들은 소리는 약혼자의 음성이 아니었다. 그 순간, 그녀는 자신의 머릿속을 꽉 채우고 있는 그 그림처럼 창밖의 꽃봉오리들이 일제히 폭발하는 소리를 들었다. 세상에 대해 방화라도 저지르듯이.

그녀는 비로소 알 것 같았다. 방화범이 왜 열 번도 넘게 불을 지르고 다녀야 했는지를. 그는 꼭 불태워야 할 어떤 것, 바로 그 하나를, 단지 그것 한 가지를 태워버릴 수가 없어서 그렇게 계속해서 불을 질러야 했던 것이다.

시민 K는 자신의 옷자락을 붙들고 있는 약혼자의 손을 냉정하게 떼어버렸다. 정말로 찌르고 싶었던 건 약혼자의 눈이 아니라는 사실을 그녀는 잘 알고 있었다. 하지만 어쩔 수 없었다. 그녀는 너무나도 피곤했던 것이다. 그녀는 침대로 가서 누웠다. 그날 아침, 그녀가 재채기를 터뜨리다가 굴러떨어졌던 바로 그곳이었다. 그러나 또한 그곳이 아니었다.

시민 K의 귀에는 여전히 아무 소리도 들리지 않았다. 사라진 건 단지 소리뿐이었다. 하지만 그건 전부이기도 했다. 시민 K는 누군가가 거대한 지우개로 자신의 소리를, 자신을 둘러싼 배경을, 그리고 마침내 자기 자신을 지워버리고 있다고 생각했다. 그건 어쩌면 무난했던 삶에 대한 형벌일지도 몰랐다.

"번데기처럼 긴 잠을 자고 싶군……"

최후변론이라도 하듯 시민 K가 말했다. 그것이 그날 시민 K의 입에서 나온 마지막 말이었다.

까마귀가 쓴 글

잘 들어 보세요. 까악까악. 조금만 귀를 기울이면,
아니 인간의 말을 조금만 잊어버린다면
까마귀의 말을 들을 수 있을 겁니까악까악. 까마귀와 인간,
우리는 한때 같은 말을 쓰지 않았습니까악까악? 우리가 다시
대화하는 것은 절대로 불가능한 일이 아닙니까악까악.

도시보다 산이 더 낮아졌습니까악까악. 아닙니까악까악. 산은 없습니까악까악. 없다고 합니까악까악. 원래부터 없었다고 합니까악까악.

　나는 해발 삼천 미터, 완벽한 원추형의 산에 살고 있습니까악까악. 도시에서 가장 높다는 빌딩도 내가 살고 있는 산의 종아리에도 못 미칩니까악까악. 여전히 산은 이 나라에서 가장 높은 것입니까악까악. 누구라도 산에 올라와서 그 사실을 확인할 수 있습니까악까악. 그런데도 사람들은 이 산이 존재하지 않는다고 합니까악까악. 내가 그 산에 산다고, 그 산은 있다고 아무리 떠들어도 사람들은 듣지 않습니까악까악. 재수 없게 까마귀가 울어댄다고 돌을 던질 뿐입니까악까악.
　사방 어느 곳에서 보아도 모양이 똑같은 이 산, 작은 산을 거느리지도 않은 채 홀로 존재하는 이 산, 내가 살고 있는 산은 파리의 에펠탑보다도, 에펠탑보다 조금 더 높다는 도쿄 타워보다도 정교하고 고고한 작품입니까악까악. 홀로 우뚝 선 산이기에 더욱 그렇습니까악까악.

이미 오래된 얘기가 되어버리긴 했지만, 한때는 이 나라 백성들도 이 산을 신성하게 생각했습니까악까악. 옛날에는 교통이 발달하지 않은 탓에 이 나라 백성일지라도 산을 볼 수 없는 사람이 많았다고 합니까악까악. 백성들은 신성한 그 산을 보는 게 소원이었습니까악까악. 그러나 태어난 곳에서 자라고 죽는 게 당연했던 그 시절에 직접 산을 본다는 건 아주 드문 일이었을 겁니까악까악. 그래서 사람들은 새해 첫날 꿈속에서 이 산을 보면 운수대통이라고 생각했다고 합니까악까악.

보지 않고도 그 존재를 믿었던 산.

그랬었는데, 이렇게 빤히 보이는데, 옛날과 달리 언제든지 와서 확인할 수도 있는데, 왜 갑자기 없다고 우기는 걸까아악?

저만치 누군가, 사람이 보입니까악까악. 이미 없다고 하는 이 산에 누군가가 올라오고 있는 것입니까악까악. 나는 가장 키가 큰 삼나무의 꼭대기를 향해 곧장 날아올랐습니까악까악. 그 사람의 얼굴을 제대로 보고 싶어서였습니까악까악.

여자였습니까악까악. 하얀 얼굴에 윤기 흐르는 까만 머리가 아주 잘 어울리는 여자였습니까악까악. 여자는 내가 있는 삼나무 근처에서 잠시 멈추어 섰습니까악까악. 햇빛에 눈이 부신지 여자는 손으로 차양을 만들어 이마에 갖다붙이고는 주위를 휘휘 둘러보았습니까악까악. 나는 가슴께가 근지러워졌습니까악까악. 민들레 홀씨 같은 게 가슴속을 떠다니는 기분이었습니까악까악. 아직 과시비상(誇示飛翔)

을 할 때도 아닌데, 희한한 일이었습니까악까악. 더더구나 인간 때문에 말입니까악까악.

하지만, 솔직히 고백한다면, 사실 나는 그 여자를 기다리고 있었습니까악까악. 그 여자를 기다리느라 나는 오늘 동이 트기도 전에 일어나 나뭇잎에 맺힌 이슬로 날개와 꼬리를 청결하게 닦아냈습니까악까악. 평소에는 얕게 고인 물에 들어가서 몸을 대충 흔드는 것으로 목욕을 끝내던 내가 말입니까악까악.

오늘 처음 보았지만 나는 오래 전부터 그 여자를 알고 있었습니까악까악. 우리 할아버지의 할아버지의 할아버지의…… 얼마나 오랜 선조인지는 잘 모르겠습니다만…… 까악까악. 우리 까마귀는 인간과 달라서 군신유의니 남녀유별이니, 법 제도 종교 윤리 따위가 없습니까악까악. 우린 그냥 까마귀일 뿐입니까악까악. 과거의 까마귀가 오늘날의 나이고 나는 머나먼 미래의 또다른 까마귀일 뿐입니까악까악. '그러니까 너희들을 오합지졸이라고 부르는 거다' 라고 인간들이 비웃은들 상관없습니까악까악. 그건 어디까지나 인간의 생각일 뿐이니까악까악.

우린 누대에 걸쳐 현현하는 존재입니까악까악. 상하좌우로 층층칸칸 나누려야 나눌 수 없는, 모두가 귀한 몸이란 말입니까악까악.

암튼, 여자가 올 거라는 사실을 우리 까마귀들은 이십 년 전부터 알고 있었습니까악까악.

그때만 해도 우리들은 도시에서 인간과 함께 살았습니까악까악. 물론 오십층, 육십층씩 하는 빌딩에 부딪히지 않으려면 각별히 주의해서 비행해야 하는 불편이 따랐습니까악까악. 산이나 들에서처럼 자유롭게 날 수는 없었습니까악까악. 그래도 우리는 그곳에서 살았습니까악까악. 인간이랑 함께 사는 게 너무나 당연한 일이었으니까악까악. 우린 한 번도 인간을 배척한 적이 없습니까악까악. 우리를 죽음의 전령사라고 여긴 것도, 불길하다고 여긴 것도 다 인간이었습니까악까악. 우리가 시체를 먹기 때문에 그런다고들 하는데 그건 정말이지 오만하기 짝이 없는 발상입니까악까악. 왜 인간은 시체가 불길하다고 말합니까악까악? 자연으로 돌아간 몸에다가 어째서 이상한 의미를 부여합니까악까악? 죽은 몸은 살아 있는 몸의 과정일 뿐입니까악까악. 우리 까마귀를 배척함으로써 삶에서 죽음을 지울 수 있다고 믿는 겁니까악까악? 그럴 순 없습니까악까악. 그걸 증명하기 위해서라도 나는 앞으로도 계속 시체의 살점을 뜯어먹을 겁니까악까악. 시체와 한 몸이 되겠습니까악까악. 영원히, 죽은 자의 친구가 되겠습니까악까악.

대부분의 나라에서 우리 까마귀들을 불길한 새라고 생각하는 데 비해 이 나라 사람들은 다행히도 그렇지 않았습니까악까악. 다른 나라의 도시에는 비둘기들이 날아다니지만 이 나라의 도시에는 우리 까마귀들이 날아다녔습니까악까악. 하지만 그것도 이십 년 전까지의 이야기일 뿐입니까악까악.

화산이 많아서인지 이 나라 사람들은 대부분 산에 대해서 두려움을 갖고 있습니까악까악. 그런데 우리들은 그 두려운 화산에서 아무렇지도 않게 잘 살고 있으니까 왠지 신비롭게 느껴졌던 겁니까악까악. 새카만 우리의 몸 색깔조차도 사람들은 신성하게 생각했습니까악까악. 까맣게 그을린 몸은 우리들이 태양 가까이에서 살고 있다는 증거였으니까요, 까악까악. 우리는 태양의 전령사였습니까악까악.

다른 나라에서 생각하는 것처럼 불길한 죽음의 새가 아니었습니까악까악. 게다가 우리 까마귀들은 언제 화산이 폭발할지를 정확히 알고 있는 새이기도 했습니까악까악. 사람들로서는 우리를 가까이에 두고 보아도 좋을 충분한 이유가 있었던 셈입니까악까악, 적어도 이 나라에서는. 물론 이십 년 전까지는 말입니까악까악.

화산 폭발로 인해서 숱한 재앙을 겪어온 사람들은 나름대로 많은 연구를 거듭한 끝에 이제는 조금쯤 예측을 하는 모양입니다만…… 글쎄요, 그게 정말 예측일까악까악? 인간을 조롱하느라 하는 말은 아닙니까악까악. 사실이 그렇다는 겁니까악까악. 어쨌든 확실한 것은 우리 까마귀야말로 어떤 화산 관측소보다도 정확하게 폭발의 시기와 규모를 알아맞힐 수 있다는 겁니까악까악. 우리가 인간보다 잘나서 그런 게 아닙니까악까악. 인간들 식으로 말하자면 오히려 우리가 인간보다 못났기 때문입니까악까악. 좀 전에도 말했지만 우리 까마귀들은 법도 제도도 종교도 없는 열등한 종족입니까악까악. 바로 그렇기 때문에 우리는 인간이 모르는 것을 알기도 하는 것입니까악까악.

선조들의 말에 의하면 옛날, 아주 먼 옛날에는 인간과 까마귀가 같은 말을 썼다고 합니까악까악. 그러니까 그때는 당연히 우리가 아는 것을 인간도 알았을 테죠, 까악까악. 그러나 인간은 우리 까마귀와 함께 썼던 말을 잊어버렸습니까악까악. 자기들만의 말을 가지게 되면서부터 인간은 정말 많은 것들을 만들어냈고 또 많은 것들을 알게 되었습니까악까악. 그걸 진보라고 생각하는 모양인데, 아닙니다, 그건 퇴보입니까악까악. 태어나면서부터 저절로 체득했던 수많은 진실들을 다 잊어버렸기 때문입니까악까악. 화산 폭발을 예측할 수 있게 되었다고 자랑스러워할 일이 아닙니까악까악. 지금 그들이 알고 있는 것은 화산에 대한 오해일 뿐이니까요, 까악까악. 너무 많은 것을 알고 있기 때문에 오히려 꼭 알아야 할 것들을 모르고 있는 것이니까요, 까악까악. 계속 이대로 간다면 인간이 할 수 있는 일은 하나밖에 없습니까악까악. 자신들이 발 딛고 서 있는 이 별을 산산이 부수는 것입니까악까악. 우리 까마귀들도, 그리고 인간도 다 함께 사라지는 것뿐입니까악까악. 다른 가능성은 없습니까악까악.

이십 년 전, 우리 까마귀들은 왕궁과 시티 홀 사이에 있는 공원에서 살았습니까악까악. 왕과 그의 후예들이 세금 한푼 내지 않은 채 살고 있는, 이 나라에서 가장 커다란 집. 그리고 시민의 세금으로 지은 오십층짜리 시티 홀. 세금을 꼬박꼬박 내는 시민들은 그러나 그 둘 중에 어느 곳으로도 갈 수가 없었습니까악까악. 그들이 있을 곳은 우리의 공원뿐이었습니까악까악. 방금 내가 말한 우리는 까마귀만을 얘기한 게 아닙니까악까악. 까마귀와 인간을 모두 합한, 우리입니까악까악.

그곳에서 우리는 도시락을 까먹고 해바라기를 하고 독서를 하고 배드민턴을 쳤습니까악까악. 비둘기 대신 까마귀가 날아다닌다는 것을 제외하고는 다른 나라의 공원과 별 차이가 없는 풍경이었습니까악까악.

공원 구석구석에는 푸른색 천막이 쳐져 있었습니까악까악. 바로 홈리스들의 잠자리였습니까악까악. 그들은 원래 지하철역에서 살았다고 합니까악까악. 외국인들에게 좋지 않은 인상을 준다는 이유로 당국에서 집단적으로 몰아내기 전까지는요, 까악까악. 일자리에서도 밀려나고, 가정에서도 밀려나고, 그리고 지하철역에서조차 밀려난 사람들. 참 이상한 일이었습니까악까악. 이 나라는 이 땅에 사는 모든 사람의 것이어야 마땅한 일 아닙니까악까악? 이 땅에 사는 모든 동물과 식물과 광물의 것이어야 하지 않습니까악까악? 누가 누구를 추방할 수 있다는 말인지…… 아둔한 까마귀인 나로서는 도무지 이해할 수 없는 일입니까아까악. 그렇게 몰아낸다고 해서 분명히 있는 홈리스들이 없는 걸로 되는 것도 아닐 텐데요, 까악까악.

쓰레기통을 뒤지는 홈리스들의 모습에서 우리는 미래의 우리 자신을 보았습니까악까악. 같은 인간을 쫓아내는 인간들이라면 조만간 우리 까마귀들도 추방할 게 틀림없을 테니까요, 까악까악. 불행히도 우리의 예상은 빗나가지 않았습니까악까악.

이십 년 전 그때는 인간들이 세기말이라고 부르며 호들갑을 떨던 때였습니까악까악. 인간들이 예술작품이라고 부르는 그림이나 사진, 글, 그리고 영화에서 세기말은 중요한 주제였습니까악까악. 공교롭게도 이 나라는 세기말을 다룬 숱한 예술작품들의 소재가 되었습니까악까악. 바벨탑보다 더 높이 올라간 마천루, 검은 황사비, 그리고 우리 까마귀들이 암울한 미래의 상징인 양 전 세계 예술가들의 스크린과 화폭과 인화지를 가득 메웠습니까악까악.

이 도시는 세계에서 손꼽히는 도시 가운데 하나였습니까악까악. 단기간에 마술처럼 쑥쑥 커버린 도시였습니까악까악. 최첨단의 도시, 그리고 오래 전부터 죽음의 상징이었던 우리 까마귀들. 이 나라에서 까마귀가 어떤 의미인지도 모르면서 다른 나라 사람들은 자기 식으로 우리를 해석해버린 것입니까악까악. 뭐, 그렇다고 해서 불쾌하다거나 슬프지는 않았습니까악까악. 인간의 관점에서 보자면, 우리 까마귀들에 대해서 이 나라 사람들이 좀 별났던 것이지 다른 나라 사람들이 이상한 건 아니었으니까악까악.

그래서였을까악까악? 이 도시가 암울한 미래의 상징으로 대두되는 걸 기분 나빠한 것은 우리 까마귀가 아니라 바로 이 나라 사람들이었습니까악까악. 곧바로 '새 천년, 새 나라'라고 적힌 현수막이 전국을 뒤덮었습니까악까악. 전 세계를 불구덩이로 몰아넣었던 커다란 전쟁 이후 누구보다 열심히 이 나라를 재건한 사람들로서 몹시 자존심이 상했던 것입니까악까악.

그들은 일사분란하게 움직였습니까악까악. 한 날 한 시에 빌딩 외벽을 닦고 가로수를 심고 공공 화단을 가꾸었습니까악까악. 도시의 가로등은 더욱 모던한 디자인의 가로등으로 교체되었고 불빛의 촉수는 한 단계씩 더 높아졌습니까악까악. 사람들은 외출할 때 가장 화사한 색깔의 옷을 입고 나왔습니까악까악. 장애인이나 몸이 불편한 노인들은 알아서 외출을 삼가기까지 했습니까악까악. 그리고 홈리스들은 공원에서도 쫓겨나 창문도 없는 지하 수용소로 가야 했습니까악까악.

사람들의 그런 행동은 전쟁 이후로 처음 보는 것이었습니까악까악. 우리 까마귀보다 훨씬 많은 이 나라 사람들이 오직 단 한 사람뿐인 것처럼 보일 정도였습니까악까악. 하지만 뭐, 좋습니까악까악. 자신들의 삶터를 쇄신하겠다는데 누가 뭐라고 할 수 있습니까악까악. 정말 문제는 그게 아니었으니까요, 까악까악.

온 나라가 들떠서 새로운 세기를 맞을 준비를 하던 그 무렵의 어느 날이었답니까악까악. 우리 까마귀들은 평소처럼 공원에서 사람들과 함께 도시락을 까먹었습니까악까악. 그런데 그날 밤 사람들이 나눠준 도시락을 먹은 까마귀들이 떼지어 죽어버렸던 것입니까악까악.

우리는 몰랐습니까악까악. 그날부터 공원 근처에서 우리 까마귀들만을 위한 도시락을 따로 팔고 있었다는 사실을. 도시락 속에는 우리의 혈관을 뻣뻣이 굳게 만드는 약이 섞여 있었다는 것을.

무색 무취의 그 약은 참으로 교묘한 것이었습니까악까악. 먹고 나서도 꽤 오랫동안은 멀쩡했지만 우리들이 보금자리로 돌아오고 나면 비로소 효력을 발휘했기 때문입니까악까악. 우리들은 모두 우리의 보금자리에서 죽었습니까악까악, 까악까악. 그래서 다음날 공원에 온 사람들은 아무도 우리의 시체를 보지 못했습니까악까악. 음모였습니까악까악. 이 나라 사람들조차 우리를 죽음의 상징으로 받아들이고 마침내 몰아내기 시작했던 것입니까악까악. 외국인들에게 좋지 않은 인상을 준다…… 홈리스를 쫓아냈을 때와 마찬가지 이유였습니까악까악.

우리는 평소 습성대로 저장해두었던 먹이를 모조리 물어다 버렸습니까악까악. 도시락을 나누어주던 사람들의 상냥한 미소가 떠올라 온몸이 부들부들 떨렸습니까악까악. 제대로 날 수조차 없을 정도로 말입니까악까악. 처음으로 인간을 원망하며 날이 밝을 때까지 목놓아 울었습니까악까악, 까악까악, 까악까악.

살아남은 까마귀들은 날이 밝자마자 공원 관리소로 몰려갔습니까악까악. 공원을 관리하는 노인이 출근했을 시각이었습니까악까악. 공원 관리인, 그는 우리 까마귀의 말을 잊지 않고 있었던 이 세상의 마지막 인간이었습니까악까악.

우리들이 몰려갔을 때 노인은 막 어딘가에서 걸려온 전화를 받고 있었습니까악까악. 전화를 받는 동안 그의 얼굴이 점점 붉어졌습니까악까악. 그러다가 우리의 날개만큼이나 시커먼 흙빛으로 변했습니까악까악. 그럴 수 없소! 마침내 노인은 전화기 저편에다 대고 크게 소리를 지르고는 수화기를 내동댕이쳤습니까악까악. 그 바람에 노인의 옆에서 곤히 잠들어 있던 갓난아이가 울음을 터뜨렸습니까악까악. 다섯 달 전에 태어난 그 아이는 노인의 손녀딸이었습니까악까악. 아이가 백일이 지난 후부터 그는 언제나 손녀딸을 데리고 공원으로 출근을 했습니까악까악. 아이에게 우리 까마귀의 말을 가르쳐주고 싶었기 때문입니까악까악.

기념사진을 찍자. 전화를 끊고서 노인은 우리를 보고 말했습니까악까악. 침통한 어조였습니까악까악. 그는 한쪽 손으로 자지러지게 울어대는 손녀딸의 가슴을 토닥여주며 다른 쪽 손으로는 책상 서랍을 열었습니까악까악. 노인은 서랍에서 폴라로이드 카메라를 꺼냈습니까악까악. 카메라를 보자 아이는 울음을 뚝 그쳤습니까악까악. 평소에도 우리는 노인이 손녀딸의 사진을 찍어주는 것을 자주 보았습니까악까악. 우리와 함께 찍은 적도 많았습니까악까악. 노인은 아이를 유모차에 태운 후에 공원 관리소에서 나왔습니까악까악. 그는 우리들 가운데에 유모차를 세웠습니까악까악. 우리 중에 몇몇은 유모차의 차양 위로 올라가 앉았습니까악까악. 이것은 우리의 마지막 사진이 될 것이다…… 중얼거리듯이 노인이 말했습니까악까악. 하지만 우리는 그가 차마 못다 한 말을 다 알아들을 수 있었습니까악까악. 노인은 똑같은 사진을 여러 장 찍었습니까악까악. 아가, 잘 보렴. 오늘이면 여길 떠날, 언제 다시 돌아올지 모를 너의 형제들이란다. 노인은 손녀딸에게 사진을 보여주며 말했습니까악까악. 무슨 말인지 아는지 모르는지 아이는 방긋방긋 웃을 뿐이었습니까악까악. 무슨 말을 어떻게 해야 할지 모르겠다만 나를 믿는다면 어둠이 내리자마자 다시 이곳으로 모여라. 말을 끝낸 노인의 눈에서 굵은 눈물이 뚝뚝 떨어졌습니까악까악. 그는 더이상 우리를 보지 않고 관리소 안으로 도망치듯이 들어가버렸습니까악까악. 책상에 얼굴을 묻고 있는 노인의 어깨가 심하게 흔들리는 것을 우리는 보았습니까악까악.

날이 저물기가 무섭게 우리는 약속대로 노인에게로 갔습니까악까악. 그는 우리들을 닭장 같은 곳에다가 몰아넣고는 커다란 트럭에 그것을 실었습니까악까악. 그리고, 차에 시동을 걸었습니까악까악.

그날 밤, 모든 도시는 정전이었습니까악까악.

사람들은 서둘러 귀가했고 일찍 잠자리에 들었습니까악까악. 전기가 없는 밤에 인간이 할 수 있는 일은 아무것도 없으니까요, 까악까악. 그러므로, 낮보다 밤이 더 화려했던 그 도시는 그날 하루만큼은 죽은 도시였습니까악까악. 도시의 사람들도 그날 하루만큼은 모두 죽은 자들이었습니까악까악. 아무도 우리에게 일어나고 있는 일을 알지 못했습니까악까악. 아니, 알지 못하는 척했습니까악까악.

어둠 속을 달리고 또 달리며 우리는 무서운 광경을 보았습니까악까악.

정전이 된 도시는 수상한 연기로 가득 차 있었습니까악까악. 연기 속에서 우리는 형제의 살냄새를 맡았습니까악까악. 아우슈비츠야! 까악까악! 우리 가운데 누군가가 소리쳤습니까악까악. 까악아악, 우리 까마귀들은 세계를 불구덩이로 몰아넣었던 전쟁의 기억을 떠올렸습니까악까악. 석탄덩어리처럼 함부로 기차에 실려온 유태인들, 까악까악, 우리의 형제들! 그들을 떼거지로 불에 태우던 화덕 앞에서 구슬프게 울었던 선조들의 기억이 전류처럼 우리의 몸에 흐르기 시작했습니까악까악. 까마귀로 태어난 것을, 죽은 자의 친구가 되길 자청했던 것을 뼈저리게 후회하게 만들었던 그 냄새! 그날 밤, 어둠 속을 달리며 우리는 또다시 그 냄새를 맡아야만 했던 것입니까악까악.

비로소 모든 것이 확연해지기 시작했습니까악까악. 그날의 정전은 결코 우연이 아니었습니까악까악. 정전은, 우리 까마귀들을 소탕하기 위한 준비운동이자 학살을 은폐하기 위한 수단이었던 것입니까악까악. 정전을 핑계대며 일찍 잠자리에 들고는 결코 밖을 내다보지 않는 사람들. 그럼으로써 이 대량학살을 묵인하고 결국엔 동참하는 사람들. 무서웠습니까악까악, 까악까악. 인간들이 추악하다고 생각하는 벌레 먹은 시체보다 살아 있는 그들이 더욱 추악했습니까악까악. 그날 우리가 겪은 인간은 이 세상의 그 무엇도 경멸할 자격이 없는 가장 하등의 존재였습니까악까악.

형제의 살과 뼈가 타는 냄새를 맡지 않으려고 우리는 숨조차 쉬지 않았습니까악까악. 그래서 마음놓고 울 수도 없었습니까악까악. 우리의 심장은 우리의 몸보다도 더 새카맣게 타들어갔습니까악까악. 그날 밤 인간은 우리에게서 형제의 죽음을 애도할 권리조차 빼앗았던 것입니까악까악.

지옥의 도시를 가로지르며 노인의 트럭은 질주했습니까악까악. 마침내 트럭이 멈추었을 때는 벌써 아침이었습니까악까악. 우리가 도착한 곳은 바로 이 산이었습니까악까악.

닭장 같은 데에서 나오자마자 우리는 울부짖기 시작했습니까악까악. 어젯밤 너희들을 모두 불태우라는 당국의 명령이 있었다. 미안하다. 노인이 말했습니까악까악. 그의 목소리에서는 쇳소리가 났습니까악까악. 그의 두 눈은 퉁퉁 부어 있었고, 실핏줄이 터졌는지 흰자위가 붉게 물들어 있었습니까악까악. 운전을 하면서 그도 내내 울고 있었던 모양입니까악까악. 너희들도 알다시피 여기는 이 나라에서 가장 큰 산이다. 그러니까 사람들에게 들키지 않고 살 수 있을 것이다. 이제 와서 이런 말을 하기가 부끄럽지만 옛날에 나의 조상들은 이곳에서 너희와 함께 살았다. 조금만 기다려라. 앞으로, 앞으로 꼭, 다시 그렇게 될 것이다. 그렇게 말하고서 노인은 품속에서 무엇인가를 꺼냈습니까악까악. 공원에서의 마지막 날, 노인의 손녀와 우리가 함께 찍은 사진이었습니까악까악. 이 아이가 스무 살이 되거든 꼭 너희들에게 보내겠다. 내가 결코 너희들을 잊지 않았다는 사실을 이 아이가 전해줄 것이다. 노인은 그 사진을 우리의 부리에 물려주었습니까악까악. 그리고는 손사래를 치며 훠어이훠어이 우리를 산속 깊은 곳으로 쫓았습니까악까악. 어서 가거라. 이 아이가 오기 전까지 절대로 인간의 눈에 띄지 말아라. 노인의 마지막 말이었습니까악까악. 우리가 일제히 산속을 향해 날아갈 때 노인은 우리의 마지막 모습을 자신의 폴라로이드 카메라에 담고 있었습니까악까악.

어? 이런 소리는 처음 듣는데, 무슨 소리지?
여자가 고개를 갸우뚱거립니까악까악. 들뜬 나머지 내가 너무 큰 소리로 그녀에게 인사를 했나봅니까악까악. 이십 년 전의 그 갓난아이가 저렇게 아름답게 성장해서 우리를 찾아왔는데 어떻게 흥분하지 않을 수가 있겠습니까악까악. 물론 지금 이곳에는 이십 년 전, 그 도시로부터 도망쳤던 까마귀들은 별로 없습니까악까악. 까마귀는 인간처럼 칠팔십 년씩 살 수 있는 게 아니니까악까악. 당연히 나도 그때 그 까마귀가 아닙니까악까악. 하지만 앞서도 말했다시피 우리 까마귀들은 과거와 현재와 미래를 관통해서 살고 있습니까악까악. 어제의 그 까마귀가 바로 오늘의 나이고 오늘의 나는 미래의 그 어떤 까마귀가 되는 것입니까악까악. 이십 년 전 우리 가운데 누군가가 그녀를 알았다면 오늘의 나도 당연히 그녀를 알고 있어야 하는 것입니까악까악. 그리고 우리에게는 노인이 주었던 사진도 있습니까악까악. 사진보다 더 중요한, 노인의 약속도 있습니까악까악. 여자를 알아보지 못한다는 것은 있을 수도 없는 일입니까악까악.

　여자는 매끈매끈한 연분홍색 화강암 위에 엉덩이를 걸치고 앉더니 배낭에서 무엇인가를 꺼냈습니까악까악. 두꺼운 책이었습니까악까악. '조류도감'. 책 표지에는 그런 글씨가 씌어 있었습니까악까악. 까악까악 하고 우는 새는, 까악까악 하고 우는 새는…… 여자는 주문을 외우듯이 계속해서 그 말을 중얼거리며 책장을 넘겼습니까악까악. 까악까악 하고 우는 새는…… 나도 속으로 그녀의 말을 따라해보았습니까악까악. 까악까악 하고 우는, 우는…… 나는 그녀가 운다고 표현하는 것이 조금 서운했습니까악까악. 나는 기쁘게 인사를 했던 것인데 그녀가 듣기에는 그저 울음소리였나봅니까악까악. 인간은 새가 운다거나 노래한다고들 표현하는데요, 아닙니다, 우리는 말을 하는 것입니까악까악. 잘 들어보세요, 까악까악. 조금만 귀를 기울이면, 아니 인간의 말을 조금만 잊어버린다면 까마귀의 말을 들을 수 있을 겁니까악까악. 까마귀와 인간, 우리는 한때 같은 말을 쓰지 않았습니까악까악? 우리가 다시 대화하는 것은 절대로 불가능한 일이 아닙니까악까악. 조금 서운하긴 했지만 나는 인내심을 가지고 계속해서 그녀에게 말을 걸었습니까악까악. 까악까악, 까악까악.

　까악까악 우는 것은 까마귀라는 새뿐인데…… 여자는 말끝을 흐렸습니까악까악. 여자는 한 번도 우리 까마귀를 본 적이 없는 모양이었습니까악까악. 나는 그녀 앞에 모습을 드러낼까 말까 망설였습니까악까악. 그때 여자가 책갈피 속에 들어 있던 사진 한 장을 꺼내들었습니까악까악. 유모차에 탄 갓난아이와 우리가 함께 찍은, 바로 그 사진이었습니까악까악. 폴라로이드 카메라로 찍은 사진이라 그것은 이십 년 전에 비해서 훨씬 희미해지긴 했지만 노인이 우리의 부리에 물려주었던 그 사진이 틀림없었습니까악까악, 까악까악. 나는 온 힘을 다해 창공으로 공처럼 튀어올랐다가 다시 재빠르게 나무 위로 낙하했습니까악까악. 그러자 산 중턱쯤에 대단위 군락을 이루고 있는 삼나무숲에 숨어 있던 나의 형제들이 일제히 하늘을 날기 시작했습니까악까악. 여자에게 환영의 꽃가루를 뿌려주기라도 하듯이 말입니까악까악. 공처럼 튀어올랐다가 다시 재빠르게 떨어진 나의 행동은 일종의 신호였던 셈입니까악까악, 그 여자가 왔다는.

까마귀다! 진짜 까마귀다!

그때였습니까악까악. 우리 까마귀 무리를 발견한 누군가가 소리를 질렀습니까악까악. 남자였습니까악까악. 여자와 비슷한 또래의 싱싱한 젊은이였습니까악까악. 그는 여자가 있는 쪽으로 달려오면서 연신 그렇게 소리를 질러댔습니까악까악. 고맙게도 여자는 또다른 우리의 형제를 한 사람 더 데려왔던 것입니까악까악.

그렇지? 네가 보기에도 까마귀가 틀림없지? 남자가 여자에게 말했습니까악까악. 모르겠어. 이 사진에 있는 새가 맞긴 맞는데…… 까마귀는 우리나라에 없는 새라고 하지 않니? 여자가 대답했습니까악까악. 그랬지. 우리가 본 모든 자료에는 그렇게 씌어 있었지. 우리가 살면서 한 번도 본 적이 없었고. 하지만 지금 우리 위에서 저렇게 날고 있잖아. 눈앞에 빤히 보이잖아. 남자는 손가락을 들어 우리를 가리켰습니까악까악. 까악까악, 당신 말이 맞다고, 까악까악, 나는 더더욱 목청을 높였습니까악까악. 정말 이상하지. 내가 태어나서 얼마 안 됐을 때 할아버지가 찍어준 사진이야. 여자는 남자에게 사진을 보여주며 말했습니까악까악. 왕궁과 시티 홀 사이에 있는 이 공원, 사진 속에는 거기에 이렇게 까마귀들이 있어. 지금도 공원은 그대로 있지만 까마귀는 없어. 나도 한 번도 본 적이 없고. 할아버지는 우리나라에 까마귀가 있었다고, 그 증거라고, 이 사진을 보여주곤 하셨지. 하지만 사람들은 믿지 않았어. 할아버지가 제정신이 아니라고 손가락질했어. 나도 처음엔 그런 할아버지가 부끄러웠고. 여자의 목소리는 너무나 슬펐습니까악까악. 나도 마음이 아팠습니까악까악. 이십 년 전, 우는 아이를 달래던 공원지기 노인처럼 그녀의 가슴을 토닥여주고 싶었습니까악까악. 이제 할아버지의 말을 믿어. 나를 대신해서 남자가 그녀의 어깨를 감싸안으며 따뜻하게 속삭였습니까악까악. 그리고 이렇게 말했습니까악까악. 우리가 잘못 알고 있었던 게 어디 그것뿐이니? 다들 없다고 하는 이 산도 이렇게 멀쩡히 있잖아. 요 앞 동네에서 우리가 이 산을 가리키며 이름이 뭐냐고 물었을 때, 동네 사람들이 뭐라고 그랬니? 거기 무슨 산이 있다고 그래요? 젊은이가 헛것을 본 거로구먼. 그러지 않았니? 정말로 미친 사람들은 우리가 아니야. 등산을 끝내고 돌아가면 나는 꼭 이 산의 존재를 알리고 말 거야. 이제 더이상 거짓말은 그만 하라고 말하겠어. 남자는 제법 당당하게 말했습니까악까악. 하지만 여자는 여전히 어두운 표정이었습니까악까악. 아무도 우리의 말을 믿지 않을 거야. 어쩌면 우리를 없애버릴지도 몰라, 이 산처럼, 까마귀처럼…… 할아버지도 어느 날 갑자기 사라져버렸어. 한참 뒤에 할아버지 시신이 강 위로 떠올랐는데 그걸 보고 사람들은 이렇게 얘기했어. 정신이 이상해진 나머지 자살한 거라고. 사람들 말대로 할아버지가, 너와 내가 미친 게 아닐까? 까악까악, 여자의 말을 듣고서 나는 가슴이 무너져내리는 것 같았습니까악까악. 여자의 두려움을 나는 알 수 있었습니까악까악. 이곳에 찾아온 사람들은 여자가 처음이 아니었습니까악까악. 하지만 그들은 모두 죽음의 계곡에서 처형당했습니까악까악. 당국에서 비밀리에 파견한 저격수들이 산의 곳곳에 잠복하고 있었습니까악까악. 자기들이 없다고 말한 바로 그 산에 말입니까악까악. 나는 무서워. 여자는 그렇게 말하며 또다른 사진을 한 장 더 꺼냈습니까악까악. 이십 년 전, 우리를 이 산에 풀어준 후 공원지기 노인이 마지막으로 찍은 사진이었습니까악까악. 거기에는 우리 까마귀들의 불안한 뒷모습이 담겨 있었습니까악까악. 이것도 할아버지가 찍은 사진인데…… 이 산이야. 틀림없이 여기야. 말은 안 했지만 할아버지는 이 산이 있다는 것도 알고 있었던 거야. 할아버지도…… 무서웠던 거야.

까악까악, 정말 무서운 일이었습니까악까악. 나는 이곳에 왔던 사람들이 하는 얘기를 들었기 때문에 잘 알고 있었습니까악까악. 당국에서 얼마나 철저하고 교묘하게 이 산의 존재를 지워가고 있는지를 말입니까악까악.

이 산은 나라에서 가장 크고 아름다운 산이었지만 동시에 가장 큰 화산이기도 했습니까악까악. 한번 폭발했다 하면 국토의 절반을 순식간에 폐허로 만들 수 있을 정도였습니까악까악. 하지만 인간이 꼴보기 싫어서 죄다 쓸어버리려고 화산이 터지는 것은 결코 아닙니까악까악. 무언가 인간에게 하고 싶은 말이 있기 때문인 것입니까악까악. 사람들도 그것을 알고 있었습니까악까악. 오래 전 까마귀와 인간이 같은 말을 쓰던 시절에는 말입니까악까악.

서쪽 바닷가에 자리잡고 있는 이 산의 이름은 '태양의 침소' 였습니까악까악. 당연히 이 나라의 태양은 산 너머로 지지 않았습니까악까악. 산의 품속으로 들어가서 잠들 뿐이었지요, 까악까악. 하루 종일 중천에 떠서 대지를 비옥하게 만드느라 애쓰던 태양이 대지의 품에서 잠드는 것은 당연한 일이었습니까악까악. 그래서 이 나라의 백성들은 이 땅에서 가장 높은 산을 태양의 침소로 내주었던 것입니까악까악.

높은 곳에 거처를 마련한 태양은 좀더 빨리 하늘 가운데에 당도할 수 있었고 피곤할 때면 언제든지 내려와서 쉴 수가 있게 되었습니까악까악. 사람들은 태양과 함께 일하고 태양과 함께 잠들었습니까악까악. 너와 내가 따로 없고, 인간과 대지가 다르지 않고, 지구와 태양이 한 식구가 될 수 있었던 시절이었습니까악까악. 그리하여 땅은 더욱 비옥해지고 땅에서 자란 곡식과 과일은 사람들의 곳간을 풍성하게 채웠습니까악까악.

사람들이 처음으로 곳간을 만들었던 것은 식량을 구할 수 없는 겨울을 대비하기 위해서였습니까악까악. 대지가 쉬는 때에 사람들도 함께 쉬기 위해서였습니까악까악. 그러나 그런 당연한 시절은 오래지 않아 끝나고 말았습니까악까악. 차츰차츰 사람들은 곳간이 비는 것을 견디지 못하게 되었던 것입니까악까악. 곳간은 언제든지 꽉꽉 채워놓아야만 하는 무시무시한 욕망의 구덩이로 변해버렸습니까악까악. 자기 것을 채우기 위해 남의 것을 빼앗고 다른 사람을 부려먹어도 되는 희한한 법률이 생겨났습니까악까악. 사람들 사이의 사랑이란 것도 곳간이 있는 곳에서만 유효하게 되었습니까악까악. 곳간이 크고 풍성한 사람을 더 많이 사랑하게 되었다는 얘깁니까악까악.

태양의 침소가 처음으로 폭발한 것은 그 무렵이었다고 합니까악까악.

폭발하기 며칠 전부터 산은 사람들에게 경고했습니까악까악. 자주 대지가 흔들렸고 우물에는 물이 말랐습니까악까악. 우리 까마귀들도 만나는 사람마다 붙잡고 앞으로 있을지도 모를 재앙에 대해서 열심히 설명해주었습니까악까악. 그때는 인간과 까마귀가 같은 말을 사용하던 시절이었습니까악까악. 이 산은 태양의 침소인 동시에 우리 까마귀들의 침소이기도 했습니까악까악. 태양과 가장 가까이에 사는 우리들의 언어는 곧 태양의 언어였습니까악까악. 우리와 같은 말을 쓰는 인간들의 언어도 당연히 그랬겠죠, 까악까악, 지금에 와서는 잘 상상이 안 되지만.

다행히 사람들은 우리의 말을 알아들었습니까악까악. 진리는 빛이 아니라 어둠이라고, 그 당시 사람들은 생각했다고 합니까악까악. 너무 밝은 빛은 눈을 멀게 만들 뿐이지만 어둠은 오히려 우리의 두 눈을 활짝 열어주기 때문이랍니까악까악. 날개는 물론이고 머리며 배, 심지어는 다리까지 새카만 우리 까마귀들은 그래서 진리를 전하는 새로 통했습니까악까악. 세상에 존재하는 모든 색깔을 한데 섞으면 검정이 됩니까악까악. 검정은 완벽한 색이었습니까악까악. 요즘 사람들은 검은색이 죽음을 의미한다고들 말하는데, 그건 다 흰소리입니까악까악. 까마귀의 언어를 사용했던 과거를 부정하기 위해 인간이 덧씌운 관념일 뿐입니까악까악.

산의 전언을 알아들은 사람들은 곳간을 열고서 곡식을 나누었습니까악까악. 이웃에게 진 빚도 모조리 갚았습니까악까악. 사랑 대신 곳간을 택했던 젊은 연인들도 다시 마음을 바꿔 사랑하는 사람과 함께 결혼식을 올렸습니까악까악. 지진 때문에 땅이 흔들리는 가운데에서도 사람들은 차분했습니까악까악. 새로운 수맥을 찾아 새 우물을 파는 일도 잊지 않았습니까악까악. 왜냐하면, 사람들은 잘 알고 있었기 때문입니까악까악. 인간들에게 겁을 주려고 화산이 폭발하는 게 아니라는 걸, 화산은 단지 인간과 대화하길 원했을 뿐이라는 걸…… 까악까악.

그러나, 그럼에도 불구하고 태양의 침소는 폭발하고 말았습니까악까악. 우리의 말을 무시한 단 한 사람 때문이었습니다. 그는 가장 큰 곳간을 소유하고 있는 자였습니까악까악. 그자는 위험을 전하러 온 우리에게 오히려 이렇게 호통을 쳤다고 합니까악까악. 왜 내 곳간을 열라 하는가. 너희들이 내 곳간을 채우는 일에 무슨 도움을 주었단 말인가. 오히려 내가 애써 기른 곡식과 과일을 축내기만 하지 않았는가. 징벌을 받아야 하는 것들은 바로 너희들이다. 너희가 태양의 전령이라니, 그 거짓말을 어찌 믿으란 말인가. 증거를 보여라. 까악까악, 까아아악! 정말 안타까운 일이었습니까악까악. 적반하장이었습니까악까악. 인간에게 대지와 식량을 나누어준 것은 우리였습니까악까악. 우리들이 축제 때만 먹었던, 태양의 침소에만 자생하는 황금감. 그자가 그것을 함부로 따갈 때에도 우리는 그저 가만히 있었습니까악까악. 산이 키우고 태양이 익힌 그것을 우리만의 것이라고 여기지 않기 때문입니까악까악. 같은 태양빛을 받고 사는 모두의 것이라고 생각했기 때문입니까악까악. 우리 까마귀들이 인간에게 기생했다니…… 순 억지였습니까악까악. 그리고, 증거라니까악까악? 우리들로서는 처음 듣는 말이었습니까악까악. 산도, 태양도, 인간도, 그리고 우리 까마귀도, 그 자체로 그냥 있는 것이었습니까악까악. 도대체 얼마나 더 확실한 증거를 대라는 말입니까아악!

그자의 궤변은 그러나 그것으로 그치지 않았습니까악까악. 우리 모두의 것이라고? 흥, 웃기지 마라. 세상 만물은 다 임자가 있는 법이다. 임자가 나타나야 비로소 질서가 생기는 것이다. 나는 뒤죽박죽인 이 땅에 질서를 찾아주어야겠다. 까아아악, 그자는 남의 둥지에 알을 낳고도 원래부터 제 것인 양 뻔뻔하게 구는 뻐꾸기 같은 인간이었습니까악까악. 그는 끝내 우리의 말을 듣지 않았습니까악까악. 더욱 불행한 일은 그자의 궤변에 놀아나는 사람들이 생겼다는 사실이었습니까악까악. 세상 만물이 누구의 것도 아니라니 이상한 일이라고, 사람들은 잘못 생각하기 시작했습니까악까악. 우리 모두의 것이라는 말을 사람들은 왜 임자가 없다는 뜻으로 알아듣는 것인지, 어째서 꼭 단 한 사람의 임자가 필요하다고 생각하는 것인지…… 참으로 답답한 노릇이었습니까악까악. 단순한 진리를 왜 복잡하게 꼬고 이상한 이유를 갖다붙이는지도 모를 일이었습니까악까악.

태양의 침소는 마침내 폭발하고 말았습니까악까악. 산과 들이 풍성하게 익어가던 계절에 말입니까악까악. 대지가 경련을 일으키고 바다는 오그라들었습니까악까악. 산은 울부짖으며 피와 눈물, 그리고 한숨을 토해냈습니까악까악. 두터운 층을 이룬 수증기와 회색 화산재와 불이 붙은 돌덩이들이 차례차례 창공으로 튀어올랐습니까악까악. 불기둥은 하늘을 뚫어버리기라도 할 듯이 맹렬한 기세로 솟구쳤습니까악까악. 그 바람에 사시사철 산꼭대기에 쌓여 있던 눈이 녹으면서 거대한 진흙더미가 마을을 향해 돌진했습니까악까악. 불이 붉은 뜨거운 구름이 용암보다 먼저 마을을 태웠고, 바다를 태웠습니까악까악. 바다 위에는 물고기들이 익은 채로 떼지어 떠올랐고 온 나라가 불에 타고 녹은 사람들로 가득 찼습니까악까악. 살아남은 사람들은 하늘과 산이 쩍쩍 깨지는 듯한 거대한 폭발음 때문에 모두 귀머거리가 되었습니까악까악. 그런가 하면 갑작스레 불덩어리와 용암과 진흙더미를 집어삼킨 바다는 무시무시한 토악질을 하기까지 했습니까악까악. 해일이 일었던 것입니까악까악. 서쪽 바닷가 마을은 바다 속으로 침몰했습니까악까악. 불과 물의 대재앙은 한 달이나 계속되었습니까악까악. 아닙니까악까악, 화산활동은 한 달 후에 멎었지만 그 후유증은 더욱 오래 갔습니까악까악. 그뒤로 삼 년 동안 이 나라의 대지는 한여름에도 얼음으로 뒤덮여 있어야 했기 때문입니까악까악. 화산에서 쏟아져나온 가스가 대기를 가려버린 통에 사람들은 삼 년 동안이나 태양을 제대로 볼 수 없었던 것입니까악까악.

한번 폭발하기 시작한 태양의 침소는 그후로도 종종 그러했습니까악까악. 한번 타락한 인간이 계속해서 타락했기 때문입니까악까악. 사람들은 산이 하는 말을 못 들은 척했습니까악까악. 산이 하는 말을 자기들 마음대로 해석해버렸습니까악까악. 산을 정복해야 한다고, 낱낱이 해체하고 통제해야 한다고 떠들어댔습니까악까악. 그것으로도 모자라 화산 폭발을 핑계대며 자신의 형제 위에 군림하고 형제들을 학살했습니까악까악. 화산이 또다시 폭발할 조짐을 보일 때면 산신의 분노를 잠재운다는 미명 아래 자신의 이웃을 불구덩이에 처넣었습니까악까악. 재물로 선택된 사람들은 가장 깨끗한 사람들이었습니까악까악. 하지만 타락한 사람들 눈에는 깨끗하고 선량한 사람이 오히려 이상하게 보였던 것입니까악까악. 아니, 그들도 알고 있었습니까악까악. 재물이 된 자신의 형제에게는 아무 죄가 없다는 것을. 그가 아무런 죄도 짓지 않았기 때문에, 그래서 더더욱 죽이고 싶었다는 것을. 그럼으로써 그들은 자신의 타락을 정당화하고자 했던 것입니까악까악.

세계를 휩쓸었던 전쟁중에도 이 산은 여러 차례 크고 작은 폭발을 일으켰습니까악까악. 그것은 단말마의 비명과도 같은 이 산의 호소였습니까악까악. 하지만 인간들은 어떻게 했습니까악까악? 무단으로 이웃 나라를 정복하고, 그들을 데려다가 부려먹고, 마침내는 그들 때문에 지진이 났다고 모조리 죽여버리지 않았습니까악까악? 그러고도 뉘우치기는커녕 오히려 큰소리를 쳤지요, 까악까악. 더 큰 다른 나라의 손에 넘어갈 수도 있었던 것을 자기들이 구해주었노라고, 세상물정 모르는 미개한 너희를 개화시켰으니 감사해야 한다고, 그것이야말로 진정 너희들이 원하던 바가 아니었느냐고……

아닙니까악까악? 이번에도 그놈의 증거가 필요합니까악까악?

과거와 현재와 미래를 관통하며 살아가는 우리 까마귀들이 바로 그 증거입니까악까악. 모든 죽음의 자리에서 죽은 자들의 친구가 되었고 그들의 비통한 죽음을 까악까악 알리던 우리가 바로 그 증거입니까악까악. 우리는 그들의 시체를 뜯어먹고 살았습니까악까악. 우리는 그들과 한 몸인 것입니까악까악.

인간의 언어로 된 증거는 대지 않겠습니까악까악. 아니, 대고 싶지 않습니까악까악. 우리가 이렇게 멀쩡히 살아 있는데도 예전부터 이 땅에 까마귀는 없었다고 적고 있는, 인간의 책. 태양의 침소를 코앞에 두고 보면서도 보이지 않는다고 말하는, 인간의 언어. 이 나라에는 태양의 침소 같은 큰 화산이 없다고 합니까악까악. 화산 때문에 큰 피해를 입은 적이 없는 은혜로운 땅이라고 합니까악까악. 천혜의 땅이므로 한 번도 이웃 나라를 탐한 적이 없다고 합니까악까악. 사실이랍니까악까악. 그 증거라면서 이런저런 문헌과 사진을 내놓습니까악까악. 증거가 있으니 믿으라고 합니까악까악. 증거를 본 사람들은 증거가 있기 때문에 믿을 수 있다고 말합니까악까악. 늘 그 자리에 있었던 산보다도 사람들은 증거를 먼저 봅니까악까악. 그리고는 그 증거에 맞추어 우리 까마귀를, 그리고 산의 존재를 실제로 지워버리려고 합니까악까악. 내일이면 얼마든지 다른 말로 채워질 수도 있는 그놈의 증거를 믿고 말입니까악까악.

여자와 남자는 회백색 바위와 겹겹이 쌓여 있는 붉은색 경석더미를 지나 이제 산의 중턱을 오르고 있습니까악까악. 나는 최대한 몸을 낮추어 날며 그들을 뒤쫓았습니까악까악. 산의 중턱에는 갈림길이 있는데 그곳에서 선택을 잘못 하면 바로 죽음의 계곡으로 빠지게 됩니까악까악. 나는 그들이 바른 길을 고르도록 도움을 주어야 했습니까악까악. 이미 없다고 하는 이 산을 찾아온 용감한 사람들은 많았지만 그들은 번번이 죽음의 계곡 쪽으로 발길을 돌렸습니까악까악. 여기까지 와서도 그들은 우리 까마귀의 말을 듣지 않았기 때문입니까악까악.

여기에 표지판이 있는데! 갈림길에서, 남자가 기쁜 듯이 소리를 질렀습니까악까악. 표지판이 아주 깨끗해. 최근까지도 이곳에 왔던 사람들이 많다는 증거야. 어쩌면 그들은 이 산 어딘가에 살고 있을지도 몰라. 우리에게 길을 안내해주려는 거라구. 남자는 몹시 흥분한 것 같았습니까악까악. 하지만 나는 다급해져서 까악까악 까악까악, 온

몸을 쥐어짜가며 아니라고, 아니라고, 말했습니까악까악. 표지판은 속임수였습니까악까악. 표지판을 따라가면 바로 죽음의 계곡이었습니까악까악. 그것은 당국에서 파견한 저격수들이 만들어놓은 것이었습니까악까악. 그들은 죽음의 계곡에 숨어서 등산객들을 기다리고 있었습니까악까악. 등산객들은 모두 죽임을 당했습니까악까악. 이 산에 발을 디딘 사람이야말로 산의 존재를 증명해줄 생생한 증인이었으니까요, 까악까악.

남자는 어서 가자며 여자의 손을 잡아끌기 시작했습니까악까악. 내가 말하는 소리는 귀에 들어오지도 않는 모양이었습니까악까악. 안 되겠다 싶어서 나는 형제들에게 도움을 청했습니까악까악. 이건 정말이지 최후의 수단이었습니까악까악. 우리의 목숨을 담보로 한 행동이니까요, 까악까악. 형제들은 일렬로 서서 죽음의 계곡과 반대쪽으로 날아갔습니까악까악. 창공에 새겨진 검은 화살표처럼 말입니까악까악.

탕탕탕. 예상했던 대로 총소리가 들렸습니까악까악. 형제들 중 몇몇이 수직낙하했습니까악까악. 까아아악, 저격수의 총에 맞은 것입니까악까악. 저격수들은 등산객뿐만 아니라 우리 까마귀도 눈에 띄는 대로 죽이라는 당국의 지시를 받고 있었습니까악까악. 무리지어서, 그야말로 오합지졸처럼 날지 않고 일렬로 점점이 날고 있으니 저격수들로서는 명중시키기가 한결 쉬웠을 테지요, 까악까악.

형제들의 죽음 앞에서도 나는 슬퍼할 수가 없었습니까악까악. 남자와 여자, 어쩌면 태양의 침소를 찾아온 마지막 인간이 될지도 모르는 그들을 어떻게든 살려야 했으니까요, 까악까악. 그리고 남자와 여자, 그들이 우리와 함께 살게 된다면 이 산속의 생명은 오늘 희생당한 우리 까마귀의 숫자보다 더 늘어나게 될지도 모르는 일 아닙니까 악까악.

연달아 들려오는 총소리에 놀랐는지 남자와 여자는 제자리에 멈춰 선 채 어쩔 줄을 몰라했습니까악까악. 이상해. 잠시 후, 여자가 먼저 입을 열었습니까악까악. 이곳에 온 사람들이 많았다면 왜 그들은 아무도 되돌아오지 않았을까? 그녀의 입술은 파르르 파르르 떨리고 있었습니까악까악. 미친놈 취급당할까봐 두려웠겠지. 정말로 산이 있어서 놀라기도 했을 테고. 그러니까, 틀림없어. 그들은 아직 여기에 숨어 있다니까. 표지판은 분명히 그들이 만든 거야. 남자는 확신했습니까악까악. 지금 이 총소리는 뭘까? 산에 있는 사람이 그들이라면 왜 까마귀에게 총을 쏘는 것이지? 까악까악, 여자는 점점 진실에 접근하고 있었습니까악까악. 나는 너무나 기쁜 나머지 그녀의 코앞에서 까악까악, 그녀의 말이 맞다고 얘기해 주었습니까악까악. 여자는 처음으로 나의 두 눈을 똑바로 쳐다보았습니까악까악. 나는 그녀의 눈동자 속에서 힘차게 날개를 파닥거렸습니까악까악.

사람들은 천연덕스럽게 산이 없다고 하면서도 우리가 이곳에 오는 것을 막지 않았어. 그때부터 이상했어, 나는. 여자가 말했습니까악까악. 나에게 하는 말인지 남자에게 하는 말인지 애매한 어투로 말입니까악까악. 그러니까 더욱 교묘한 거지. 못 가게 막는다는 것 자체가 산이 있다는 걸 인정하는 거잖아. 남자가 대답했습니까악까악. 그것은 바로 내가 하고 싶은 말이기도 했습니까악까악. 하지만 남자는 자기가 얼마나 중요한 말을 했는지 미처 깨닫지 못하는 것 같았습니까악까악. 나는 그의 눈앞에서도 파닥파닥 힘차게 날갯짓을 했습니까악까악. 그녀와 마찬가지로 그의 눈동자에도 나의 모습이 선명하게 찍히기를 바라며.

네 말이 맞아. 할아버지는 종종 이런 얘길 해주었어. 먼 옛날, 까마귀와 인간은 같은 언어를 썼다고. 남자의 코앞에서 까악까악 말하고 있는 나를 보며 여자가 말했습니까악까악. 그리고 또 이렇게 덧붙였습니까악까악. 우리는 이쪽으로 가야 해.

여자의 손끝은, 죽음의 계곡 반대편으로 날고 있는 나의 형제들을 가리키고 있었습니까악까악.

도시보다 태양의 침소가 더 높습니까악까악. 그렇습니까악까악. 산은 있습니까악까악. 원래부터 이곳에 이렇게 있었습니까악까악.

그의 리볼버

당신은 이제 더이상 그림을 그려선 안 돼.

그동안 원 없이 그리지 않았나?

당신 그림은 지금이 가장 완벽해.

구차하게 오래 살면서 퇴보할 필요가 어디 있나?

멋있게 정점에서 가는 거야. 우린 그걸 도왔을 뿐이라고.

우리에게 고마워할 날이 분명히 올걸세. 그럼 잘 가게. 친구.

우린 몹시 바쁘다네. 우선은 그 총을 찾아야 한단 말이야.

자네의 불멸을 위해서!

오보리는 보리 생산지로 유명한 작은 시골 동네였다. 세계 최고의 도시로 불리는 국가의 수도로부터 삼십오 킬로미터밖에 떨어지지 않은 곳에 자리잡고 있었지만 오보리 마을에서 도시의 흔적을 찾아내기란 어려운 일이었다. 보이는 거라곤 낮은 담벼락과 좁은 골목, 손바닥만한 창문과 빨간 고깔모자 같은 지붕, 작은 정원과 건초더미, 그리고 보리밭, 오직 보리밭뿐이었다.

이곳 토박이인 방그래 씨가 오보리 역에 도착한 것은 저녁 여섯시쯤이었다. 그는 수도에 살고 있는 조카의 결혼식에 다녀오는 길이었다. 그가 수도에 다녀온 것은 이번이 두번째였다.

방그래 씨가 처음으로 수도를 방문했던 것은 지금으로부터 십삼 년 전, 그의 나이 열다섯 살 때였다. 그해 4월 1일, 미국은 오키나와에 상륙했으며 4월 28일엔 무솔리니가 처형을 당했다. 그리고 이틀 뒤 베를린에선 히틀러의 자살이 있었다. 전쟁의 막바지를 향해, 마치 블랙홀

속으로 빨려들어가는 것처럼 숨가쁘고 어지러운 날들이었다. 하루에 백 번도 넘게 지구가 자전하는 것 같은 날이 있는가 하면 어느 날은 너무 많은 태양이 한꺼번에 창공으로 떠올랐다. 그런 날이면 지구는 어떤 태양을 중심으로 궤도를 그릴 것인가 하는 판단을 유보한 채 붙박이장처럼 꼼짝도 하지 않았다. 너무 많은 태양 아래에서 무방비로 정수리가 노출된 사람들만 녹아나는 날들이었다. 열다섯 살의 소년이었던 방그래 씨는 매일매일 구토에 시달려야 했다. 아침까지만 해도 이웃집의 문패였던 것들이 저녁이 오기도 전에 묘비로 변했다. 묘비는 점점 늘어났다. 열다섯 살이 아니라 다섯 살이어도 '받들어총'을 해야 할 지경이었다. 구토라도 할 수 있는 게, 어쩌면 다행이었다.

히틀러가 자살하고 일 주일 뒤 독일군이 연합국에게 무조건 항복했다는 소식이 들렸다. 오보리 마을은 축제 분위기에 휩싸였다. 시청 앞에는 연합국 국기들이 나부꼈고 마을 사람들은 얼굴만 마주쳐도 함께 국가를 불러댔다. 오보리 마을뿐만 아니라 전국이 마찬가지였다. 방그래 씨는 동네 청년들과 함께 국기를 흔들며 수도에까지 진출했다. 수도로 가는 기차는 오보리와 인근 마을의 젊은이들로 가득 찼다. 그렇게, 젊은이다운 혈기에 휩쓸려 방그래 씨는 수도에 발을 디뎠다. 인간 폭죽이라도 된 양 그는 온몸으로 기쁨을 터뜨려가며 폐허가 된 도시를 헤매고 다녔다. 소년 방그래 씨가 다시 오보리로 돌아온 것은 석 달 후, 일본마저 항복했다는 소식을 듣고 나서였다. 전쟁이 정말로 끝난 것이었다.

십삼 년 만에 다시 찾은 수도의 모습은 방그래 씨가 상상했던 것 이상이었다. 당장이라도 하늘을 쪼개버릴 것처럼 솟아오른 첨탑과 빌딩, 도로를 가득 메운 자동차, 그리고 상점, 상점들. 십삼 년이 아니라 백삼십 년이 한꺼번에 흘러버린 것만 같았다. 전통가옥 보존지구로 묶여 있는 오보리 마을에서는 전혀 볼 수 없는 풍경이었다.

뭘 그리 놀라나, 이제 시작인걸. 하객들 중 누군가가 방그래 씨에게 말했다. 상상이 오히려 현실을 따라가지 못하는 그런 시대가 올지도 몰라. 그와 샴페인 잔을 부딪친 누군가는 또 그렇게 말하기도 했다. 방그래 씨는 인간이 상상할 수 없는 건 없다고 생각하는 쪽이었다. 상상하는 대로 실행에 옮길 수 있는 것도 인간이기에 가능한 일이라고 생각했다. 한 인종을 멸종시키겠다는 발상이 있었고, 그걸 이룰 국가 차원의 프로젝트가 있었다. 그리고 대학살이 벌어졌다. 인간의 상상력과 실행력이 거기까지 이르렀음을 확인한 게 불과 십몇 년 전의 일이었다. 그런데 그토록 엄청난 인간의 상상력을 자제하기는커녕 오히려 상상보다 더 끔찍하게 앞서가는 현실이 우리를 기다리고 있다니! 방그래 씨는 급변한 수도의 모습을 보고 뿌듯해하던 조금 전 자신의 모습이 부실채권처럼 허망하게 느껴졌다.

민족해방전선의 병력이 십삼만 명이 넘었다는구먼. 하객들 중 누군가가 말하는 소리가 들렸다. 우리에겐 나토가 있잖아. 그렇게 대꾸하는 소리도 들렸다. 민족해방전선은 인민전선으로 이름이 바뀌지 않았나? 우리 새 정부가 과연 그들의 독립을 인정할지 모르겠군. 독립이라니? 그들은 '우리의 그들'이라고!…… 대화는 꼬리에 꼬리를 물고 이어졌다. 화제는 어느 틈에 마지막 식민지에서 벌어지고 있는 독립전쟁으로 넘어간 모양이었다. 길쭉한 샴페인 잔을 손에 든 채 담소를 나누고 있는 하객들은 잘 가꾼 정원의 꽃들처럼 행복해 보였다. 그들 모두가 공평하게 아름다웠기 때문에 방그래 씨는 자기가 어떤 꽃과 건배를 했는지, 혹은 안 했는지, 도무지 기억할 수가 없었다. 아무리 샴페인을 마셔도 그의 가슴은 여전히 버석거렸다. 그는 예정보다 일찍 자리에서 일어났다. 그의 친척이 짐짓 그를 붙잡았다. 지금가서 뭐 하게? 오늘은 일요일이야, 알아? 기차가 자주 없다고! 물론방그래 씨도 알고 있었다. 아주 잘 알고 있었다. 하지만 그곳에 더 있다가는 산 채로 사막이 될 것만 같았다. 그는 막무가내로 피로연장을빠져나왔다. 그의 친척은 배우처럼 세련된 동작으로 어깨를 한 번 들었다 놓는 것으로 작별인사를 대신했다.

오보리로 돌아가려면 아주센 강의 한 지류를 따라가야 했다. 아주센 강은 국가의 수도를 남북으로 가르는 거대한 강이었다. 방그래 씨를 태운 기차는 아주센 강의 북쪽 지류를 따라 달리기 시작했다. 수도의 하늘을 향해 '받들어총'을 하고 있는 첨탑들과 자동차 도로, 그리고 상점들이 빠른 속도로 뒤로 물러났다. 마치 시간을 거슬러가는 듯한 느낌이었다. 사십 분 정도 달리자 마침내 화려한 상점들의 거리가 끝나는가 싶더니 아주센 강에서 갈라져나온 샛강과 그 강을 가로지르며 놓여 있는 목조 다리가 보였다. 오아주 다리 역이었다. 물론오아주는 샛강의 이름이었다. 방그래 씨는 그곳에서 하차했다. 오보리로 돌아가려면 이제부터는 오아주 강을 따라서 달리는 기차로 갈아타야 하기 때문이었다.

내리자마자 방그래 씨는 오보리 행 기차시각부터 확인했다. 그러나 그렇게 서두를 필요가 없었다는 사실을 그는 곧 깨달았다. 다음기차가 들어오기까지 무려 한 시간 반이나 기다려야 했던 것이다. 일요일이라 역사는 폐쇄되어 있었다. 그는 무작정 역 밖으로 나왔다. 그러나 몇 개 되지 않는 시골 상점들마저도 일요일이라고 모두 문이닫혀 있었다. 그는 문 닫은 상점의 쇼윈도를 한참씩 들여다보았다.

흰 종이를 덮어놓은 빵 광주리, 색이 바랜 우단 위에 놓인 엽총, 페이퍼백과 타블로이드 판 잡지가 꽂혀 있는 서가…… 거래가 정지된 상태의 상품들은 박물관에 진열된 유물처럼 보였다. 정말로 시간이 멈추어버린 것만 같았다. 예전에, 그러니까 전쟁이 발발하기 전까지만 해도 국가의 수도와 오보리 사이에는 직통 기차가 다녔다고 했다. 새벽부터 밤까지, 매일매일, 한 시간 간격으로 말이다. 하지만 사람들은 그 사실을 까맣게 잊은 듯했다. 대를 이어 영업을 하고 있는, 이 작은 마을의 유일한 총포사인 저 가게만 해도 그랬다. 색이 바랜 우단 위에 엽총을 진열해놓은 저 가게는 이 년 전부터 반고후 씨의 총포사로 불리기 시작했다. 이 년 전에 반고후 씨에 관한 영화가 만들어지고 또 그게 흥행하고부터였다. 반고후 씨는 칠십 일 정도를 오보리에서 살다가 자살한 19세기 말의 화가였다. 영화에서는 그가 자살에 사용한 권총을 이곳 총포사에서 구입하는 것으로 그려져 있었다. 수도에 살고 있던 자신의 동생과 다툰 후 오보리로 돌아오는 길에 화가는 기차를 갈아타야 하는 이곳에서 권총을 구입했다는 것이었다. 하지만 그건 좀 억지스러운 설정이었다. 화가가 죽은 것은 1890년, 전쟁이 일어나기 전이었다. 전쟁 전에는, 당연히 화가가 살았던 그 시절에도 수도와 오보리 사이를 오가는 기차는 직통 노선이었던 것이다. 하지만 총포사에서는 모른 척했다. 화가가 구입한 총은 바로 '리볼버'였다며 오히려 선전까지 하려 들었다. 권총의 출처를 알고 있다고 주장한 사람은 또 있었다. 오보리에서 화가가 묵었던 여인숙의 주인이었다. 그 사람은 그 총이 자기 것이라고 경찰에 증언했다고 전해진다. 하지만 무엇이 진실인지는 아직까지 밝혀지지 않고 있었다. 정말 이상한 일이지만 반고후 씨가 자살에 사용했다는 그 권총은 어디에서도 발견되지 않았기 때문이다. 세월이 흐를수록 반고후 씨는 잊혀진 사람이 되는 게 아니라 오히려 점점 많은 사람에게 알려지고 있었다. 반고후 씨에 관한 진실 혹은 소문도 세포가 증식하듯이 점점 불어나기만 했다. 나날이 복잡하고 비대해지는 국가의 수도처럼. 방그래 씨의 오보리는 늘 그곳에 있었다. 국가의 수도도 늘 그곳에 있었다. 그러나, 오보리는 어제의 오보리였지만 도시는 그렇지 않았다. 오보리와는 점점 멀어지고 있었다. 두 곳을 왕래하기 위해 앞으로는 점점 더 많은 시간이 필요하게 될 것이다. 삼십 킬로미터가 아니라 삼십 년만큼이나 떨어져 있게 될 것이다. 머잖아 도시 사람들 눈에 비친 오보리라는 마을은 첫 장부터 마지막 장까지 똑같은 그림으로 채워진 지루한 그림책에 불과하게 될 것이다…… 방그래 씨의 생각은 어느새 거기까지 달려가고 있었다. 사실 그는 더이상 아무 생각도 하고 싶지 않았다. 그러나 그가 기다리는 기차는 야속하게도, 단 일 분도 일찍 오지 않았던 것이다.

저녁 여섯시, 우여곡절 끝에 오보리 역으로 귀환한 방그래 씨는 플랫폼에 발을 딛기가 무섭게 심호흡부터 했다. 초여름 저녁의 상쾌한 바람을 타고 날아온 보리 냄새가 생수처럼 그의 내부를 가득 채웠다. 내내 버석거리던 가슴이 그제야 촉촉해지는 기분이었다. 방그래 씨는 익숙한 풍경 속으로 거침없이 뛰어들었다. 오아주 강을 끼고 있는 역사를 뒤로한 채 그는 보리밭 쪽으로 걸음을 옮겼다. 보리 익는 냄새가 그를 부르고 있었다. 아마도 내일이나 모레 즈음에는 보리를 수확할 수 있을 터였다. 수확을 앞둔 보리밭에서 고요히 저녁나절을 보내는 일은 방그래 씨의 오랜 습관이었다.

오래 전 오보리에 거주했던 화가 도빈희의 정원을 오른쪽으로 두고 조금 걷다보면 교회가 나왔다. 그 교회는 반고후가 그려서 더더욱 유명해진 바로 그곳이었다. 방그래 씨의 할아버지는 생전에 이렇게 주장하곤 했었다. 반고후 씨가 그 교회를 그릴 때 자신이 옆에 함께 있었노라고. 그러나 할아버지가 관찰한 바에 의하면 그 화가는 누가 옆에 있는지 없는지 그런 것엔 관심이 없어 보였다고 했다. 그저 눈에 들어온 모든 것을 보리 타작하듯이 알맹이와 쭉정이로 가른 후에 영혼의 알맹이만을 그림 속에 담는 것 같았다고, 아직 꼬맹이였던 자신의 눈에도 그게 다 보였다고, 할아버지는 말하곤 했다. 그 사람이 일단 그림으로 그려버렸다면 진짜는 다 그 그림 속에 있는 거다, 저 교회도 이젠 쭉정이만 남은 거라니까…… 할아버지의 증언은 언제나 그렇게 마무리되었다. 하지만 할아버지의 말은 그 누구의 주목도 받지 못했다. 반고후 씨가 유명해지면 유명해질수록 할아버지 같은 사람들도 덩달아 늘어났기 때문이었다. 누가 진짜를 말하고 있는지는 아무도 모르는 일이었다. 게다가 할아버지의 집안은, 그러니까 방그래 씨의 집안은 반고후 씨 집안과 그 어떤 친교도 맺고 있지 않았다. 반고후 씨의 주치의였던 가새리 박사 일가조차도 때때로 화가에 대해서 침묵하곤 하는 마당이었다. 그러므로 할아버지의 주장 같은 건 천박한 허영심으로 취급되기에 딱 좋았던 것이다. 아무튼 방그래 씨는 그 교회 앞을 지날 때마다 자신의 할아버지를, 그리고 그 화가를 떠올리지 않을 수가 없었다. 첫 장부터 마지막 장까지 똑같은 그림으로 채워진 지루한 그림책 같은 동네에 한때나마 그런 화가가 살았다는 사실이 신기하기도 했고 영 실감이 나지 않기도 했던 것이다.

교회 뒤쪽의 완만한 경사를 오르자마자 광활한 보리밭이 펼쳐졌다. 방그래 씨는 저도 모르게 아아, 짧은 감탄사를 내뱉었다. 황금빛 태양 아래에서 태양의 빛깔로 불타고 있는 수확기의 보리밭. 그곳에서 그는 언제나처럼 영원의 모습을 발견했던 것이다. 코로네유라고도 불리는 작은 까마귀들이 영원 위를 맴돌고 있었다. 보리 수확기면 어김없이 찾아와 낟알을 축내는 족속들이었다. 동료 농부들은 까마귀들을 쫓아내기 위해 총을 쏘는 일도 마다하지 않았다. 하지만 그는 단 한 번도 그런 적이 없었다. 낟알이 다소 축났을지라도 보리밭은 여전히 영원한 그 무엇이었기 때문이다.

저녁임에도 불구하고 여전히 쨍쨍한 여름 햇빛 아래에서 방그래 씨는 까마귀들과 함께 보리 냄새에 취해 있었다. 보리의 마지막 낟알이 여무는 소리까지 들을 수 있을 정도로 고요한 시간이었다. 그러나 얼마 지나지 않아서 방그래 씨는 갑자기 자신의 왼쪽 귀를 뚫고 들어왔다가 재빨리 오른쪽 귀를 뚫고 달아나는 어떤 소리를 들었다. 그다지 큰 소리는 아니었지만 교묘하게 뇌파를 교란시키다가 몹시 불쾌한 여운을 남기는 소리였다. 소리가 들린 것과 동시에 방그래 씨의 눈에는 태양이 두 개로 보이기까지 했다. 어쩌면 정말로 두 개의 태양이 뜬 건지도 몰랐다. 금방이라도 터질 듯 그의 정수리가 급속도로 뜨거워지기 시작했다. 전쟁이 한창이던 시절, 늘 그랬듯이.

그는 현기증을 느끼며 보리밭으로 쓰러졌다. 까마귀들이 일제히 울어대며 지평선 너머로 사라지고 있었다. 저것들을 쫓느라 누군가가 총을 쏜 걸까? 하지만 까마귀들을 쫓기에는 총소리가 너무 작지 않은가? 보이지 않는 살인마, 혹시 그것이었을까?

방그래 씨는 보이지 않는 살인마에 대해서 들은 적이 있었다. 대학살 당시, 신경을 건드리는 소리가 들린 후 귀를 통해 한 줄기 피가 흘러나올 뿐 다른 외상은 전혀 없이 사람들이 죽었다고 했다. 당시에 떠

돌아다니던 여러 가지 흉흉한 소문 가운데 하나였다. 비록 소문이었지만 신빙성은 높았다. 왜냐하면 그 당시 가장 정확한 소식통은 영화관에서 돌아가던 뉴스 필름이 아니라 바로 소문들이었기 때문이다.

이미 불타버린 듯한 머리를 보리밭에 누인 채 방그래 씨는 정신을 잃지 않으려고 안간힘을 썼다. 까마귀들이 앞다투어 사라진 지평선 위로 하루를 마감할 채비를 하고 있는 태양이 보였다. 언제 그랬냐는 듯 태양은 다시 하나였다. 이상한 소리가 들리고 공간이 두 겹으로 분리된 채 흔들렸던 것은 아주 짧은 순간의 일이었다. 사방을 둘러보았지만 달라진 건 아무것도 없었다. 그러나 방그래 씨는 순식간에 한 세기를 살아낸 듯한 기분이었다. 그는 자신을 둘러싼 공간과 자신의 감정 사이에 놓인 모순을 어떻게 받아들여야 할지 알 수 없었다.

지평선이 완전히 진홍빛으로 물들 때까지도 방그래 씨는 보리밭에 누워 있었다. 어디선가 바람이 불어와 보리밭을 이리저리 구획 정리하기 시작했다. 불구덩이에 빠졌다가 나온 것 같았던 그의 두뇌도 서서히 식어갔다. 몸을 일으키기 위해 그는 상체를 오른쪽으로 살짝 튼 다음 손바닥으로 땅을 짚었다. 그러나 그의 손에 잡힌 것은 보리밭의 익숙한 토질이 아니었다. 무심코 독사를 만졌을 때처럼 섬뜩한 느낌이었다. 그것의 정체를 확인하기 위해 그는 재빨리 몸을 돌렸다.

만년필만한 크기의 그것에는 작은 손잡이가 달려 있었다. 금속으로 만들어진 것처럼 차갑게 빛났지만 무게는 보리 이삭만큼이나 가벼웠다. 그로서는 처음 보는 물건이었다. 낯선 그것이 도대체 왜 거기에 놓여 있어야 하는지 그는 이해할 수 없었다.

상상이 오히려 현실을 따라가지 못하는 때가 올지도 몰라. 문득 그런 말이 떠올랐다. 결혼식 피로연에서 누군가가 그에게 들려주었던 말이었다. 이상한 소리, 두 개의 태양, 그리고 낯선 물건…… 그가 영원의 모습이라고 생각했던 보리밭을 짧은 순간 강하게 교란시킨 것들이었다. 낯선 물건, 어쩌면 그것은 인간이 상상할 수 없는 어떤 현실이 존재한다는 강력한 증거일지도 몰랐다. 홰치는 닭처럼 그의 목덜미가 한차례 부르르 떨렸다. 보리밭에는 빠른 속도로 땅거미가 내리고 있었다.

1890년 신록의 오후, 반고후는 오보리 행 기차에 앉아 차창 밖을 내다보았다. 다닥다닥 붙어 있는 아파트와 분주히 오가던 마차들이 보이지 않는다 싶었더니 어느새 너른 들판과 맑은 강물, 그리고 실편백나무들이 차창을 메우기 시작하고 있었다. 그제야 울에 갇힌 토끼처럼 내내 구부정하던 그의 척추가 반듯해졌다. 당연하다는 듯 그는 차창을 열었다. 섬섬옥수와도 같은 바람이 그의 빨간 머리칼을 섬세히 쓸어넘겨주었다. 그는 한껏 콧구멍을 벌린 채 바람이 실어다준 대지의 냄새를 맡았다. 언제나 그가 그리워하던 냄새였다, 영혼이었다. 영혼이 콧구멍에서 빠져나와 콧구멍으로 들어간다는 얘기를 그는 기억하고 있었다. 그런데 수도에서 그의 콧구멍을 자극한 것들은 어떠했던가. 그림이 아니라 허영심을 사기 위해 돈을 뿌리던 부자들의 입냄새, 그들의 하수구와도 같은 화랑, 그림에 대한 열정보다 질투심에 더 많이 취하게 만들었던 압생트……뿐이었다. 그곳에서 하루라도 빨리 벗어난 건 정말 잘한 일이라고 그는 거듭 생각했다.

그러나 수도를 떠나왔다는 것은 곧 그의 동생인 반태후를 떠나왔다는 뜻이기도 했다. 그가 동생 집에 머물기로 한 기간은 일 주일이었다. 그런데 오늘, 겨우 사흘 만에 그는 짐을 꾸렸던 것이다. 일 년 동안 정신요양원 신세를 진 뒤끝이라 그런지 평범한 가정의 안락함이 그를 편안하고 행복하게 했던 건 사실이었다. 친구들의 방문도 따뜻한 기억으로 남을 것이었다. 그러나 가구 하나 제대로 놓을 수 없을 정도로 동생의 아파트를 가득 메우고 있던 자신의 그림들, 그것도 모자라 근처 화구점에까지 쌓여 있던 자신의 그림들을 보자 그는 문득 모멸과 공포를 느꼈다. 예술, 열정, 진실, 우정…… 그가 그토록 열망했던 열매들의 부패한 뒷모습을 보아버린 기분이었다.

형이 포기하지 않는다면 당연히 나도 포기하지 않아. 기차역까지 배웅을 나온 동생, 반태후는 애써 서운한 마음을 감춘 채 그렇게 말했다. 반태후의 옆에는 아내 오한나도 함께 있었다. 그리고 그녀의 품에는 반고후란 이름을 가진 그들의 아기가 잠들어 있었다. 자기 아들에게 형의 이름을 붙여줄 정도로 그에 대한 반태후의 애정은 남다른 데가 있었다.

지난 십 년간 그가 다른 직업 없이 오로지 그림에만 열중할 수 있었던 것은 순전히 동생 덕분이었다. 그림에 대한 열정이라면 그 누구에게도 뒤지지 않던 그였다. 그러나 열정이란 건 산소와 가연성 물질이 함께 존재해주지 않는다면 영영 싹을 틔우지 못할 불씨와도 같은 것이었다. 동생이 보내주는 생활비가 없었다면, 그는 아름다운 색채를 찾아 여행을 떠나는 대신 빵을 얻기 위해 일상의 쳇바퀴를 형벌처럼 돌려야 했을 것이다. 동생이 지속적으로 물감이나 앵그르 종이 따위를 보내주지 않았다면, 그의 열정 또한 더이상 태울 나무가 없어 사위는 모닥불 신세가 되고 말았을 것이다. 그는 잘 알고 있었다. 열정만 가지고 예술을 할 수 있었던 시절은 동서고금을 통틀어 단 한 번도 존재한 적이 없음을. 과거에는 신과 경전, 그리고 왕과 귀족이 화가들의 열정을 잠식했다면 이제는 부유한 상인들과 유행이 그러했다. 예술가로서의 자유와 개성을 획득하기는 과거보다 수월해졌을지 모르지만, 그 대가는 결코 만만한 게 아니었다. 한 화가가 자신이 꿈꾸는 어떤 세계에 도달하기 위해서는 그가 아무리 검소하게 생활한다고 해도, 검소하다 못해 남루하게 삶을 꾸려간다고 하더라도, 어쨌든 그림을 팔아야만 했다. 그림을 팔기 위해서는 당연히 팔릴 만한 것을 그려야 했다. 팔릴 만한 그림이란 가진 자들의 기호와 가치관에 부합하는 그런 그림이었다. 보석이 달린 비단 장갑이나 금테를 두른 도자기 찻잔 같은. 불행하게도 그것은 화가들이 꿈꾸는 어떤 세계와는 하등 상관없는 것이기 일쑤였다. 반고후는 생의 본질을 향해 격렬하게 투신하는 그림을 꿈꾸었다. 그에게 예술이란 자연에 덧붙여진 인간을 말하는 것이었다. 그리고 그가 말하는 자연이란 곧 본질을 뜻했다. 그의 화폭에는 당연히 광부와 직공 그리고 농부들이 들어 있었다. 우아한 살롱이나 흥겨운 파티가 아니라 농부들의 저녁식탁, 싸구려 선술집, 밀밭, 과수원, 심지어는 남루하기 짝이 없는 그의 작업실…… 화폭은 그런 것들로 꽉 채워졌다. 그는 태양을 정면에다 그리기도 했고 강렬한 원색을 그대로 사용했으며 노란 바탕에 노란 사물을, 붉은 바탕에 붉은 사물을 그리기도 했다. 모든 게 제멋대로였다. 그림은 팔리지 않았고 당연히 이해되지도 않았다. 이해하는 사람은 오로지 그의 동생뿐이었다.

　반고후의 동생, 반태후는 경력이 오래된 유능한 화상이었다. 어떤 그림의 역사적 가치나 상품적 가치 정도는 직감으로 알 수 있었다. 당시에 별로 인정을 받지 못했던 일군의 새로운 화가들을 지원한 것도, 고향에 있던 형을 수도로 데려와 그들과 친분을 맺게 한 것도 모두가 뚜렷한 목적을 가지고 진행한 일이었다. 반태후에게는 형에 대한 경제적 지원보다 형의 그림이 제대로 이해받을 수 있는 환경을 만드는 일이 훨씬 더 중요했다. 하루라도 빨리 그날을 앞당기기 위해 반태후는 인정받는 화상이 되고자 누구보다 노력했다. 자신의 입지가 커질수록 형의 그림을 화랑에 전시할 기회도 자주 올 테니까 말이다. 하지만 아무리 애를 써도 고정관념과 편견, 그리고 위선으로 굳어진 화단은 영영 문이 열리지 않을 수도 있었다. 만약 상황이 그 정도로 나쁘게 돌아간다면 반태후는 자신이 직접 화랑을 운영할 생각도 가지고 있었다. 아직 형에게 말을 꺼내본 적은 없지만 그것은 언제나 그의 호주머니 속에 숨어 있는 송곳 같은 것이었다.

물론 반태후에게도 형을 이해할 수 없어서 마구 다그치던 시절이 있었다. 그림을 시작하기 전 반고후의 꿈은 목사가 되는 것이었다. 지금의 그가 기존 화단과 대립하는 것과 마찬가지로 목사를 꿈꾸던 당시의 그도 사사건건 교단과 마찰을 빚곤 했다. 전도사로서 그가 탄광촌에 파견되었을 때였다. 그는 상상을 초월할 정도로 열악한 탄광촌의 실상을 대하고 큰 충격을 받았다. 설교를 하는 대신에 그는 광부들과 함께 석탄을 캤으며 그들에게 자신의 빵을, 옷을, 의자를, 침대를, 자기가 가진 모든 것을 주어버렸다. 그의 사랑법은 그런 것이었다. 얼마 지나지 않아서 그는 탄광촌에서 가장 가난하고 남루한 자가 되어 있었다. 그럼에도 불구하고 그는 자신의 사랑법을 버리지 않았다. 한동안 그에게 감동했던 탄광촌 주민들은 차츰 그를 기피하기 시작했다. 자기들보다 더 비참해 보이는 사람으로부터 동정을 받고 있다는 기분이 들었기 때문이다. 그건 결코 유쾌한 감정이 아니었다. 교단 역시 그의 전도 방법을 달가워하지 않았다. 목자라고 하기에 그의 외모는 너무 남루해서 품위라곤 전혀 찾아볼 수 없었다. 그의 교회는 외양간보다 허름했고 당연히 어떤 권위도 가지고 있지 않았다. 그는 그가 사랑했던 탄광촌 주민들과 그가 싸우고자 했던 교단, 양쪽 모두로부터 버림을 받았다. 상처받고 방황하던 그에게 반태후는 이렇게 몰아붙이곤 했다. 인쇄공이나 회계사, 아니면 목공의 견습공으로라도 들어가라고! 그가 병든 매춘부와 그녀의 사생아를 거두어 함께 살던 시절에도 반태후는 마뜩찮게 생각했다. 그 따위 여자와 함께 놀아나라고 돈을 보내는 건 아니라고, 형은 너무 외로운 나머지 제정신이 아니라고! 반태후는 그것이 소모적이며 위선적인 사랑이라고 생각했다. 결국에는 환멸밖에 남지 않을. 그러나 자꾸자꾸 그의 그림을 보고서야 반태후는 알 것 같았다. 그는 그럴 수밖에 없는 사람이라는 것을. 열 번을 다시 태어난다 해도 그는 절대로 그가 아닌 다른 사람이 될 수 없다는 것을.

반태후가 형에게 바라는 것은 이제 오직 하나뿐이었다. 절대로 그림을 포기하지 말 것! 반태후라는 사람은 화상 반태후이자 아버지 반태후, 그리고 남편 반태후였다. 그러나 그의 형은 오로지 화가 반고후일 뿐이었다. 그림에 대한 열정, 화염방사기 같은 그 열정이 인간 반고후가 꿈꿀 수 있는 다른 삶에 대한 가능성을 모조리 태워버렸기 때문이다. 오보리 행 기차에 오르기 전, 마지막으로 자신의 일가족을 응시하던 형의 눈빛을 반태후는 죽을 때까지 잊지 못할 것 같았다. 형이 그토록 원했던 가정, 소박하기 짝이 없는 꿈. 너무도 평범한 그것조차 이룰 수 없었던 한 사내의 역사를 반태후는 적나라하게 읽고 말았던 것이다. 형이 포기하지 않는다면 당연히 나도 포기하지 않아! 공연히 마음이 급해진 반태후의 입에선 그런 말이 흘러나왔다. 그랬다. 형은 절대로 그림을 포기해선 안 되었다. 그건 곧 삶을 포기하는 것이었으니까. 나도 당연히! 반고후는 입가에 미소를 띠운 채 대꾸했다. 어서 들어가거라. 여긴 너무 시끄러워서 아기가 불안할 거야. 그 녀석이 불안하면 나도 그렇다고. 그의 마지막 말. 오보리 행 기차가 하나의 점이 되어 소멸할 때까지 반태후는 정물처럼 그렇게 플랫폼에 서 있었다.

오보리에 도착하자마자 반고후는 가새리 박사의 집부터 찾아갔다. 정신요양원에 다시 들어가는 대신 그가 오보리를 찾은 것은 동료 화가가 소개해준 가새리 박사가 거기 있기 때문이었다. 전문은 종합의학, 즉 내과의였지만 박사는 주로 정신병과 신경증 환자를 치료한다고 했다. 그에게 박사학위를 가져다준 논문의 제목도 바로 '우울증에 대한 연구'였다. 게다가 그는 미술 애호가이기도 해서 아마추어 화가이자 판화가로 활동하고 있으며 여러 유명한 화가들과도 우정을 나누는 사이라고 했다. 그 무렵의 반고후에게 꼭 필요한 그런 사람이었다.

역의 개찰구를 빠져나오자마자 좁지만 쾌적한 길이 곧게 뻗어 있는 게 보였다. 이엉을 얹은 농부들의 오두막집도 심심찮게 눈에 들어왔다. 요즘은 어디서도 찾아보기 힘든 초가집들이 아직도 이렇게 많이 남아 있다니. 반고후는 감탄했다. 이제 막 첫걸음을 뗐을 뿐인데도 그는 빠른 속도로 그 풍경에 스며들고 있었다.

삼 분 정도를 걷고 나니 아주 조그마한 광장이 나타났다. 광장의 중심엔 벽을 하얗게 칠한 시청 건물이 있었다. 아담한 크기에다가 꼭대기에 작은 종루까지 있어서 그런지 다정한 느낌을 주는 건물이었다. 그는 광장에 서서 잠시 마을을 둘러보았다. 시청 맞은편으로도 그만 그만한 건물들이 늘어서 있었다. 그중에서도 '가구 달린 싼 방 있음'이라는 문구를 내걸고 있는 건물이 눈에 띄었다. 삼층짜리 작은 집이었는데 일층은 카페인 것 같았다. '라라 여인숙'. 그 이름을, 그는 기억해두었다. 그는 느린 걸음으로 광장을 지나고, 완만한 언덕을 오르고, 성을 지났다. 동료 화가가 일러준 대로 그렇게 삼십 분을 걷고 나니 마침내 가새리 박사의 집이 모습을 드러냈다.

박사의 집은 사층짜리 저택이었다. 그러나 커다란 규모에 어울리지 않게 집의 정문으로 이어진 돌계단은 폭이 몹시 좁았다. 관 속에 갇힌 듯한 기분으로 반고후는 계단을 밟고 올라갔다.

반고후 씨, 오보리에 오신 걸 환영하오. 계단의 끝쪽에서, 저음의 남자 목소리가 들려왔다. 저음임에도 불구하고 둔중하다기보단 날이 선 듯한 목소리였다. 반고후는 고개를 들어 목소리의 주인을 쳐다보았다. 백랍을 뒤집어쓴 것처럼 창백한 얼굴의 사내였다. 혹시 그림은 안 들고 왔나요? 눈을 마주치기가 무섭게 사내가 말했다. 사내의 뒤편으론 깎아지른 듯한 절벽과 정원이 펼쳐져 있었다. 벽돌로 지은 동물우리, 개, 고양이, 닭, 토끼, 칠면조, 창고, 빨래터…… 그런 것들도 두서없이 반고후의 눈 속으로 들어왔다. 얼음송곳 같은 것이 불현듯 머릿속을 관통한 듯한 기분이었다. 몇 점 정도는 제가 갖고 있습니다만…… 하지만 그것도 일 주일은 지나야 우편으로 도착할 텐데요. 그런데 박사님은 동물 키우기에도 취미가 있으신 모양이군요. 겨우 입을 열고 반고후가 말했다. 첫인사치고는 좀 성급한 느낌을 주는 말이었다. 아, 그렇군요. 그림을 바로 볼 수 없다니…… 아쉬운걸. 사내는 서운한 표정을 굳이 숨기려 하지 않았다. 동물 키우는 일도 좋은 취미라오, 반고후 씨. 괜찮은 소재라고 생각한다면 언제든 그것을 그려도 좋소. 아무튼 예까지 오느라 고생했어요. 미리 기차시각을 말해줬더라면 역으로 마차를 보냈을 텐데. 그를 집 안으로 안내하며 사내는 말했다. 마차는…… 괜찮습니다. 저는 걷는 게 익숙하니까요. 인사가 늦었습니다, 박사님. 정말 반가워요. 거실에 자리를 잡고 앉은 다음에야 비로소 그는 가새리 박사에게 제대로 인사를 할 수가 있었다. 중세풍의 가구, 백랍으로 만든 재떨이와 촛대, 동물박제…… 박사의 다양한 관심과 취향은 거실까지 계속되고 있었다. 하지만 그는 더이상 그것에 대해 입을 열지 않았다.

박사의 집은 그가 상상했던 것보다 훨씬 화려했으며, 그 그림자인 양 화려한 만큼 음침한 느낌을 주었다. 보르도 산인데 괜찮겠소? 그에게 크리스털 와인 잔을 내밀며 박사가 말했다. 잔은 아주 작고 가벼웠다. 뭐든 좋습니다. 그가 대답했다. 예의상 하는 말이 아니라 진심이었다. 그는 언제나 가장 값싼 와인만을 마셔왔지만 단 한 번도 그보다 좋은 와인을 마시고 싶다고 생각한 적이 없었다. 보르도 산은 이렇게 작은 잔에 마시는 게 제격이지. 향미가 괜찮을 거요. 집 뒤에 있는 낭떠러지를 뚫어서 와인 저장고로 쓰는데, 기온과 습도가 늘 일정한 곳이지요. 박사는, 칭찬받기를 바라는 어린아이 같았다. 그러나 그런 식의 대화에 익숙하지 않은 그로서는 어떻게 대꾸해야 좋을지 난감한 일이었다. 그 동안 고생이 심했겠지만 이젠 다 잊어요, 반고후 씨. 기꺼이 그러고 싶지만 박사님, 저는 모든 걸 다 잊어야 할 정도로 불행하지는 않았습니다. 칭찬 듣기를 포기한 채 박사가 말머리를 돌렸지만 반고후로부터 돌아온 대답이란 고작 그런 것이었다.

그러나 반고후로서는 이것만은 명백히 해둘 필요가 있었다. 자신의 처지가 결코 나쁘지 않았다는 것. 나쁘기는커녕 그림에 전념하기엔 더할 나위 없이 좋은 환경이었다는 것. 그는 그림과 인연이 깊은 집안의 후손이었다. 그의 숙부 셋은 모두 유명한 화랑의 동반 경영자

이거나 유능한 화상이었다. 가까운 친척아저씨 중에는 인정받는 화가들도 있었다. 그에게 그림이란 무의식적인 호흡과도 같았다. 그는 그저 오감을 열고서 마음껏 산소를 들이마시기만 하면 되었다. 그러므로 그가 숙부나 아저씨 들로부터 직접적인 도움을 받았는가 아닌가는 그다지 중요한 문제가 아니었다. 그를 둘러싼 공기가 이미 특별했으므로. 그리고 반태후, 그의 동생, 적극적으로 그를 지원해주고 있는 유능한 화상. 그는 동생을 통해 당대의 유명 화가들과 친교를 나눌 수 있었다. 화단의 새로운 경향에 대해서도 누구보다 민감하게 반응할 수 있었다. 그림을 전시할 기회도 비슷한 처지의 다른 화가들보다 많으면 많았지 결코 적지 않았다. 게다가 동생이 정기적으로 그에게 보내준 돈은 당시 도시 노동자 평균 임금의 한 배 반이나 되는 큰 액수였다. 그럼에도 불구하고 그는 햇빛 한 점 들지 않는 손바닥만한 작업실에서 버터를 바르지 않은 검은 빵과 설탕 없는 커피만으로 연명해야 했다. 그의 삶은 분명 남루했다. 좀더 나은 식사와 잠자리보다 그림물감 튜브 하나가 더 간절했기 때문이다. 그는 안락의자에 몸을 맡긴 채 '이곳'에 머무르기보다 그리운 '저곳'으로 자신을 데려다줄 기차표를 원했다. 그렇게 그는 자신이 원하는 것을 향해 나아갈 뿐이었다. 하지만 이 세상에는 자기만의 인생을 추구하는 건 고사하고 당장 한 덩어리의 빵조차 구할 수 없는 사람들이 얼마나 많은가. 탄광촌 주민들, 몸이 병들어도 사내들을 받아야 했던 매춘부, 그녀의 아이…… 세상의 중심에서 소외된 사람들, 아무 죄도 짓지 않았지만 늘 속죄해야 하는 사람들, 대신 벌받는 사람들…… 그의 주변엔 그런 사람들이 얼마든지 있었다. 자신이 동정받는다는 건 당치도 않다고 반고후는 생각했다. 물론 노력에 비해 성과가 너무 더뎌서 초조

했던 적도 있었다. 하지만 그것도 이젠 옛날 일이었다. 그는 자신의 그림이 이미 하나의 세계를 넘어섰음을 감지하고 있었다. 그의 그림은 언젠가부터 독자적으로 말하기 시작했다. 그걸 알아듣는 사람들도 하나둘 생겨났다. 오보리에 오기 얼마 전, 수확기의 포도밭을 그린 그의 유화 한 점이 드디어 팔렸던 것이다. 그의 그림에 대한 평론도 속속 등장했다. "반고후는 항상 농부들의 윤곽, 몸짓, 그리고 그들의 힘든 일에 매혹당했다. 그것이 그로 하여금 석양 무렵의 불그스레한 하늘 아래서, 때로는 활활 타오르는 정오의 금빛 대지 한가운데 있는 그들의 모습을 쉼없이 그리게 했던 것이다. 우둔하고 산업지상주의에 젖어 있는 우리들의 속성이 망령처럼 그를 따라다니며 괴롭혔던 고정관념을 염두에 두지 않고 그의 〈파종〉을 어떻게 설명할 수가 있을 것인가?" 시인이자 미술평론가인 오이해는 그의 〈파종〉이란 그림을 두고 그렇게 언급했다. 전체적으론 지나치다 싶을 정도로 과찬이 많은 글이었지만(이에 대해 반고후는 감정을 자제하고 좀더 냉철하게 자신의 그림을 보길 바란다는 내용의 서신을 오이해에게 보냈다) 그 부분만큼은 반고후의 마음에도 들었다. 그는 자신의 그림이 오해에서 벗어날 날이 멀지 않았음을 느낄 수 있었다. 모든 게 잘되어가고 있었다. 이젤을 땅에 박고 그림을 그려야 할 정도로 미스트랄(mistral)이 심하게 불던 남쪽 마을. 동료 화가 고와 함께 화가 공동체를 꿈꾸었던 그곳. 그러나 깨어진 꿈. 그것만 제외하고는 정말이지 모든 게 잘되어가고 있었다. 하지만 그는 낙천적인 사람이었다. 처절한 실패를 맛보긴 했어도 그는 화가 공동체에 대한 이상을 쉽게 접을 수가 없었다. 다음 세대 화가들은 지금보다 나은 환경에서 그림에 전념할 수 있으면 좋겠다는 그의 바람이 너무 컸기 때문이다. 오보리가 그 새로운 출발점이 되기를 그는 꿈꾸고 있었다.

　오보리가 맘에 드시오? 연거푸 잔을 비워대던 가새리 박사가 입을 열었다. 아무리 와인을 마셔도 박사의 얼굴은 여전히 창백했다. 내가 이 풍경의 일부라는 사실을 아무 의심 없이 받아들일 수 있는 곳이에요. 나보다 먼저 이곳에 머물렀던 화가들에게 질투가 날 정돈걸요. 반고후가 대답했다. 그의 시선은 박사의 거실을 가득 채우고 있는 그림들을 훑고 있었다. 이곳에 머물렀던 화가들의 그림, 박사와 친분이 있는 대가들의 그림이 고급스런 액자에 들어 있었다. 그냥 방치되어 있는 그림들도 물론 있었다. 그의 동료인 기의 그림도 그중의 하나였다. 모든 것을, 예까지 오는 동안에 보았던 모든 것을, 다 그릴 생각이에요. 그의 목소리에는 터무니없을 정도로 힘이 잔뜩 들어가 있었다. 모든 것을 그리겠다? 박사의 눈 속으로 섬광이 지나갔다. 그럼 언젠가는 시청 건물도 그리겠군. 시청 앞 광장에선 매주 목요일마다 가축 시장도 열린다오. 나는 단골이지. 원한다면 내가 안내해주겠소. 그곳에서 당신이 그림 그리는 모습을 꼭 보고 싶군. 굳이 그렇게 하지 않아도 제가 작업하는 모습은 언제 어디서나 볼 수 있을 거예요. 그래요, 그래야죠, 반고후 씨. 지금으로선 많이 그리는 게 최선이라오. 당신이 언젠가 내 초상화도 그려준다면 정말 영광일 거요. 지금뿐만이 아니라 그건 언제나 최선이었죠. 하지만 그렇게 최선을 다하고 싶어도 다할 수 없는 순간들이 찾아오는 때가 있답니다. 나의 이성을 교란시키는 두려운 빛이 있단 말입니다. 그는 박사의 두 눈을 쏘아보며 말했다. 조금 전 박사의 두 눈 속으로 떠올랐던 섬광을 그는 잊지 않고 있었다. 두려운 빛이라고요? 박사가 물었다. 그래요, 섬광! 미래에서 온 교만! 그는 부르짖었다.

그가 처음으로 두려운 그 빛을 본 곳은 미스트랄이 많이 불던 남쪽 마을에서였다. 그가 그곳에 도착한 건 이른 봄, 고가 온 건 늦가을이었다. 먼저 그곳에 자리를 잡은 그는 고가 오기를 기다리며, 화가 공동체의 출발을 꿈꾸며, 하루하루 설레는 마음으로 그림에 몰두했다. 바람이 심하긴 했지만 색채가 화려한 마을이었다. 분홍색이나 흰색의 과일나무, 보랏빛 마을, 노란색 태양, 청록색 하늘, 오래된 황금빛이나 구릿빛, 녹색을 띠는 황금빛 혹은 붉은 황금빛, 노란 황금빛, 노란 청동빛, 적록색⋯⋯ 그 모든 빛깔이 다 들어 있던 밀밭. 그의 화폭도 덩달아 화사해지기 시작했다. 오렌지색, 노란색, 레몬색, 프러시안 블루, 에메랄드 그린, 번들거리는 빨간색, 베로네세 그린⋯⋯ 그 무렵 그가 주문했던 물감들이었다. 색채의 발견은 열정의 심지를 더더욱 돋우었다. 그는 낮이고 밤이고 가리지 않고 심지에 불을 당겼다. 그는 곧 밤 풍경에까지 매료되었다. 밀짚모자를 쓰고 그 위에 촛불을 올려놓은 채 밤하늘을 그리던 어느 날이었다. 가장 낯익은 별 옆으로 강렬한 섬광이 지나가는 게 보였다. 천상의 모든 별빛과 거리의 가스등을 모두 합한 것보다 수십 배나 강렬한 빛이었다. 곧이어 이상한 소리가 들려왔다. 쇠붙이가 바람에 떠는 것도 같고 그것에 불이 붙어 틱틱 타는 것도 같은 소리. 일찍이 들어본 적도 상상해본 적도 없는 소리. 문득 어디선가 불어온 바람이 그의 밀짚모자 위에 놓인 촛불을, 촛불만을, 겨냥했다. 촛불이 꺼졌다. 그리고 '그들'이 나타났다. 어둠 속에서, 어둠과 구분이 되지 않을 정도로 검은 옷을 입은 그들이. 그들은 천정부지로 치솟은 어떤 그림값에 대해 말했다. 살아선 가장 불행했지만 죽음으로써 신화가 된 어느 화가에 대해 말했다. 그들은 그에게 이런 식의 충고를 하기도 했다. 미래에 당신 그림이 어떤 가치를 갖게 되는지 알았으니 이젠 더 많이 그려야 할 것이라고. 그들이 도대체 무슨 말을 하고 있는 건지 그는 하나도 알아들을 수가 없었다. 그들의 정체가 무엇인지도 당연히 알지 못했다. 그러나 그들은 자기들이 하고 싶은 말만 하고 사라졌다. 올 때와 마찬가지로 강렬한 섬광과 함께.

그는 언제나 자신이 이성적인 사람이라고 생각해왔다. 그러나 그의 이성은 그 섬광과 검은 그들에 대해서만큼은 어떤 판단도 내리길 주저하고 있었다. 유령처럼 나타났다가 사라진 그것들, 믿을 수 없는 순간들. 내가 헛것을 보았다고 생각하는 게 이성적인 것일까 아니면 이해할 순 없지만 분명히 보고 들었던 그것의 존재를 인정하는 게 이성적일까…… 그는 고심했다. 이해할 수 없는 상황에 빠졌기 때문에 더더욱 이해하려고 노력했다. 그러나 판단은 쉽지 않았다. "시인, 음악가, 화가…… 그 모든 예술가들이 불행하게 살았다는 건 이상한 일이다. 그건 영원히 되풀이되는 질문을 다시 하게 만들지. 우리는 삶 전체를 볼 수 있을까 아니면 죽을 때까지 삶의 한 귀퉁이밖에 알 수 없는 걸까? 죽어서 묻혀버린 화가는 그 뒷세대에게 자신의 작품으로 말을 건다" "지도에 표시된 어떤 곳에 가듯이 창공에서 반짝이는 저 별에게로 갈 수는 없을까? 기차를 타고 갈 수는 없겠지. 살아 있는 동안에는 갈 수 없겠지. 증기선이나 합승마차, 철도 등이 지상의 운송수단이라면 콜레라, 결석, 결핵, 암 등은 천상의 운송수단인지도 모른다. 늙어서 평화롭게 죽는다는 건 별까지 걸어간다는 뜻이겠지" "나는 성공이 끔찍스럽다. 우리가 성공해서 축제를 열 수도 있겠지. 내가 두려워하는 건 그 축제의 다음날이다. 지금의 이 힘든 나날이 후에는 좋았던 시절로 기억되겠지……" 그날 밤 그가 동생에게 쓴 편지에서 찾아볼 수 있는 구절들이었다. 그는 그날 밤의 구체적인 정황에 대해서는 쓰지 않았지만 그 일을 겪은 후의 심경에 대해서는 비교적 솔직했다. 그는 자신의 경험을 결코 부정하지 않았지만 그렇다고 해서 다른 사람들이(절친한 동생일지라도) 자기 말을 곧이곧대로 믿을 거라고도 생각하지 않았던 것이다. 인간이 이해한다는 것의 편협함, 이해할 수 있는 범주를 넘어서는 것에 대한 가혹함. 그의 이성은 그것을 잘 알고 있었다.

그들이 다시 찾아온 것은 그가 고와 함께 지낼 때였다. 고와 그는 잘 맞지 않았다. 공동생활을 통해 고는 그림의 판로를 뚫고 출세의 기회를 얻고자 했다. 그게 목적이 되지 않는 공동생활은 무의미하고 비생산적이라고 생각했다. 그러나 그에게 있어 그것은 결과적으로 얻어지는 것일 뿐이었다. 함께 생활함으로써 생활 경비를 줄이고 생계의 고통에서도 해방되어 그 에너지를 좀더 그림에 투자할 것, 함께 그림으로써 서로의 화폭에 긍정적인 영향을 주고받을 것. 그게 그의 목적이었다. 지향점이 다른 두 사람이 함께 사는 집이란 두 개의 시한폭탄을 묻어두고 있는 것과 같았다. 때가 되면, 어떤 폭탄이 먼저가 됐든, 분명히 폭발하고 말 것이었다. 파멸의 시간은 점점 다가오고 있었다. 어느 날 고는 해바라기를 그리고 있는 그의 모습을 그렸다. 해바라기는 고가 오기를 기다리며, 고의 방을 장식하기 위해, 그가 열정적으로 매달렸던 소재였다. 고에 대한 애정과 공동생활에 대한 꿈이 그 꽃에는 들어 있었다. 이건 나야. 틀림없이 나야. 하지만 미쳐버린 나로군. 고의 그림 속에 그려진 자신을 보고 그가 말했다. 그림 속의 그는 정말로 미친 사람처럼 보였다. 그 그림을 보고서야 그는 분명히 깨달을 수 있었다. 고의 마음속에 들어 있는 그와 그들의 공동생활, 그것의 실상을. 갈등은 점점 깊어졌다. 면밀한 관찰을 바탕으로 그림을 그리려는 그의 화법과 상상 속으로 잠입한 고의 화법, 고는 존경하지만 그는 경멸할 뿐인 어떤 대가들, 자질구레한 일처리에 능숙한 고와 서툰 그…… 부딪칠 일은 많고 많았다. 그가 무엇보다 견딜 수 없었던 건 그즈음 부쩍 심해진 그들의 방문이었다. 그들은 말했다. 고는 당신에 대해 아무 기대도 하지 않는다, 고는 당신이 틀렸다고 생각한다, 고가 뒤통수를 후려치기 전에 먼저 갈겨라…… 아무리 귀를 꽁꽁 막아도 그들은 계속해서 떠들어댔다. 그는 믿고 싶지 않았다. 공동생활에 대한 꿈도 접고 싶지 않았다. 하지만 그들은 멈추지 않았다.

크리스마스를 이틀 앞둔 날이었다. 그와 고는 집 근처 광장을 거닐고 있었다. 저만치 앞서 걷던 고의 머리 위에서 한순간 불빛이 번쩍이는 걸 그는 보았다. 조심해, 고! 발작적으로 그가 소리쳤다. 고는 몸을 돌려 그를 바라보았다. 그는 전신을 부르르 떨며 고를 노려보고 있었다. 사실 그가 노려본 것은 고가 아니었다. 순식간에 고의 머리 위, 창공을 긋고 지나간 어떤 빛이었다. 하지만 고는 그가 자신을 향해 분노를 표출하는 중이라고 생각했다. 조심해, 고! 그 말을 자신에 대한 협박으로 받아들였다. 겁이 났지만 고는 그를 향해 다가갔다. 몹시 불편한 모양이로군. 그의 양쪽 어깨를 손아귀에 움켜쥔 채 고가 말했다. 두려움의 크기만큼이나 고의 손에는 힘이 잔뜩 들어가 있었다. 미, 미안해. 자네를 놀라게 할 생각은 아니었어. 자기도 모르는 사이에 선득해졌던 눈빛을 거두며 그가 말했다. 난 아무래도 들어가서 쉬어야겠어, 그러는 게 좋겠어. 그는 황급히 집 쪽으로 발걸음을 옮겼다. 고는 굳이 그를 붙잡지 않았다. 난데없이 밀려온 한기에 고는 몸서리를 칠 뿐이었다. 고는 그 길로 마을을 빠져나가 시내 호텔에 방을 잡았다. 그날 밤 고는 두 사람의 공동 거처로 돌아가지 않았다.

혼자 집으로 돌아온 그는 자신을 기다리고 있던 그들과 대면해야 했다. 내 친구에게까지 그러지 마시오! 우리 화가들을 모두 망치려 들지 말란 말이오! 그는 화를 냈다. 우리가 당신과 당신의 동료를 망치려 한다니…… 섭섭한 말씀 그만두시지, 반고후 씨. 당신은 언젠가는, 그것이 아주 먼 미래가 될지라도 자신의 그림이 이해되길 꿈꾸지 않았나? 이 화가는 아주 격렬하게 고뇌하고 있다는 사실을 사람들이 발견해주길 말이야. 우린 당신 고뇌의 깊이를 더해주려 했을 뿐이야. 그들은 반박했다. 우리 덕분에 당신은 신화가 될 거야. 한 백년쯤 지나면 이 그림의 가격은 사천만 달러에 가까워질걸. 당신 그림은 그 정도로 이해받게 될 거야. 해바라기 그림 가운데 하나를 가리키며 그들이 말했다. 사천만 달러라고! 비명에 가까운 소리가 반고후의 입에서 흘러나왔다. 총에 맞은 초식동물처럼 그의 온몸이 덜덜 떨리기 시작했다. 살아 있는 화가들이 밥값과 물감값을 지불하지 못해 고통받고 있는데 백년 뒤에, 이미 죽은 화가의 그림에, 사천만 달러라니! 그건 도대체 누구를 위한, 무엇을 위한 돈이란 말인가! 지옥에 떨어지기라도 한 듯 아득한 기분이었다. 당신처럼 대담한 화가가 겨우 그 정도에 겁을 먹나? 자, 진정하라고. 사천만 달러는 시작에 불과하니까. 안절부절못하는 그를 보며 그들은 낄낄거렸다. 그만들 하시오! 제발 그만 떠들란 말이오! 급한 대로 그는 물감용 나이프를 손에 든 채 그들을 위협했다. 겨우 그걸로 우릴 없앨 수 있다고 생각하나? 그들은 큰 소리로 그를 비웃었다. 당신들 입을 모조리 훑어버리겠어! 물감용 나이프 대신 그의 손에는 어느새 끝이 뾰족한 과도가 들려 있었다. 우리 입을 막는다고 당신 그림의 운명이 바뀔 줄 아나? 그들의 웃음소리는 점점 커져갔다. 그만! 그만! 그는 과도로 미친 듯이 허공을 갈랐다. 어쩌면 정말로 자기가 미친 건지도 모른다는 생각이 들었다. 사천만 달러라는 어마어마한 액수를 지껄일 수 있는 자가 동시대에 존재한다니 믿을 수 없는 일이었다. 상상할 수도 없는 일이었다. 더이상 듣지 않겠어. 이건 미친 상상이야! 그렇게 부르짖으며 그는 과도로 자신의 왼쪽 귀를 단호히 잘라버렸다. 그들이 자기 안에서 나온 거라면 다름아닌 자기 자신을 없애야 한다고 그는 생각했던 것이다. 순식간에 벌어진 일이었다. 그러나, 그럼에도 불구하고 그들은 계속해서 지껄여댔다. 드디어 귀를 잘랐군. 잘 했네, 반고후. 정말 잘 했어. 그들은 오히려 환호성을 질렀다. 그의 귀에선 검붉은 피가 쿨럭쿨럭 쏟아지고 있었다. 그는 두 눈을 부릅뜨고 자신의 잘린 귀를 바라보았다.

　요양원에 있을 때에도 그들은 가끔 나를 찾아왔어요. 스스로 자신의 와인 잔을 채우며 반고후가 말했다. 귀를 자른 사건이 있었던 그날 이후로 고는 그를 떠나버렸다. 고는 그가 언젠가는 자기를 죽일지도 모른다고 생각했다. 마을 사람들도 그를 피하기 시작했다. 처음에는 슬슬, 나중에는 노골적으로. 동네 아이들은 그의 창문으로 떼지어 몰려들었다. 창문에 돌을 던지며 미친놈이라고 소리질렀다. 도무지 작업을 계속할 수 없는 형편이었다. 그럼에도 불구하고 그는 그곳을 떠나지 않았다. 자신이 미치지 않았다는 걸 증명해야 했다. 하지만 아무도 그의 말을 들으려 하지 않았다. 마을 사람들에게 그는 이미 미친놈, 그 이상도 이하도 아니었다. 아무리 이성적인 얘길 한다고 해도, 미친놈이 하는 말은 미친 소리에 불과한 것이었다. 급기야 마을 사람들은 그가 앞으로 어떤 해괴한 짓을 저지를지 모른다며 이대로는 불안해서 살 수 없다는 내용의 탄원서를 내기에 이르렀다. 그리고, 그는 추방당했다. 그는 자진해서 정신요양원에 들어갔다. 아이러니컬하게도, 미친놈이라는 혐의에서 벗어나 그림에 열중할 수 있는 곳은 그곳밖에 없었다.

요양원 정원에 군락을 이루고 있던 아이리스를 그리던 날이었죠. 그의 말은 계속 이어졌다. 그들은 또 터무니없는 소리를 하더군요. 그 그림이 오천만 달러도 훨씬 넘게 될 거라고. 사천만이니 오천만이니…… 나로서는 상상할 수도 없는 금액입니다. 그는 단숨에 와인을 들이켰다. 상상할 수 없는 건 아니오, 반고후 씨. 우리가 기차를 타고 대륙을 횡단하게 될 줄 그 누가 상상했겠소? 언젠가는 기차보다 더 빠른 무엇인가가 우리를 그곳으로, 사천만이니 오천만이니 하는 그곳으로 데려다줄 수도 있지 않겠소? 박사의 눈에서 또 한번 불꽃이 튀어올랐다. 하지만 그림값이 그 정도에 이르게 된다면 그건 이미 그림이 아니라 신종 무기일 거예요. 화가도, 그림도, 화가의 영원한 연애 상대인 이 세상과 이웃들도 모두 날려버릴 정도로 대단한 파괴력을 가진. 나는 그런 그림을 꿈꾼 적이 없습니다. 그건 몹쓸 교만입니다. 화가의 마음속에 교만이 둥지를 틀었다면 그건 곧 화가의 무덤이 될 것입니다. 물론이오, 반고후 씨. 그러므로 화가는 고통스러울수록 더 열심히 그려야 할 것이오. 환각조차도 화가에게는 특별한 권리 아니겠소. 환각이라고요, 박사님? 그들이 내 안에서 나왔단 말씀입니까? 그럼 반고후 씨는 그들이 뭐라고 생각하오? 나는 내가 무엇을 그리고 있는지 잘 알고 있습니다. 내가 보는 풍경을 의심하지 않듯이 그들이 존재하는 것도 사실입니다. 정말 이성적인 사람이라면 자기가 실제로 보고 겪은 것을 환상이라고 말하진 않는 법이죠. 무엇을 보았든 간에 말입니다. 내가 무엇을 그렸든 그 안에는 진실이 들어 있습니다. 나의 그림, 그것이야말로 그들이 내 안에서 나오지 않았다는 증거입니다. 그의 어조는 단호했다. 그렇다면 내가 도울 일은 아무것도 없겠군요. 가새리 박사가 대꾸했다. 박사님이 진정한 미술 애호가라면 박사님은 화가를 사랑해야 합니다. 내가 그린 그림보다 나를 더 사랑해야 합니다. 안 그래도 나는 화가들을 사랑하고 있소. 보면 모르겠소? 그렇다면 그 사랑을 잃지 마세요, 박사님. 당연히 그렇게 하리다, 반고후 씨. 내가 필요하면 언제든 찾아오시오. 치료비 걱정은 하지 말고. 나는 미술 애호가인지라 돈이 아니라 그림을 받아도 상관없소이다. 박사가 자랑스럽게 말했다. 그러나 반고후의 눈에는 박사가 몹시 아픈 사람처럼 보일 뿐이었다. 아직 발견되지 않은, 미래의 어떤 질병을 앓고 있는 듯했다.

박사님의 초상을 그린다면 훌륭하겠군요. 영원토록 기억될 현대의 얼굴이 될지도 모르겠어요. 갑작스레 반고후의 입에서 흘러나온 말이었다. 영원토록 기억될 현대의 얼굴이라…… 칭찬으로 듣겠소. 아무튼 당신이 내 초상화를 그려준다면 정말 영광일 거요. 그런데 농담이오만, 그 초상화는 얼마짜리가 될 것 같소? 박사가 말했다. 순간 그는 속이 울렁거리는 것을 느꼈다. 아무래도 고급 와인을 너무 많이 마신 모양이었다. 농담도 좋지만 박사님, 그보단 저 그림을 액자에 끼우는 건 어떨까요? 그의 손가락은 동료 화가 기의 그림을 가리키고 있었다. 그것도 좋겠군. 박사는 심드렁하게 대꾸했다. 그는 금방이라도 구토를 할 것만 같았다. 기의 그림 쪽으로 뻗었던 손을 거두어 입을 틀어막은 채 그는 거실을 뛰쳐나왔다.

짙은 울트라 마린의 어두운 밤이 그를 기다리고 있었다.

1990년 초여름, 어스름이 내리기 시작한 저녁이었다. 한꺼번에 몰려든 리무진과 콜택시 들 때문에 맨해튼 59번가는 혼잡하기 이를 데 없었다. 차량들은 모두 같은 빌딩 앞에서 멈추었다. 고급 브랜드의 정장을 차려입은 사람들이 속속 차에서 내리기 시작했다. 향일성 식물들처럼 그들은 모두 같은 방향으로 걸어갔다. 세계적인 경매회사의 주경매실을 향해서였다.

주경매실의 벽은 합성 융단으로 덮여 있었고 육백 개의 접이의자가 연단을 향해 늘어서 있었다. 연단 맞은편에는 기자들을 위한 단상이 따로 마련되어 있었다. 각 신문사와 잡지사, 그리고 방송사에서 취재 나온 기자들과 그들의 카메라, 마이크, 녹음기, 조명기기들로 그곳이 점령당한 것은 이미 오래 전이었다. 영어와 각종 유럽어를 구사하며 오늘의 경매에 대해 예상하고 기대하는 사람들로 인해 장내는 시끌벅적했다. 그중에는 간간이 일본어도 섞여 있었다. 훌륭한 예술품들을 구입할 좋은 기회라고 여겨지는군요. 천정부지로 치솟는 가격 때문에 많은 작품들이 시장에 나온 겁니다. 그렇지 않았더라면 소장자들은 결코 이처럼 훌륭한 작품들을 경매에 내놓지 않았겠지요. 경매회사의 주요 인사가 방송국 카메라 앞에서 그렇게 말하는 소리도 들려왔다. 좌석 육백 개가 금세 꽉 찼다. 나중에 들어온 사람들은 발붙일 수만 있다면 어디든 개의치 않고 서 있어야 했다. 그러나 그들 중 몇몇은 서 있는 대신 경매회사 직원의 호위를 받으며 전시실이나 다른 사무실로 자리를 옮겼다. 폐쇄회로를 통해 그곳에서도 경매 상황을 지켜볼 수가 있었다.

한 남자가 연단으로 올라오더니 마이크에 입을 갖다댔다. 금발의 고수머리에 알이 두꺼운 안경을 낀 사내였다. 그는 간단한 인사말을 하고 난 후에 입찰자들에게 자리에 앉아달라고 요청했다. 그가 바로 이번 경매의 진행자였다. 모두들 착석하고 나자 일순 진공상태와도 같은 침묵이 몰려왔다. 드디어 경매가 시작된 것이었다.

작품당 백만 달러를 호가하는 그림 다섯 점이 비교적 쉽게 새로운 임자를 찾아갔다. 그러나 6번과 7번 품목은 최저 가격에도 미치지 못해 연달아 유찰되는 상황이 벌어졌다. 진행자는 손끝으로 콧잔등에 걸린 안경만 공연히 쓸어올렸다. 8번 품목은 다행히 곧 낙찰되었다. 하지만 육백만 달러, 최저 가격을 약간 상회하는 선에서였다. 그러나 최소한 이천만 달러를 예상했던 13번 품목은 천육백만 달러에서 더 이상 올라가지 않았다. 인상파 대가의 그림 두 점도 새로운 주인을 만나지 못했다. 진행자의 손끝이 안경에 가 있는 시간이 점점 늘어났다. 하지만 아무리 안경을 눈 가까이 끌어당겨도 그는 적임자를 쉽게 찾아낼 수가 없었다. 이마에서 배어나온 땀으로 인해 그의 고수머리가 더욱 구불구불해졌다. 심하게 곱슬거리는 그의 머리칼은 어떤 글자처럼 보이기도 했다. 덕분에 그의 이마는 난해한 질문으로 가득 찬 시험지가 되었지만. 표정을 들키지 않으려고 애쓰며 그는 18번 품목을 입찰에 부쳤다. 그러나 커닝에 모든 것을 걸어버린 게으른 수험생처럼 그의 마음은 21번 품목만을 곁눈질하고 있었다. 그것은 입찰자들도 마찬가지였다.

경매가 시작되고 사십 분 정도가 지났을 무렵이었다. 21번 품목이 마침내 연단의 중심으로 올라왔다. 금박 장식을 한 액자 안에 유화 한 점이 들어 있었다. 액자 하단에는 하얀 표찰이 붙어 있고, 거기에는 경매를 주관한 회사의 이름이 검은색 글씨로 적혀 있었다. 매스컴이 21번 품목을 카메라에 담는다면 경매회사의 이름도 분명히 함께 찍힐 터였다. 경매회사의 입장으로는 반드시 그렇게 되어야만 했다. 매스컴에서 중요하게 생각하는 것은 오직 낙찰가뿐이었다. 최고가의 경매가 이곳에서 이루어졌음에도 불구하고 경쟁회사의 이름이 대신 매스컴을 장악하는 일이 심심찮게 벌어졌던 것이다. 앞으로 경매를 의뢰하게될 잠재적인 고객들을 오보 때문에 경쟁회사에 뺏길 수는 없는 노릇이었다. 하얀 표찰은 그러므로 매스컴에 대한 창백한 항의인 동시에 경매회사의 뻔뻔한 호객행위이기도 했다. 회사측의 변명에도 불구하고 하얀 표찰은 그 어떤 경매 품목에도 어울리지 않았기 때문이다. 그것은 다 자란 성인의 목에다 강제로 유아용 턱받이를 두른 것만큼이나 어색해 보였다. 각 경매 품목이 저마다 지니고 있던 역사와 감동 그리고 권위가 그 표찰로 인해 이유식 정도로 전락했다. 경매에 나온 품목들 중에서 무엇을 우량아로 만들 것인지, 그러기 위해 뭘 먹일 것인지는 전적으로 경매회사의 재량이었다. 21번 품목이라고 해서 예외가 될 수는 없었다.

21번 품목을 향해 조명과 카메라가 집중되었다. 금박 액자 안의 유화. 거기에는 한 사내의 초상이 그려져 있었다. 그림 속 사내를 향해 연신 카메라 플래시가 터졌다. 마치 불꽃놀이라도 벌어진 것처럼 경매실 전체가 분주하게 번쩍거렸다. 그러나 축제의 중심에 놓인 사내는 심각하다 못해 음울한 표정을 짓고 있었다. 그의 미간에 잡혀 있는 세로 주름도 여간해선 펴지지 않을 것 같았다. 환한 금발에 크림색 모자를 쓰고 푸른 연미복을 입은 사내. 빨간 테이블에 기대고 있는 그의 창백한 손, 손 가까이에 놓인 노란색 표지의 소설책과 보라색 디기탈리스. 황토색과 라임 그린으로 붓질한 그의 좁다란 얼굴, 얼굴 뒤로 펼쳐진 코발트 블루의 격렬한 흐름. 그러나 명암과 원근이 확실하지 않은 탓에 배경에 놓인 그것이 산의 능선인지 아니면 다른 무엇인지는 정확히 파악할 수가 없었다.

이천만 달러부터 시작하겠습니다. 불꽃놀이가 벌어지는 동안 잠시 잠잠했던 경매 진행자의 입이 다시 열렸다. 그의 말이 끝나기가 무섭게 이천만 달러라는 가격이 통화 변환기 위에 나타났다. 이천만 달러는 곧 파운드, 프랑, 스위스 프랑, 마르크, 엔, 리라로도 표시되었다. 경매가 진행되면서 백만 달러씩 증액된 가격이 순식간에 이천오백만 달러, 삼천만 달러까지 올라갔다. 가격이 오를수록 고객을 대신해서 입찰에 참가한 화상들의 휴대폰에도 덩달아 불이 붙었다. 지금 이 자리에 없는 고객들과 의견을 조율할 수 있는 길은 휴대폰을 이용하는 방법밖에 없었기 때문이다. 직접 입찰에 참가한 개인 수집가라고 해서 한가한 것도 아니었다. 노련한 전문가들 틈에서 홀로 고군분투하느라 그들 역시 피가 마르기는 매한가지였다.

삼천만 달러가 넘어선 다음부터는 두 명의 입찰자가 계속해서 경쟁을 벌였다. 빠른 속도로 오르던 가격이 삼천오백만 달러에서 잠시 주춤하는 듯 보였다. 경매 진행자는 낙찰되었다고 말해야 할 순간이 다가왔음을 느꼈다. 삼천오백만 달러라면 회사에서 예상했던 수준이었다. 그럼 21번 품목은…… 경매 진행자가 거기까지 말했을 때였다. 갑자기 누군가가 사천만 달러를 불렀다. 진행자는 그쪽으로 시선을 던졌다. 동양 남자 하나가 금장 만년필을 치켜들고 있었다. 삼천오백만 달러가 될 때까지도 전혀 입찰에 응하지 않고 있던 사람이었다.

새로운 자리에 사천백만! 진행자는 호기롭게 외쳤다. 곧이어 다른 사람이 사천이백만을 외쳤다. 통로 쪽에서, 좌석 저 뒤편에서, 전화에서…… 가격은 계속해서 올라갔다. 그리고 마침내 오천만 달러에까지 이르자 객석과 연단, 그리고 취재석에서 동시에 감탄사가 쏟아져나왔다. 삼 년 전 가을, 반고후의 〈아이리스〉가 오천만 달러에 낙찰된 적이 있었다. 그것은 경매사상 최고의 가격이었다. 그런데 이 음울한 사내의 초상화가 그 기록을 깨버린 것이 아닌가. 경매를 지켜본 사람이라면 누구라도 흥분하지 않을 수가 없었던 것이다.

이미 기록을 갱신하고도 가격 상승은 멈추지 않았다. 도대체 어디까지 올라갈지 사람들의 관심은 그것에 집중됐다. 두꺼운 안경알 뒤에 감추어진 진행자의 눈이 모처럼 번득였다. 그러나 유화 속의 사내는 전혀 변함이 없었다. 사내의 눈빛은 전혀 놀랄 일이 아니야, 이렇게 될 줄 알았다고…… 그렇게 말하는 것처럼 보였다. 또 어떻게 보면 연단에 오르기까지 자신이 지나온 길을 회상하고 있는 것처럼 보이기도 했다.

경매 당일 아침, 21번 품목의 최저 가격은 사천만 달러에서 삼천오백만 달러로 하향 조정되었었다. 전날 밤 다른 경매회사에서 실시한 경매에서 소장자들이 높은 값을 요구하는 바람에 많은 그림들이 유찰되는 일이 벌어졌기 때문이다.

21번이 경매에 나오기 전에는 소문난 수집가들을 찾아 전 세계를 방문해야 했다. 그림을 직접 보낼 수 없는 곳엔 비디오테이프가 대신 보내지기도 했다. 그림값을 높일 수만 있다면 어떤 모습으로든, 어디로든, 갈 수 있었던 것이다.

새로운 소장자를 찾아 헤매기 전 그 그림이 머무르고 있던 곳은 미국의 M미술관이었다. 개인 소장이었지만 소장자가 대여를 희망했기 때문에 M미술관에서는 육 년 동안이나 그 그림을 전시할 수 있었던 것이다. 그 당시는 그림 가격이 전반적으로 가파르게 상승하던 시절이었다. 그림 가격이 오르면 당연히 그림에 대한 보험금도 올랐다.

그림 시장에서는 그 음울한 초상화를 그린 화가의 작품들이 특히 인기여서 그의 작품이라면 무조건 가격이 상승하는 추세였다. 그 초상화도 예외는 아니었다. 단지 애정만으로 그림을 소장하기는 점점 어려워지고 있었다.

그것을 미술관에 대여해준 사람은 독일 명망가 출신의 오누이였다. 1938년, 그들의 아버지가 빚 대신에 그것을 수령함으로써 그림은 가문의 소장품이 되었다. 빚을 갚지 못해서 그림을 넘겨줘야 했던 사람은 섬유산업과 은행업에 종사하면서 그림 수집도 열심히 하던, 한마디로 아주 바쁜 사내였다. 그 남자의 불행은 1929년 뉴욕 주식시장이 붕괴하고 전 세계적으로 불황이 불어닥치면서 시작되었다. 독일에 있는 공장과 은행이라고 해서 불황이 피해가지는 않았다. 짜릿한 전율을 안겨주던, 그리하여 자신이 존재하는 까닭을 서늘하게 깨우쳐주던 그림 수집을 그는 당장 중지해야만 했다. 그럼에도 불구하고 그는 그 초상화를 구입했는데, 그때가 1938년이었다. 그림이 채권자에게 넘어간 해도 1938년이니 그는 그것을 손에 넣자마자 떠나보낸 셈이었다. 그때 그의 심정이 어떠했을까는 충분히 상상할 수 있을 것이다. 물론 그가 처음부터 그림을 넘길 생각으로 구입했다고 말하는 사람들도 있었다. 그는 그 그림의 중개인 역할을 했을 뿐이라는 애기였다. 그런가 하면 그가 그림 수집에 열을 올렸던 것은 안전한 신분을 확보하기 위해서였다고 말하는 사람들도 있었다. 그는 반나치주의자였다. 당시는 나치에 반대한다면 누구라도 유대인처럼 하루아침에 난민이 될 수도 있는 시절이었다. 만약을 대비해 금이나 보석, 어디서든 통할 수 있는 신분증…… 그런 게 필요했다. 그 모두를 한 방에 해결해줄 수 있는 것이란 역시 모두가 인정하는 훌륭한 예술품,

바로 그것뿐이었다.

그는 그 초상화를 베를린에 있는 한 골동품 상점에서 처음으로 보았다. 원래는 독일의 미술관에 걸려 있어야 할 그림이었다. 그 그림이 자기 자리를 잃고 거리로 흘러나온 것은 세 가지 이유에서였다. 첫째, 나치가 판단컨대 그 초상화는 전형적인 퇴폐 예술품이었다. 둘째, 나치는 퇴폐 예술품을 무보상으로 압수하는 법률을 제정하였다. 셋째, 총통은 퇴폐 예술품의 판매를 통해 외화를 획득하길 원했는데 그것들을 소장한 채 골머리를 앓기보다는 외화로 바꿔버리는 편이 훨씬 유용했기 때문이다. 퇴폐 예술품에 대한 법률에 따라 상당수의 작품이 퇴폐로 규정되었으며 그것들은 아무런 보호도 받지 못한 채 조직적으로 강탈되었다. 그리고 마구잡이로 판매되었다. 총수입이 얼마나 되는지, 중간에서 누가 어떤 걸 얼마나 가로챘는지, 그런 사안에 대해서는 아직까지도 정확하게 파악된 바가 없었다.

이상이 21번 품목의 대략적인 여정이었다. 그리고 그것은 이제 맨해튼 59번가에서 경매사상 최고가로 낙찰될 순간을 기다리고 있는 중이었다.

선생님, 저쪽 분이 칠천만 달러를 불렀습니다. 진행자가 말했다. 그는 자기 입에서 흘러나온 칠천만 달러라는 말의 부피를 도무지 실감할 수가 없었다. 어떤 동화책에선가 입만 열면 도마뱀이나 해충이 튀어나오는 저주를 받은 사람을 본 적이 있었는데 자기가 꼭 그 저주를 받은 것처럼 느껴지기도 했다. 그러나 경매실에서 칠천백만, 전화에서 칠천이백만, 또 경매실에서 칠천삼백만…… 가격 상승은 결코 멈추지 않았다. 경쟁자는 마침내 두 사람으로 축소된 상황이었다. 둘 중에 한 명은 뒤늦게 입찰에 뛰어들었던 바로 그 동양 남자였다. 칠

천오백만 달러! 라고 외친 후에 진행자는 두 명의 입찰자를 번갈아
바라보았다. 어떻게 하시겠습니까? 마지막으로 기회를 드리겠습니
다. 그는 속으로 셋을 세었다. 그리고 마지막 숨을 삼키는 듯한 어조
로 이렇게 말했다. 자, 끝났습니다. 선생님께서 낙찰받으셨습니다.
땅땅땅! 경매 종료를 알리는 뜻으로 그는 망치를 세 번 내리쳤다. 가
파르게 상승에 상승을 거듭하던 통화 변환기의 숫자도 덩달아 절명했
다. 다음과 같은 숫자들을 유언처럼 남겨놓은 채. 경매번호 21번 최종
입찰금액 칠천오백만 달러, 4469만 2960파운드, 4억 1640만 128프랑,
1억 400만 스위스 프랑, 1억 2337만 5040마르크, 1131만 엔(×1000),
9082만 5040리라(×1000)…… 실로 어마어마한 금액이었다. 게다가
낙찰자는 십 퍼센트의 수수료도 지불해야 했다. 그러므로 낙찰가가
칠천오백만 달러라고 해도 낙찰자가 실제로 지불할 금액은 팔천이백
오십만 달러에 이르는 것이었다.

　장내에 모인 사람들이 일제히 환호성을 질렀다. 취재 기자들은 기
자석에서 뛰쳐나와 낙찰자에게 달려갔다. 낙찰자는 바로 동양 남자
였다. 음울한 초상화에 집중되었던 스포트라이트가 이제는 그 남자
를 향하고 있었다. 아이 캔트 스피크 잉글리시. 그러나 동양 남자는
그렇게 대답할 뿐이었다. 취재진 가운데 누군가가 약삭빠르게 일본
어로 질문했지만 그는 여전히 아이 캔트 스피크 잉글리시, 그 말만
반복했다. 그럼에도 불구하고 그에 대한 질문 공세는 결코 중단될 기
세가 아니었다. 소란을 가라앉히기 위해 경매회사 직원들이 모두 나
서야 했다. 최고 품목의 경매는 끝이 났지만 아직도 차례를 기다리고
있는 품목이 반 이상 남아 있었기 때문이다. 직원들과 취재 기자 사
이에서 가벼운 몸싸움이 일어났다. 동양 남자는 그 틈을 타서 주경매

실을 빠져나갔다. 매스컴들도 발빠르게 그의 뒤를 쫓았다. 순식간에 경매실은 철 지난 해수욕장처럼 고요해졌다.

아이 캔트 스피크 잉글리시. 매스컴을 향해 동양 남자가 한 말은 그게 전부였다. 그럼에도 불구하고 그의 신분은 낱낱이 공개되었다. 강대국의 중앙정보국 못지않은 정보력과 조직력, 그리고 특권을 매스컴은 가지고 있었다. 그 남자의 신분을 알아내는 정도는 일도 아니었던 것이다.

그 남자의 국적은 일본, 직업은 화상이었다. 그는 대리인 자격으로 경매에 참가하게 되었다. 그를 파견한 사람은 일본 굴지의 기업 회장이었다. 그림을 손에 넣은 회장은 그것을 흰 천으로 만든 가방에 넣은 뒤 완충장치가 되어 있는 합판으로 포장한 다음 다시 천으로 감쌌다. 그리고는 기모노, 가구, 보석 등 귀중품들이 쌓여 있는 보관실로 보냈다. 완벽한 보안장치와 온도, 습도를 조절하는 장치가 갖추어진 곳이었는데 그곳의 정확한 위치를 아는 사람은 거의 없었다. 이제 그 그림을 볼 수 있는 사람은 세상에서 단 한 명, 오직 그 회장뿐이었다. 최고가로 그림이 낙찰되던 순간의 환호성은 이제 탄식으로 바뀌었다. 엄청난 자금을 동원할 수 있는 기업이나 개인이 예술품의 가격을 천정부지로 올려놓아 그들만의 것으로 만들었음을 사람들은 뒤늦게 깨달았던 것이다. 물론 회장이 그림을 꽁꽁 숨긴 것에 대해 일본의 전통 때문이라고 분석하는 치들도 있었다. 일본인들은 예술품을 벽이나 선반에 진열하지 않고 서랍 깊숙이 보관하면서 가끔씩 예를 갖춰 꺼내 본다고 했다. 일리 있는 분석이었다. 그러나 대개는 회장이 채권자들로부터 자산을 보호하기 위해 그랬다고 생각했다. 사업 확장을 위해 융자를 받듯 회장은 그 그림을 구입하려고 거금을 융자받았던 것이다. 상속세를 낮춰보려고 예술에 거금을 투자했다는 설도 있었다. 회장은 절대로 그렇지 않다고 주장했다. 나는 그 초상화에서 내 자신의 모습을 보았소! 회장이 직접 밝힌, 그 그림을 구입한 이유였다.

아무튼 그 그림이 야기한 일대 소란은 급성장한 일본의 경제력을 극적으로 보여주는 것이었다. 그 무렵 일본의 기업과 재력가들은 앞다투어 서구 예술품을 사들였다. 자신들의 사업과 직접적인 관계가 없는 예술품에 투자한다는 것, 그것은 그들의 경제적 여유를 드러냄과 동시에 이미지 제고에도 큰 몫을 담당했다. 서구의 예술품들은 한마디로 말해 경제전쟁에서 승리한 그들의 전리품이 되었다. 강철과 반도체 사업, 그리고 록펠러 센터가 일본으로 넘어가는 것을 무력하게 지켜보아야만 했던 미국으로서는 자신들의 미술관에 걸려 있던 그림마저 일본으로 넘어가자 상실감과 무력감, 질투심, 그리고 두려움에 휩싸일 수밖에 없었다. 그들은 일본이 예술을 상품화했다고 비난했다. 그러나 다른 대륙에서 세계대전이 벌어지는 동안 자신들이 얻은 이익에 대해서는 함구했다. 미국의 산업자본가들이 왕과 귀족, 교황과 유럽의 기업가들을 흉내내며 예술품 구입에 막대한 돈을 투자했던 과거에 대해서도 모른 척했다.

예술시장의 주도권은 확실히 일본으로 넘어간 것처럼 보였다. 그러나 다행인지 불행인지 그것은 오래 가지 않았다. 1989년 일본 산업의 날을 맞아 닛케이 지수는 3만 8915로 최고를 기록했다. 그리고 삼 년도 채 안 되어서 1만 4309로 곤두박질쳤다. 제대로 돈이 돌지 않았고, 예술품에 대한 수요도 당연히 축소되었다. 그림값은 계속해서 떨어졌다. 자기가 만든 고층 빌딩에서 투신 자살을 해야 하는 사람처럼. 굴지의 기업과 화랑들이 연달아 파산 신청을 했다. 한때 그들을 영화롭게 해주었던 예술품들은 은행과 융자회사의 소유가 되었다. 그리고 그것들은 대부분 은밀하게 거래되었다. 하지만 어쩐 일인지 그 음울한 초상화의 행방만큼은 알려지지 않고 있었다. 나는 그 초상화에서 내 자신의 모습을 보았소! 그렇게 주장하던 회장의 개인 창고로 들어간 이후로 그 그림을 보았다는 사람은 단 한 명도 없었다.

그림의 제목은 〈가새리 박사의 초상〉이었다. 한 세기가 지난 후에도 사람들에게 유령처럼 보이는 초상화를 그리고 싶다던 화가 반고후. 그가 그린 마지막 초상화였다. 그 그림을 완상한 후 그는 곧바로 동생에게 편지를 썼다. 편지에는 이런 내용이 들어 있었다.

"언젠가 이 초상화가 사람들에게 깊은 인상을 남겨주리라 믿는다. 거기에는 오랫동안 지켜보아야 할 얼굴, 어쩌면 한 세기가 지난 후에야 뜨거운 열망으로 돌이켜보게 될 현대의 얼굴이 있다."

보리밭은 이제 완연한 황금빛으로 물들어 있었다. 포기마다 허리가 휘어지도록 알곡을 매달고 있는 풍성한 보리밭 가에 반고후는 이젤을 세웠다. 성대한 파티에 초대받은 귀빈처럼 마음껏 알곡을 까먹던 까마귀들이 이젤 근처에까지 날아들었다. 그러나 그는 굳이 그것들을 쫓으려 하지 않았다. 붓과 팔레트를 들고 있는 그의 손은 까마귀들을 쫓을 만큼 한가하지 못했다. 게다가 온통 캔버스에 정신을 빼앗긴 탓에 까마귀의 훼방쯤이야 관대하게 넘겨버릴 수 있었다. 추수가 임박한 보리밭 풍경을 그는 빠른 붓놀림으로 캔버스에 담아냈다. 어떤 의미에서 그는 가장 먼저 보리를 수확하는 부지런한 농부와 같았다. 보리밭의 영혼, 그 영혼의 핵심을 추수하기 위해 붓을 든, 농부.

정수리가 녹아버릴 것처럼 몹시 무더운 날이었다. 땡볕 아래서 몇 시간이고 쉬지 않고 작업하기란 사실 쉬운 일이 아니었다. 화산이 폭발하기라도 한 듯 땀구멍 밖으로 맹렬하게 솟구치는 땀방울 때문에 번번이 시야가 흐려지곤 했다. 그러나 그렇게 해서라도 땀방울과 더불어 가슴속 가득한 이 불안함을 배출할 수만 있다면…… 입을 열진 않았지만 그림을 그리는 내내 반고후는 그렇게 말하고 있었다. 진짜로 입을 벌려 말하고 싶은 마음이 간절해질수록 그는 더더욱 격렬하게 붓을 움직였다.

동생이 규칙적으로 송금해주던 생활비가 제때에 오지 않고 있었다. 벌써 세번째였다. 한 달 전 동생이 보낸 편지에는 아무리 열심히 일해도 돈 걱정이 끊이지 않는다는 내용이 적혀 있었다. 편지를 받고서 일 주일 뒤 반고후는 동생을 찾아갔다. 그것은 악몽 같은 방문이었다. 그의 이름을 물려받은 동생의 아기는 어디가 아픈지 며칠째 젖병도 물지 못하고 밤낮없이 울기만 했다. 아기 때문에 동생의 아내 오한나는 몸과 마음이 다 피폐해진 상태였다. 그녀가 얼마나 지쳤는지는 어수선하기 짝이 없었던 집안 살림만 보더라도 짐작할 수 있었다. 가뜩이나 좁은 동생의 아파트에는 벽마다 그의 작품들이 아무렇게나 걸려 있었고 어떤 것은 뒤집어진 채 겹쳐져 있었다. 비용을 아끼느라 마음껏 좋은 물감을 쓰지도 못한데다가 그렇게 함부로 처박혀 있었기 때문에 그의 그림은 당연히 보존상태가 좋지 못했다. 근처 화구점에 맡겨놓은 그림들도 상황은 마찬가지였다. 게다가 동생의 건강도 아주 나쁜 상태였다. 반태후는 수년째 기침에 시달리고 있었는데 스트레스가 심해지자 이제는 신경쇠약 증세까지 보인다는 것이었다. 가장 큰 스트레스는 화랑 사장과의 견해 차이였다. 사장은 이미 죽은 화가, 그럼으로써 화단에서의 자리매김이 확실시된 화가만을 취급하려고 했다. 반태후는 최선을 다해 사장이 원하는 부분에서 성과를 높였지만 언제까지 그것만 할 수는 없는 노릇이었다. 하지만 사장은 오직 그것만을 원했다. 아무리 오래 그곳에 붙어 있어도 자신이 지원하는 형이나 일군의 새로운 화가들에게는 영영 기회가 오지 않으리란 걸 반태후는 뼈저리게 느끼고 있었다. 독립밖에는 대안이 없었다. 그러나 참혹할 정도로 자금이 부족했다. 처자식에, 고향에 계신 어머니에, 형에…… 그들을 부양하는 것만으로도 너무 벅찼다. 어쩌면 동생의 가장 큰 스트레스는 사장과의 불화가 아닌지도 몰랐다. 반고후는 그것을 알고 있었다. 너무나 잘 알고 있었다. 그래서 그는 두려웠다. 태후야, 내가 그림 그리는 방식을 좀 바꿔보마. 난 너무 물감을 많이 쓰잖아. 어느 땐 팔레트에 덜지도 않고 그냥 튜브째 캔버스에 짓이기기도 하지 뭐니. 그 바람에 작품을 보존하기도 더 곤란해지고 말이야. 물감 양만 줄여도 상당할 거다. 그가 동생에게 말했다. 동생을 위로하기에 썩 적합한 말은 아니었다. 그러나 그는 그 이상의 무엇을 약속해줄 수가 없었다. 마치 즉흥시를 쓰듯이 그리는 그 방법을, 가장 형다운 그것을 버리겠다고? 거기까지 가기 위해서 우리가 얼마나 고생했는지 잊었단 말이야? 반태후가 대꾸했다. 그럼 나더러 어떻게 하란 말이냐? 네가 오래 전에 원했던 대로 목공의 견습공이라도 될까, 이제라도? 형에게 그렇게 말할 수 있었던 그 시절이 차라리 그리워, 그립다고! 그래, 태후야. 나를 먹여살리느라 너는 항상 가난했지. 하지만 너도 알다시피 돌아가기엔 너무 멀리 왔어. 조만간 네게 진 빚은 갚을 수 있을 거다. 꼭 그렇게 될 거다. 안 되면 태후야, 내 영혼을…… 주겠다고 하지 않았느냐. 형의 영혼? 그건 이미 오래 전에 내게 주었어. 이미 내가 가졌다고. 그러나, 그런데 형…… 그걸로 아무것도 할 수가 없어, 아무것도. 나도 어떻게 해야 좋을지 모르겠어. 모르겠다고, 형…… 반태후는 거의 흐느끼다시피 했다. 오한나의 가슴에 안겨 있던 그의 아기도 자지러지게 울어댔다. 형의 이름을 물려받은 그의 아기, 반고후가.

동생 집에 다녀온 후 반고후는 전보다 더 그림에 열중했다. 불안, 의심, 조급함. 그림이 성숙하는 걸 방해하는 그것들이 씨앗처럼 그의 마음속에 점점이 흩어져 있었다. 그것들이 뿌리내리지 못하도록 그는 자신의 육체를 황폐하게 만들었다. 몹시 지친 어느 날엔 '그들'이 또 섬광을 타고 나타나기도 했다. 도대체 내 그림은 왜 그렇게 오랜 시간이 지난 후에야 비로소 비싸게 팔린다는 거요? 지금 당장 그 만분의 일로 팔 수는 없소? 그들에게 그렇게 물어본 적도 있었다. 그때 그의 심장에선 쿵닥쿵닥, 동생 반태후가 뛰고 있었다. 아주 간단한 이유에서지, 친구. 자네 그림이 팔릴 무렵엔 우리들이 있을 거거든. 대답 끝에 그들은 예의 그 낄낄거리는 웃음을 덧붙였다. 그들을 볼 때마다 반고후는 어쩌면 자기가 정말로 미친 건지도 모른다는 생각이 들었다. 그의 주치의인 가새리 박사도 자신의 논문을 통해 말하지 않았던가. 우울증이란 중국인이 즐기는 아편처럼 철학자, 폭군, 범죄자, 시인, 예술가 등을 절망에 빠뜨린다고, 우울증을 끝장낼 수 있는 건 죽음뿐이라고. 더욱이 박사는 예술가에게 우울증이란 불가피한 것이라고 생각하는 쪽이었다. 그림을 그리시오! 계속 그리시오! 미친 듯이 그리시오! 박사의 치료책은 오직 그거 하나였다. 이미 미쳤다고 진단한 환자에게 미친 듯이 그리라고 처방하면서도 박사는 자신의 모순을 깨닫지 못했다. 그래서였을까. 때때로 박사는 반고후를 찾아와서 노골적으로 그의 그림에 눈독을 들였지만 그가 필요로 하는 순간에는 언제나 다른 곳에 있었다. 정신질환 컨설팅이란 이유로 박사는 일 주일에 사나흘은 수도로 외출했다. 오보리에 있는 날에도 물리치료법 연구, 낚시, 문학 모임, 보트 타기, 미술품 수집, 자식 교육 등으로 늘 바빴다. 때때로 반고후는 박사와 '그들'을 구별하기가 힘들었다. 둘 다 그를 혼란스럽게 만들기는 마찬가지였으니까.

붓질이 격해질수록 캔버스 위의 보리밭도 광포하게 흔들렸다. 반고후는 자신의 눈앞에 펼쳐진 대로 보리밭 사이에 두 갈래 길을 그려넣었다. 반고후의 영혼도, 그리고 반태후의 영혼도 좀더 성숙해지길 열망하고 있었다. 하지만 그러기 위해선 둘 중에 하나는 포기해야 했다. 반고후가 그림에 대한 열정을 반쯤 덜어 생계에 투자하든지, 한 차원 높은 감식안을 지닌 화상이 되는 걸 반태후가 외면하든지. 그러나 열정이란 그것이 무엇에 대한 열정이든 간에 반쯤, 아니 티스푼으로 한 번만 덜어내더라도 그대로 와해되고 마는 어떤 것이었다. 열정은 옅어질 수도 가벼워질 수도 없었다. 있거나 혹은 없거나, 열정의 얼굴은 오직 그것뿐이었다. 그러나 세상은 영혼에 향기를 입히려는 자에게 혹독하기 그지없었다. 그의 열망이 커질수록 세상이 요구하는 대가도 점점 더 혹독해졌다. 이 생이 우리에게 허락한 영혼의 가치란 이게 전부란 말인가…… 반고후는 물감 튜브에서 안타까움을 듬뿍 짜내었다. 그의 캔버스가 두꺼운 질감으로 가득 채워졌다. 갑자기 무슨 생각이 들었는지 그는 이미 그려놓은 두 갈래의 길로부터 곁가지를 치기 시작했다. 길은 이제 세 갈래가 되었다.

오보리에 거처를 정한 이후로 보리밭은 반고후에게 좋은 소재가 되어주었다. 맑게 갠 하늘 아래의 보리밭, 비를 머금은 구름이 하늘에서 소용돌이칠 때의 보리밭, 비가 내리는 보리밭, 석양 무렵 공동묘지 근처에서 바라본 보리밭…… 다양한 그것의 표정을 그는 하나도 빼놓지 않고 화폭 안에 채집해두었다.

반고후가 이곳에서 그린 보리밭 그림엔 두 가지 공통점이 있었다. 첫째는, 그의 보리밭에는 인물이 등장하지 않는다는 점이었다. 보리밭뿐만이 아니라 이곳의 다른 풍경을 그릴 때도 마찬가지였다. 인물 없는 풍경화. 그것은 그의 화풍에 있어서 큰 변화라고 할 수 있었다. 이곳에 오기 전 그가 그린 풍경화에는 어떤 식으로든 인물이 등장하곤 했다. '예술, 그것은 자연에 덧붙여진 인간이다' 라는 자신의 신념을 그는 곧이곧대로 그림에 투사했던 것이다. 하지만 이곳에 와서야 그는 비로소 터득할 수가 있었다. 인물을 직접 그리지 않고도 자연과 인간의 관계에 대해서 말하는 방법을. 그의 변화는 미스트랄이 심하게 불었던 그 남쪽 마을 시절부터 농익기 시작한 기량 탓도 물론 있었다. 하지만 그보다는 오보리의 풍경이 지닌 놀라운 흡수력이 더 큰 영향을 미쳤다. 내가 이 풍경의 일부라는 사실을 아무 의심 없이 받아들일 수 있는걸요. 처음 이곳에 온 날 그가 가새리 박사에게 했던 말이었다. 공연히 그런 말을 했던 게 아니었다. 인간을 억압하지 않는 자연, 본질. 언제나 그리워했던 그곳과 자신 사이를 관통하고 있는 황홀한 길을 그는 바로 이곳에서 발견했던 것이다.

그 동안 그가 그린 보리밭 풍경의 두번째 공통점은 모두가 푸른 보리밭이란 점이었다. 추수를 앞둔 보리밭, 우주의 모든 태양이 강림한 것처럼 찬란한 보리밭을 그리기는 처음이었다. 그가 이곳에 온 지도 어느덧 두 달이 지났음을 보리밭은 말해주고 있었다. 이곳에서 그가 그린 유화만 해도 칠십 점 가까이 되었다. 데생과 판화도 적지 않았다. 하루에 한 점 이상 작업한 셈이었다. 가새리 박사의 말대로 자기가 정말로 미쳤다면 그렇게 많은 작업을 할 수는 없었을 거라고 그는 생각했다. 광기는 예술가의 손가락에 새겨진 지문도 천재의 심장도 그 무엇도 아니라고, 그건 그냥 질병일 뿐이라고. 그가 이곳에서 많은 작업을 할 수 있었던 것은 미친 듯이 그리라는 박사의 처방을 특별히 잘 따랐기 때문이 아니었다. 박사가 재촉하기 전에도 그는 항상 그 정도는 그렸다. 왜냐하면 그의 직업은 '미친놈'이 아니라 언제나 '화가'였기 때문이다. 그리고 그 직업은 앞으로도 변하지 않을 것이었다.

반고후가 새롭게 그려넣은 세 갈래의 길 위로 까마귀가 날기 시작했다. 그의 눈앞에 펼쳐져 있는 실제 보리밭, 그곳의 창공 역시 까마귀 울음소리로 가득했다. 까마귀가 그림 속으로 들어간 건지 아니면 그림에서 튀쳐나온 건지 도무지 분간할 수가 없는 순간이었다. 꽃이 피어나듯 별이 돋아나듯 그의 붓끝에선 계속해서 새로운 까마귀가 태어났다. 그의 존재도 덩달아 새로 태어나고 있었다.

그가 마지막 까마귀를 그리고 있을 때였다. 강렬한 섬광 하나가 포물선을 그리며 지평선으로 낙하했다. 그는 반사적으로 눈을 감았다. 그들이 왔다! 그는 직감했다. 곧이어 그는 자신의 왼쪽 귀를 뚫고 들어왔다가 재빨리 오른쪽 귀를 뚫고 달아나는 어떤 소리를 들었다. 그다지 큰 소리는 아니었지만 교묘하게 뇌파를 교란시키다가 몹시 불쾌한 여운을 남기는 소리였다. 소리가 들린 것과 동시에 그의 눈에는 태양이 두 개로 보이기까지 했다. 어쩌면 정말로 두 개의 태양이 뜬 건지도 몰랐다.

현기증을 느끼며 그는 보리밭으로 쓰러졌다. 까마귀들이 일제히 울어대며 지평선 너머로 사라지고 있었다. 저것들을 쫓느라 누군가가 총을 쏜 걸까? 하지만 까마귀들을 쫓기에는 총소리가 너무 작지 않은가? 맥없이 쓰러져버린 육신에 비해 그의 이성은 여전히 맹렬하게 두 다리를 지탱하고 있었다.

시스템에 이상이 생겼어! 젠장, 총이 없어졌다고! 그들이 말하는 소리가 들렸다. 그리고 그의 심장과 서혜부 사이에서 붉은 피가 쏟아지기 시작했다. 도대체 어디로 떨어진 거야? 몇년도랑 겹친 거냐고? 몰라, 모르겠어, 55년에서 60년 사이라는 것밖엔. 여기는 늘 똑같단 말이야. 달라진 지형지물이 하나도 없다고. 제기랄, 그러니까 총이 언제로 떨어졌는지 모른다는 거 아니야. 시스템이 흔들리지만 않았어도 심장에 명중할 수 있었는데! 그들 사이에서 내분이 일어났다. 그 모든 걸 반고후는 똑똑히 보고, 또한 똑똑히 듣고 있었다. 어째서, 도대체 왜, 나를 죽이려 하는 거요? 두 눈을 부릅뜨고서 그가 말했다. 하지만 몸을 일으켜세우는 건 불가능했다. 생짜로 허리를 꺾는 듯한 통증이 몰려왔기 때문이다. 총은 사라졌지만 다행히 총알은 당신 몸속에 다소곳이 자리잡은 모양이로군, 화가 양반. 그들은 냉소적으로 대꾸했다. 반고후 씨, 이건 당신 운명이야. 당신은 이제 더이상 그림을 그려선 안 돼. 그 동안 원 없이 그리지 않았나? 당신 그림은 지금이 가장 완벽해. 구차하게 오래 살면서 퇴보할 필요가 어디 있나? 멋있게 정점에서 가는 거야. 우린 그걸 도왔을 뿐이라고. 우리에게 고마워할 날이 분명히 올걸세. 그럼 잘 가게, 친구. 우린 몹시 바쁘다네. 우선은 그 총을 찾아야 한단 말이야. 자네의 불멸을 위해서! 그 말을 끝으로, 그가 듣고 싶은 대답은 여전히 감춘 채, 그들은 올 때와 마찬가지로 순식간에 사라져버렸다.

한순간 섬광이 머물렀던 지평선 위로 하루를 마감할 채비를 하고 있는 태양이 보였다. 언제 그랬냐는 듯 태양은 다시 하나였다. 이상한 소리(그것은 총소리였다)가 들리고 공간이 두 겹으로 분리된 채 흔들렸던 것은 아주 짧은 순간의 일이었다. 사방을 둘러보았지만 달라진 건 전혀 없었다. 그러나 그는 순식간에 한 세기를 살아낸 듯한 기분이었다. 자신을 둘러싼 공간과 자신의 감정 사이에 놓인 모순을 어떻게 받아들여야 할지 그는 알 수 없었다.

반고후는 사력을 다해 마을 쪽으로 몸을 밀었다. 도와주시오! 있는 힘껏 외쳤지만 목소리는 생각만큼 크지 않았다. 그래도 그는 소리지르는 걸 멈출 수가 없었다. 그건 곧 삶을 포기하는 것과 같았으니까. 도와줘요! 날 좀 도와달란 말이오! 하지만 그의 목소리는 점점 기어들어가고 있었다. 탈진한 듯 그는 하늘을 바라보고 누워버렸다.

사위는 이제 진홍빛으로 가득했다. 짜디짠 눈물이 별안간 그의 관자놀이를 타고 흘러내려와 대지를 적셨다. 너무 아름다운 노을이었다. 그것이 자신의 생의 마지막 일몰일지도 모른다는 가정은 결코 하고 싶지 않았다. 도와주시오, 누구든 날 좀 도와주시오…… 그의 구조 요청은 그러나 혼잣말처럼 허망했다. 그는 곧 혼절하고 말았다. 땅거미가 내리기 시작했다. 그가 온몸으로 대지 위에 그려놓았던 핏빛 궤적이 빠르게, 소멸하는 중이었다.

2010년, 방그래 씨는 세상을 떠났다. 그의 나이 여든이었다. 평생을 건강하게 살았지만 마지막 몇 주 동안은 병원에서 보내야 했다. 뼈가 약해진 노인들에게 흔히 있는 대퇴부 골절상 때문이었다. 사실 그는 병원을 끔찍하게 여기는 편이었다. 전쟁 후에 의학과 의료기술이 비약적으로 발전한 까닭을 그는 너무나 잘 알고 있었다. 제멋대로 인간의 등급을 나누었던 자들, 그들에 의해 바퀴벌레보다 아래 급수로 분류되어 실험 재료로서 생을 마감한 사람들. 생명을 최고의 가치로 여기는 의학이 그런 식으로 발전의 토대를 닦았다는 것은 무섭고 슬프고 또한 웃기는 얘기였다. 최신식 의료기계로 당신의 몸을 샅샅이 찍어보았소, 최고의 기술을 가진 의사들이 수술을 집도했소, 버튼 한두 개로 모든 게 처리되는 편의시설이 가장 훌륭한 병원에서 당신은 잘 쉬었소, 더이상 뭘 바라시오…… 어딜 가나 병원 직원들은 하나같이 그런 표정을 하고 있었다. 의사 선생, 당신은 내 몸의 상처보다 나를 더 사랑했어야 했소. 나는 뼈가 비스킷처럼 잘 부서지는 노인네이기 이전에 팔십 년 삶의 이력을 가진 한 사람이었으니 말이오. 퇴원하던 날 방그래 씨는 참지 못하고 그렇게 말하고 말았다. 하지만 그의 얘기를 진지하게 듣는 사람은 한 명도 없었다. 노인네들은 잔소리가 많아서 귀찮다는 식의 반응을 보일 뿐이었다. 궁극적으로 그것은 무관심이었다. 방그래 씨의 퇴원 수속을 밟았던 손자, 방미래 씨의 반응도 병원 직원들과 크게 다르지 않았다. 할아버지의 잔소리에 대해서 직원들은 귀찮아했고 그는 좀 민망하게 여겼다. 그것만 달랐을 뿐 어서 끝내기를 바라는 마음은 똑같았던 것이다. 하지만 지금은 좀 달랐다. 늘 둔각의 시선으로만 보았던 할아버지였다. 그런데 각도를 조금 틀어보았더니 할아버지 안에 갈비뼈처럼 묻혀 있는 자신이 보이는 게 아닌가.

생을 접기 며칠 전 할아버지는 그에게 어떤 물건 하나를 주었다. 만년필만한 크기에 작은 손잡이가 달려 있는 물건이었다. 금속 소재였는지 그것은 몹시 차가워 보였다. 무게는 보리 이삭만큼이나 가벼웠다. 그로서는 처음 보는 물건이었다. 내가 딱 네 나이였을 때 보리밭에서 주운 거란다. 벌써 오십 년도 넘었구나. 할아버지가 말했다. 이게 뭔데요, 할아버지? 그가 물었다. 왠지 모를 섬뜩함에 등뼈가 위축되는 느낌이었다. 기분 나쁜 소리, 두 개의 태양, 두 겹의 공간, 낯선 물건…… 할아버지는 그날 있었던 일을 소상하게 들려주었다. 만약 인간이 상상할 수 없는 어떤 현실이 존재한다면 말이다, 얘야. 할아버지는 문득 그 대목에서 목소리를 낮추었다. 거기서도 우리가 여전히 우리겠느냐? 무어라 대답하기가 참으로 어려운 질문이었다. 우주의 비밀이 거의 다 밝혀져서 과학자들이 꿈꾸는 대통합이론이 완성될 날도 멀지 않았다고 떠드는 시대였다. 가격이 너무 비싼 나머지 아직 대중화되진 않았지만 실제로 우주여행이 가능한 시대였다. 도보보다는 기차가, 기차보다는 비행기가 공간을 더 빨리 압축하듯이, 시간을 그럴 수만 있다면 현재 이곳이 아니라 과거의 이곳, 미래의 이곳에 있을 수도 있다고, 곧 그렇게 될 거라고 떠들어대는 시대였다. 이론은 나날이 정교해졌고 그만큼 현실성을 띠었다. 즉각 행동이 뒤따를 정도로 언제나 첨단의 기술이 대기하고 있었다. 어제의 최첨단이 오늘 아침엔 구닥다리 취급을 받을 정도였다. 그렇다면 인간이 상상할 수 없는 어떤 현실이란 것은 다른 곳이 아니라 바로 여기에 존재하는 게 아닐까. 방미래 씨의 생각은 그러했다. 하지만 그는 요령껏 생각을 정리할 수가 없었다. 단지 이런 질문을 던졌을 뿐. 그렇다면 할아버지는 이게 도대체 뭐라고 생각합니까? 대답 대신 방그래 씨는 손자에게 시사잡지 한 권을 내밀었다. 지난 국경일에 벌어졌던 국가원수 암살 미수 사건에 대한 기사가 보였다. 기사 하단에는 범인과 그가 범행에 사용한 총의 사진이 동그란 테두리 안에 들어 있었다. 최신형 권총, 특수 소재의 초소형 초경량 사이즈로 휴대 간편, 첨단기술로 소음 줄여…… 범인의 총에 대한 설명도 적혀 있었다. 범인의 총은, 할아버지가 주웠다는 그것과 똑같았다. 도무지 믿을 수 없다는 듯이 눈을 비비고 벌리고 부릅떠가며 방미래 씨는 잡지 속의 총을 보고 또 보았지만 틀림없었다. 할아버지가 이걸 주운 건…… 그는 차마 말을 끝맺을 수가 없었다. 그래, 정확히 1958년 초여름이었지. 그해 가을엔 우리의 마지막 식민지 국가가 마침내 자신들의 임시정부를 세웠단다. 당연히 그렇게 될 일이었는데도 거길 내놓지 않으려고 우기는 자들 때문에 참 복잡한 한 해였구나. 하지만 우리 오보리는 지금처럼 그때도 늘 여전했지. 이 총만 빼고는. 할아버지의 음성은 나직했다. 그게 총인지는 정말 몰랐다, 얘야. 하지만 할아버지는 전혀 놀란 것 같지가 않은걸요. 뭔지는 몰라도 어떤 느낌이 있었지. 그래서 나는 아무에게도 말하지 않았다. 언젠가 적당한 때가 오기를 기다렸지. 지금도 썩 적당하지는 않은 것 같은데요, 할아버지. 혹시 내가 노망이라도 났다고 생각하는 게냐? 그건 아니지만…… 암튼 범상한 일은 아니잖아요. 어떻게 보면 황당하기도 하고…… 그는 또 말끝을 흐렸다. 그러나 그의 할아버지는 개의치 않았다. 나더러 미쳤다고 해도 상관없다. 젊었을 때는 그게 겁나서, 소외당할까 두려워서 내 생각이나 사실과는 다르게 말했던 적도 많았지만 이제 그럴 필요가 어디 있겠느냐. 네가 어떻게 받아들이든 간에 나는 그게 뭔지 알고 가게 되어서 그나마 개운한 심정이다. 하지만 그것이 왜 그날, 아직 그게 만들어지지도 않았던 그 먼 과거에, 그곳에 있어야 했는지 나는 정말로 모르겠구나. 내가 너에게 이걸 주는 까닭은 그래서이다. 이것이 전하는 말을 너라면 들을 수 있을 게야. 평생 동안 손에서 놓지 않았던 익숙한 책의 표지를 덮듯이 담담한 어조였다. 그리고 며칠 뒤 방그래 씨는 자신이 그토록 사랑했던 보리밭, 영원의 모습으로 그의 가슴속에 간직되어 있는 보리밭 옆 마을 공동묘지에 묻혔다.

방미래 씨는 묘석 위에 놓인 고인의 사진을 오래오래 바라보았다. 새로 생겨난 별자리를 보듯이 그렇게.

라라 여인숙의 삼층 방은 말이 삼층이지 사실은 다락방이었다. 게다가 몹시 좁아서 가구라곤 일인용 쇠침대 하나뿐인데도 남는 공간이 거의 없었다. 반고후가 오보리에 온 첫날 가새리 박사가 거처로 점찍어두었던 호텔에 짐을 풀었다면, 그곳에서 내내 머물렀다면, 아마도 그는 쾌적한 생활을 누릴 수 있었을 것이다. 하지만 그가 원한 건 그런 게 아니었다. 나는 그림 노동자예요. 그렇게 비싼 곳에 묵을 수는 없습니다. 첫날부터 반고후는 박사의 제안을 거절할 수밖에 없었다. 호의를 무시당했다고 느꼈는지 박사는 언짢은 표정을 지었다. 자기 감정에 빠져 있느라 박사는 자기가 맡은 환자에게 정말로 필요한 게 무엇인지 헤아리지 못했다, 첫날부터. 라라 여인숙은 반고후가 스스로 찾아낸 숙소였다. 가장 허름하고 가장 싼. 박사와 그의 만남은 첫날부터 삐걱거렸던 것이다.

라라 여인숙 삼층, 반고후의 다락방. 반쯤 열린 손수건만한 창문으로 더운 바람이 들어오고 있었다. 그리고 밤하늘엔 별들이 가득했다. 누구든 내 배 좀 갈라줘! 제발 내 배를 열고서 총알을 꺼내달라고! 처절할 정도로 목이 쉬어버린 반고후의 외침도 방 안에 가득했다. 그러나 가새리 박사는 거기 있지 않았다. 늘 그랬듯이.

반고후가 라라 여인숙에 돌아왔을 때는 거의 의식을 잃은 상태였다. 제 발로 온 것은 분명했지만 어떻게 왔는지는 도무지 되짚어지지가 않았다. 다락방으로 올라가자마자 그는 쇠침대 위로 풀썩 쓰러졌다. 어떻게 된 일이에요, 반고후 씨? 여인숙 주인인 라라 씨가 다급한 목소리로 물어보았다. 초, 초, 총을…… 쏘았어요…… 상처 부위를 가리키며 떠듬떠듬 그가 대답했고 라라 씨는 오, 하느님! 을 부르짖었다. 여인숙 주인은 가새리 박사부터 찾아갔다. 그러나 박사는 낚시를 하러 떠났다고 했다. 라라 씨는 급한 대로 근처에 사는 다른 의사를 수소문한 끝에 겨우 응급조치를 할 수 있었다. 가새리 박사가 반고후 를 찾아온 것은 그날도 거의 끝나갈 무렵이었다. 소식을 듣고 박사는 이런 반응을 보였다고 했다. 드디어 올 것이 오고야 말았어, 우울증은 자살 이외엔 해결되지 않아, 전부는 아니지만 대부분은 그렇지……

　가새리 박사는 자신이 총알을 제거하는 수술을 진행할 수 없다는 사실을 알았다. 최소한 오보리보다 나은 도시의 병원에서가 아니라 면 수술은 불가능했다. 그렇담 나를 그리로 데려다주세요, 박사님. 반고후는 애원했다. 복부에 잔뜩 피가 고인 탓에 그는 몹시 고통스러 웠다. 그러나 박사는 지금 이 상태에서 마차를 탔다간 걷잡을 수 없 이 출혈이 심해질 거라는, 지극히 이성적이고도 전문가적인 이유를 들어 그의 애원을 묵살해버렸다. 제기랄, 그럼 담배라도 피우게 해주 시오! 그는 거의 울부짖다시피 부탁했다. 박사는 순순히 그의 입에 파이프를 물려주었다. 당신은 이대로 끝나기를 바라는군. 담배연기 를 따라, 그의 입에서 흘러나온 말이었다. 무슨 소리요? 나는 지금 최 선을 다하고 있소. 안정이 좀 되었다면 반고후 씨, 당신의 보호자인 반태후 씨의 주소를 내게 일러주시오. 당신 곁에는 지금 보호자가 있 어야 한단 말이오. 박사는 정색을 했다. 내 동생은…… 내가 죽은 뒤 에 와도 늦지 않아요. 하지만 박사님, 당신은 나를 포기했는지 몰라 도 나는 아직 아니에요. 동생을 부르지 않겠어요. 며칠만 지나면 지금보다 훨씬 좋아진 상태에서 그애에게 연락할 수 있게 될지도 모르니까요. 쓸데없는 고집 부리지 말아요, 반고후 씨. 피를 너무 많이 흘린데다 상처도 깊고, 날은 더운데 여긴 통풍도 제대로 되지 않는 곳이오. 이런 상황에선 누구라도 올바른 판단을 내리기가 어려운 법이지. 나는 당신의 담당의사요. 제발 나를 믿으시오. 그렇다면 동생을 부를 필요는 더더욱 없겠군요, 박사님. 오보리에서 나의 보호자는 바로 당신이니까. 말을 마칠 무렵 반고후의 눈은 이미 반쯤 감겨 있었다. 의식이 점점 가물가물해졌다. 가새리 박사도 의사로서 그리고 한 인간으로서 그의 내부에 혼돈을 품고 있는 건 아닐까, 근데 시스템에 이상이 생겼다는 '그들'의 말은 무슨 의미였을까, 시스템이란 무엇일까…… 점점 가라앉는 정신 속에서 그가 가까스로 건져낸 이성의 편린들이었다. 연료가 거의 바닥난 가스등처럼 생의 불꽃이 점멸하고 있었다. 어떤 게 꿈이고 어떤 게 삶인지 구분할 수 없을 정도로 그는 자다 깨다를 반복했다.

여명이 밝아올 무렵 가장 먼저 그를 찾아온 사람은 경관이었다. 가새리 박사는 언제 돌아갔는지 보이지 않았다. 경관은 그를 보자마자 다짜고짜 총이 어디 있느냐고 물었다. 사라졌소. 안간힘을 쓰며 그가 대답했다. 어디로 사라졌단 말이오? 나도 몰라요. 그럼 어떤 종류의 총이었소? 그것도 모르겠어요. 다시 한번 묻겠소, 반고후 씨. 총은 어디 있나요? 몰라요, 사라졌어요. 총은 어디서 났소? 모르겠어요, 몰라요, 모른다고요. 경관은 집요했다. 고통 속에 빠져 있는 한 남자에 대한 잔혹행위를 보다 못해 라라 씨가 나섰다. 경관님, 그만 하세요. 그 총은 내 것이었다고요! 라라 씨, 그게 어떤 총이었지요? 경관은 눈을 빛내며 라라 씨에게로 시선을 돌렸다. 반고후는 비로소 고문에서 놓여났다.

라라 씨가 소유했다던 총은 루포슈 사의 것을 복제한 값싼 권총으로, 라라 여인숙 겸 카페에 포도주를 대주는 도매상에서 경품으로 제공한 것이라고 했다. 항상 책상 서랍에 넣어두었는데 어느 날 보니까 사라졌더군요. 여긴 낯선 사람들이 드나드는 곳이고 더구나 주말엔 온통 외지인들뿐이죠. 그들 중 누군가가 총을 가지고 놀다가 아무 데나 두고 간 것 같아요. 그리고 그건 곧 반고후 씨 눈에 띄었을 테지요. 라라 씨의 증언이었다. 증언이라기보다는 추측에 가까운. 이로부터 며칠 후에는 가새리 박사도 총에 관한 증언에 합세하게 된다. 박사는 사고가 있기 몇 주 전 반고후와 다투었다고 했다. 화가 기의 그림을 왜 액자에 넣지 않느냐며 그가 화를 냈기 때문이었다. 그러나 그가 자신의 고향 말로 고함을 질러댔기 때문에 내용은 알아들을 수가 없었다. 그때 그는 계속해서 주머니에 손을 넣은 채 무언가를 만지작거리고 있었는데 아마도 총이었던 것 같다고 박사는 말했다. 그가 자기를 죽이지나 않을까 내내 두려운 느낌이 들었다는 것이다. 하지만 반고후가 틀림없이 총을 가지고 있었다는 증언 혹은 추측에도 불구하고, 그후로도 오랫동안 그의 총은 발견되지 않는다.

반태후는 가새리 박사가 인편으로 보낸 편지를 받고서 곧장 오보리로 달려왔다. 형을 보자마자 그는 울음부터 터뜨렸다. 걱정 마, 모든 게 잘될 거야. 웬일인지 반고후는 고향 말을 사용하고 있었다. 마음 아파하는 동생을 보자 고통조차 잊은 듯 그의 어조는 몹시 침착했다. 도대체 누가 이런 몹쓸 짓을 한 거야? 응? 도대체 왜…… 눈물 때문에 반태후는 자꾸만 말끝을 잘라먹었다. 반고후에게 누가 그랬냐고 질문한 사람은 그가 처음이었다. 이상한 일이지만 지금까지 그 누구도 그런 질문을 하지 않았던 것이다. 네가 어떻게 생각할지 모르겠다만······ 반고후는 힘겹게 이야기를 이어나가기 시작했다. '그들', 이상한 소리, 두 개의 태양, 두 겹의 공간, 그리고 시스템이라는 아주 낯선 말. 그게 다 무슨 말이야, 형? 여전히 눈물이 그렁그렁한 눈으로 그는 형을 바라보았다. 형의 모습이 잘 보이지 않았다. 자신의 눈물 때문에 형의 존재가 지워질까봐 그는 주먹으로 얼른 눈물을 닦아냈다. 나도 무슨 말인지 모르겠다, 태후야. 하지만 그게 전부인걸, 그게 사실인걸. 난 어차피 미친 사람으로 찍힌 몸이다. 내가 어떤 말을 하더라도 사람들은 미친 소리로 치부할 거야. 그런데 더이상 무엇이 두려워서 진실을 말하지 못하겠느냐. 다만 네가 걱정이다. 이 못난 형의 진실 때문에 네가 소외당할까봐. 태후야, 내가 한 말들을 증명하려고 애쓰지 마라. 우리가 가더라도 삶은 끝나지 않으며 기회란 언제나 오는 법이니까. 하지만 살아 있는 동안은 살아야지. 너는······ 살아야지. 말을 마치기가 무섭게 반고후는 가파르게 숨을 몰아쉬었다. 한꺼번에 너무 많은 말을 쏟아놓은 탓이었다. 형! 형! 형! 그의 동생이 부르짖었다. 괜찮아, 괜찮아, 태후야······ 슬픔이란 원래······ 끝이······ 없으니까······ 가쁜 호흡 때문에 발음은 불분명했지만 그의 표정은 깨끗했다. 그는, 떠났다. 인간이 보리를 수확하듯이 신이 그렇게 자신을 거두길 바랐던 그의 소원은 비로소 이루어졌다. 그로 인해 신의 곳간이 한층 풍성해졌다. 그는 보리밭 옆, 마을 공동묘지에 안장되었다.

반고후가 생의 마지막으로 입었던 옷에서 언제 썼는지 확실치 않은 편지가 하나 나왔다. 수신자는 그의 동생 반태후였다. 군데군데 얼룩덜룩 피가 묻은 편지엔 이런 구절이 들어 있었다.

"요즘은 온통 그림에만 관심을 쏟고 있다. 내가 미치도록 사랑하고 존경했던 화가들처럼 잘 그리려고 노력하고 있다. 일을 마치고 귀가

했는데 문득 오늘날 화가들이 점점 궁지에 몰리고 있다는 생각이 들었다. 화가 공동체를 결성하는 게 유용하다고 화가들을 설득할 수 있는 기회는 이미 사라진 것일까? 하긴, 공동체가 결성되더라도 다른 화가들이 파멸한다면 공동체 역시 파멸하게 될 테지. 너는 그런 경우, 네가 지원하는 화가와 네가 운명을 같이할 거라 말할지도 모르겠다. 그러나 그건 아주 짧은 기간 동안만 그럴 것이다. 결국 개인적인 노력은 별 소용이 없는 것 같구나. 게다가 이미 여러 가지 일을 겪었는데, 이 모든 것을 정말 다시 시작해야 하는 것일까? 화가들은 무슨 생각을 하든 돈 이야기는 본능적으로 피하려고 하지. 우리 화가들은 오직 자신의 그림을 통해서만 말할 수 있으니까. 그런데 사랑하는 동생아, 내가 늘 말해왔고 다시 한번 말하건대, 나는 네가 단순한 화상이 아니라고 생각해왔다. 너는 나를 통해서 직접 그림을 제작하는 일에 참여하고 있는 것이다. 그 그림은 파산의 순간에도 냉정을 유지한다. 지금 우리가 처한 위기상황에서 너에게 말할 수 있는 건 죽은 화가의 그림을 파는 화상과 살아 있는 화가의 그림을 파는 화상 사이에는 아주 긴장된 관계가 있다는 사실이다. 그래, 나만의 그림, 그것을 위해 나는 삶을 위험에 몰아넣었고 그로 인해 내 이성의 절반은 암흑에 묻혀버렸지. 그러나 너는 내가 아는 한 사람을 사고 파는 장사꾼은 아니다. 그리고 너는 아직도 인간성을 간직하고 있으며 또한 네가 원하는 것을 선택할 수도 있다. 하지만 진정으로 네가 원하는 것은 무엇일까?"

---

* 본문에 쓰인 반고후의 편지는 『반 고흐, 영혼의 편지』(예담, 1999)와 『반 고흐 : 태양의 화가』(시공 디스커버리 총서 7, 1995)에서 인용했으며, 경매 진행 부분은 『가세 박사의 초상』(예담, 2002)을 참고로 부분 발췌, 재구성했음을 밝혀둔다.

신개념 워드 프로세서

어디에 숨어 있었는지 갑작스레 산적처럼 튀어나온

두 개의 문장. 다운로드중……24%, 69%……

내 노트북 컴퓨터는 무방비 상태로 강간당하기 시작하고……

97%, 98%, 99%…… 마침내 100%, 완료……

산적은 막무가내 사정하고야 말았습니다.

신개념 워드 프로세서 프로그램, 그것은 보석이 아니라

산적이고 강간범이었습니다. 원심분리기였습니다.

당신이 내 책을 구입한 것은 잘못한 일입니다.

나는 당신이 어떤 사람인지는 모릅니다. 당신의 직업이라든가, 가족관계, 신발 사이즈, 한 달 수입은 물론이고 스파게티를 먹을 때 치즈 가루를 뿌리는지 안 뿌리는지, 어떨 때 성적 자극을 느끼는지, 당신의 내밀한 꿈은 무엇인지…… 나는 아무것도 모릅니다. 그러나, 어쨌든 간에, 당신이 내 책을 구입한 것은 잘못이라는 거, 그건 확실합니다. 내가 당신의 이메일 주소를 알고 있음이 확실하듯이. 당신의 주소를 몰랐다면 내가 이런 메일을 보낼 수가 있겠습니까.

당신은 어젯밤 열한시 이십칠분에 인터넷 서점에 들어와서 내 책을 쇼핑백에 담았습니다. 책을 고른 사람은 어쩌면 당신이 아닌지도 모르겠습니다. 그 시간에 당신의 아이디를 쓰고 있던 사람이 반드시 당신이었다고는 확신하지 못하겠습니다. 아니, 당신이 들어온 게 맞다고 하더라도 그 책은 누군가의 부탁으로 당신이 구입한 것일 수도 있겠죠. 그렇다면 나는 지금 누구에게 편지를 쓰고 있는 걸까요. 내 책을 고른 당신? 내 편지를 읽는 당신? 아이디의 주인인 당신? 누가 사는지 모르는, 주소만 있는 빈집?

아, 내가 당신이라고 부르는 당신은 도대체 누구일까요?

더욱 안타까운 것은 내가 당신을 부르는 데 있어 '당신' 이상의 적절한 호칭을 찾을 수 없다는 것입니다. 나는 지금 난파선의 잔해에 매달려 망망대해를 떠다니는 심정입니다. 병 속에 넣은 한 조각의 구호편지가 뭍에 사는 당신에게 무사히 전해지길 바랄 수밖에요. 그럼 더이상 당신이 누구든 상관하지 않을 수 있을 것 같군요.

나는 한성우입니다.

아닙니다. 한성우는 내 이름일 뿐입니다. 나는 내가 누구인지 잘 모르겠습니다. 그저 확실한 것은 내 이름뿐. 그나마 이름이라도 확실한 것이 얼마나 고마운지 모르겠습니다. 조금만 더 시간이 지나면 내 이름조차 나에게 낯설어지리란 불길한 예감이 드는군요.

나, 한성우는 당신이 어제 인터넷 서점에서 구입한 책의 저자입니다.

당신이 구입한 그 책은 두 달 전부터 베스트셀러 일위의 자리를 지키고 있지요. 공상과학소설이 일등으로 팔리기는 이 나라에서 처음 있는 일이 아닌가 싶습니다. 그 소설은 정말 재미있습니다. 읽어보시면 알겠지만 참으로 놀라운 상상력이지요. 그것도 아마추어 작가가 쓴 처녀작이라니 말입니다.

그날 나는 엄마에게 이렇게 말했다. 엄마, 요즘 너무 바쁘죠? 이번 생일엔 엄마를 하나 복제해서 선물로 드릴게요, 라고. 모든 문제는 그리고, 그 말에서 비롯되었다. 태초에 말씀이…… 뭐, 그렇게 시작되는 소설이지요. 나, 한성우도 내가 그런 소설을 썼다는 게 믿어지지 않습니다.

아니, 이런 미친 자식을 봤나. 자기 책을 산 건 잘못한 일이라고 큰소리치다가 갑자기 잘난 척하는 건 뭐야!

당신이 화를 내는 소리가 들리는 것 같습니다. 그렇더라도 제발, 제발 부탁이니 이 편지를 지금 당장 삭제하지는 말아주십시오. 읽어보시면 알겠지만 그 책은 그다지 놀라운 상상력으로 씌어진 것도 아닙니다. 그저 '적당히' 참신할 뿐이죠. '적당히' 말입니다. 아시겠습니까? 나, 한성우는 지금 제 자랑을 하려고 하는 게 아닙니다. 믿어주십시오. 이 편지는 당신에게 보내는 SOS임을 거듭 말씀드립니다.

당신이 어제 구입한 그 책은 나, 한성우가 쓴 게 아닙니다. 그렇다고 해서 다른 작가가 쓴 책을 나, 한성우의 이름으로 출판했다는 것도 아닙니다. 그것은 물론 내가 썼습니다. 그러나 내가 쓴 게 아닙니다. 당신과 말장난을 하자는 게 아니라 사실이 그러합니다. 그 사실은 나, 한성우만의 비밀입니다.

솔직히 내가 쓴(쓰지 않은) 그 책이 베스트셀러가 될 줄은 몰랐습니다. 너무 많은 사람들이 그 책을 읽었다고 생각하니 소심하기 짝이 없는 나는 나만의 비밀조차 견딜 수 없게 되었습니다. 그 책을 구입한 누군가에게라도 진실을 말하고 싶었습니다. 당신이 바로 그 '누군가'입니다. '임금님 귀는 당나귀 귀'라고 이발사가 외칠 수 있었던 갈대숲이 되어주십시오. 바람이 불어 갈대가 흔들릴 때마다 그 사실이 불처럼 번져가도 상관없습니다. 아닙니다. 사방팔방으로, 빛의 빠르기로, 진실은 그렇게 번져가야 합니다. 그러나 나는 지금 잘 알지도 못하는 당신 한 명에게만 겨우 외치고 있을 뿐이군요. 누군가에게 말하기로 결심해놓고도 나는 무엇을 두려워하고 있는 걸까요? 지극히 소심한 내게 왜 그런 일이 일어났을까요?

그날도 나는 아침 여섯시에 잠자리에서 일어났습니다.

세수를 하고, 화장실 변기에 앉아서 조간신문을 훑어보았습니다. 전날과 비슷한 기사, 비슷한 광고가 실려 있었습니다. 아, 물론 토씨 하나까지 다 똑같은 기사는 아니지만 그것들은 어차피 나와 상관없는 일이니 내겐 다 비슷하고 따분한 기사였다는 얘깁니다. 언뜻, 어디서 본 듯한 어떤 사내의 사진이 눈에 들어오긴 했지만 그 정도의 기시감이야 하루에도 몇 번씩 느끼는 것이니 대수로울 것도 없었구요. 비슷한 기사만큼이나 세상엔 비슷한 사람들이 비슷하게 살고 있는 거 아닙니까. 그러니까 공동의 정서, 공동의 관심사, 공동의 감각 같은 것들이 생겨나는 것이고 히트 상품이니 베스트셀러 소설이니 대량생산이니 하는 것들도 가능한 것이지요. 이 세상 사람들에게 아무런 공통점이 없다고 생각해보십시오. 같은 디자인의 옷을 두 벌 이상 만들 필요가 없을 것입니다. 텔레비전 채널도 최소한 인구수만큼은 있어야 할 겁니다. 어쩌면 국가나 민족도 필요 없어질지 모릅니다. 상상이 잘 안 되신다구요? 굳이 상상하실 것 없습니다. 어차피 영원히 이뤄지지 않을 상상이니까요.

그날 나는 변기에 앉아 신문을 보며 여전히 비슷비슷한 세상에 대해서 따분해한 것이 아니라 사실은 안심하고 있었는지도 모르겠습니다. 나는 그 당시 광고회사에서 일하고 있었거든요. 광고란 비슷비슷한 어떤 집단의 존재를 상정하지 않고는 불가능한 일이니까요. 실체는 없지만 분명히 존재하는 어떤 집단의 기호나 감수성을 이끌고 있다는 자부심으로 그날 나는 조금 우쭐해 있었는지도 모르겠군요. 그렇지 않고는 비슷한 세상과 사람에 대해서 내가 굳이 따분하다는 제스처까지 취할 필요는 없지 않았을까요?

어쨌든 간에, 그리고 나서 나는 크림수프와 인절미 두 쪽과 당근주스로 아침식사를 했습니다. 일곱시 삼십분에 아내와 막 백일이 지난 아이의 배웅을 받으며 출근을 했지요. 귀에 이어폰을 꽂고 영어회화 강좌를 들으며 회사에 도착한 것은 그로부터 정확히 사십 분 뒤였습니다. 지하철역에서 회사 앞에 있는 횡단보도까지 일직선으로 걸으면 백여든일곱 개의 보도블록을 밟아야 하는 것도 평소와 다름없었습니다. 횡단보도에는 전날 그 시간과 비슷한 명수의 사람들이 역시 비슷한 자세로 보행 신호를 기다리고 있었습니다. 어쩌면 날씨나 기온이나 습도 그런 것들도 전날과 같았는지 모르겠습니다. 보행 신호가 들어오기까지 전날과 비슷한 시간이 흐른 후 횡단보도를 건너 회사에 들어가 내 책상 앞에 앉은 것은 여덟시 이십분. 나는 평소처럼 모닝커피를 좀 진하게 타서 마시며 노트북 컴퓨터를 켜고 내게 온 전자우편을 점검하였습니다. 급히 읽어야 할 것은 없고 거의가 다 광고 메일이었습니다. 주식투자, 인터넷 검색엔진, 새로운 소프트웨어, 이런저런 신규가입 안내 같은. 당장 삭제해버려도 상관없었지만 나는 그것들을 고스란히 보관해두었습니다. 점심식사 후, 나른한 때에 그것들을 천천히 읽어보는 것은 나의 중요한 일과 중의 하나였습니다. 전혀 엉뚱한 곳에서 아이디어를 얻는 즐거움. 광고회사에서 일하는 내가 그런 기회를 놓칠 까닭이 있겠습니까.

대충 메일 제목만 훑어보고 노트북 컴퓨터를 끈 것은 정확히 여덟시 오십분. 그로부터 한 시간 십 분 뒤인 열시에는 중요한 미팅이 기다리고 있었습니다. 나는 아랫배에 힘을 주었습니다. 그것은 긴장을

푸는 나의 오랜 버릇이었습니다. 그러자 무거운 추 하나를 몸 한가운데에 달아맨 듯 하반신이 묵직하니 균형이 잡히는 것 같았습니다. 그러고 앉아서 발표할 부분을 검토하고 있는 나는 사실 조금 불안했습니다. 돌이켜 생각해보니 그날은 여느 날과 같으면서도 달랐습니다. 미세한 그 차이를 나는 이제야 깨닫고 있는 중입니다. 아닙니다. 나는 그날도 분명하게 차이점을 자각하고 있었습니다. 그러나 나는 불안감을 지우기 위해 평상시와 다름없이 행동하고 보고 느끼려고 애썼던 겁니다.

나는 모 샴푸회사 신제품의 광고시안을 발표해야 했습니다. 그 새로운 샴푸는 비듬 전문 샴푸였습니다. 우리가 흔히 비듬이라고 알고 있는 것은 두 가지 이유에서 생기는 것이었습니다. 비스킷처럼 팍 부서져버릴 것 같은 지독한 건성 두피와 기름기가 쩔쩔 흐르다 못해 쩍쩍 떡이 지는 지성 두피. 이 두 가지는 분명히 다른 방식으로 치료해야 했습니다. 그러나 기존의 비듬 전문 샴푸는 그것들을 모두 하나로 뭉뚱그려서 치료하려 했기 때문에 비듬 전문 샴푸라고 해도 비듬에 별 효과가 없는 게 사실이었습니다. 두 가지 형태의 비듬을 구분해서 만든 샴푸. 핵심은 그거였습니다. 그러나 나는 핵심을 알고 있음에도 불구하고 어떤 핵심적인 표현도 떠올릴 수가 없었습니다. 여러 개의 안을 준비해오긴 했지만 그것들 중에 어느 것도 정곡을 찌르지 못하고 있다는 것을 나는 잘 알고 있었습니다.

아니나 다를까 미팅 결과는 참담했습니다. 인생의 소중한 시간을 마구잡이로 헐어가며 만든 스토리보드들이 불과 몇 시간만에 휴지조각으로 변해버렸습니다. 아아, 그래도 휴지조각은 밑씻개로라도 쓸 수 있지요. 나의 시간들은 홀연 증발해버리고 말았던 겁니다. 참담한 심정만을 남겨둔 채 아무짝에도 쓸모 없이.

내 인생에서 그런 실패는 처음이었습니다. 미리 실패를 예상하고 있었음에도 불구하고 처음이었기에 더욱 당황스러웠습니다. 이 세상을 살며 한 번의 실패도 경험하지 않은 사람이 과연 몇이나 되겠는가. 그런 생각으로 자신을 위로할 수도 없었냐고 당신은 되물을 수도 있습니다. 물론 그렇게도 생각해보려고 애썼습니다. 그러나 그 방법은 오히려 역효과를 가져왔습니다. 남들이 다 한두 번씩 겪는 일을 왜 나 같은 사람까지 같이 겪어야 하나…… 화가 치밀었습니다. 그럴 정도로 나는 실패를 견디는 방법에 대해서는 전혀 학습한 바가 없었던 것입니다. 유치원부터 대학까지 일류로만 다닌 나였습니다. 비슷비슷 잘난 아이들 틈에서 낙오하지 않고 살아온 내게 실패라니요.

장교로 군대생활을 마치고 바로 입사한 광고회사에서 삼 년을 지내는 동안 내가 만든 광고는 모두가 홈런이었습니다. 섹시한 여배우 L이 붉은색 립스틱을 핥아먹을 듯이 약간 입을 벌린 채 '나를 만족시킨 단 하나의 컬러', 하고 속삭이던 광고를 혹시 기억하시나요? 그게 나의 첫 작품이었습니다. 그후로도 A핸드폰, N인터넷, W운동화, 그리고 F백화점에 이르기까지 어느 것 하나 히트 치지 않은 게 없었습니다. 내밀한 당신의 욕망을 무자비하게 공격하던 이미지, 당신의 감각을 일직선으로 관통하며 당신을 굴복시킨 독사의 혓바닥 같은 말. 그것들 중에 한두 개는 분명히 내가 만든 것일 겁니다. 이 자리에서 구질구질하게 그 시절의 영광을 회상하고 싶진 않습니다. 나는 다만, 오전 미팅이 있기 전까지만 해도 나는 특별한 사람이었다는 것, 그러나 그것은 불과 두세 시간 만에 처참히 깨질 수도 있는 환상이었는지도 모른다는 것, 나는 다만 그 말을 하고 싶을 뿐입니다.

괜찮아, 그럴 수도 있지. 엎어진 김에 쉬어가는 거야. 한성우, 당신이 실패하는 일이 생기면 내가 성을 간다 성을 갈아. 밤낮 반타작도 못 하는 우리 체면도 가끔은 생각해줘야지. 그리고 막말로 당신 같은 사람이야 이까짓 일 관둔다고 굶어죽는 것도 아니잖아.

나의 성공에 대해서는 별 말이 없던 동료들이 대놓고 나를 위로하느라 사무실이 잠시 소란스러워졌습니다. 내가 평상시와 다름없는 표정을 짓고 있었음에도 불구하고 그들의 목소리는 절절하고 안타깝기 그지없었습니다. 그러나, 그들의 눈빛은 목소리와 따로 놀았습니다. 득의만만한 그들의 눈빛은 이렇게 말하고 있었습니다. 그럼 그렇지, 네까짓 게 잘나가봤자지. 그들의 진심은 눈빛에 담겨 있었습니다. 나는 그런 눈빛을 누구보다 잘 알고 있었습니다. 그것은 나의 지문과도 같은, 나만이 만들 수 있다고 생각했던 눈빛이었으니까요.

점심식사를 하러 나가긴 했지만 나는 나만의 눈빛을 뺏어다가 자기들의 안구에 이식한 그들과 함께 밥을 먹을 수가 없었습니다. 나는 대열에서 이탈했습니다. 이십구 년 내 인생에서 대열에서 이탈하기는 그때가 처음이었습니다. 그 사실을 깨닫는 순간 잠시 짜릿한 해방을 느꼈지만 그 순간은 너무도 짧았습니다. 나는 갈 곳이 없었던 겁니다. 세상에, 갈 곳이 없다니요. 이까짓 일 그만두어도 아쉬울 게 없을 거라고 남들이 철석같이 믿고 있는 특별한 내가 처음으로 대열에서 벗어나봤는데…… 갈 곳이 없다니요. 정말 상상조차 못 한 일이었지요. 그렇게 빈약한 상상력을 가지고도 히트작을 낼 수 있었다는 게 지금 생각하면 이해가 안 될 정도입니다. 우리가 상상력이라고 여기는 것도 따지고 보면 상식에 불과한 것은 아닐까요? 지금에 와서야 나는 상상을 뛰어넘는 상상력만이 진짜라는 생각을 하는 중입니다.

상상력이 상식과 동격이었든 아니었든 간에, 대열을 이탈하고도 갈 곳이 없다는 사실을 깨닫자 나는 와락 두려움을 느꼈습니다. 대열에서 이탈하면 곧 죽음이라는 절박한 심정이 내 오장육부를 몰아내고 대신 내부에 똬리 틀기 시작했습니다. 나는 다급히 회사로 달려갔습니다. 그대로 물러설 순 없었습니다.

노트북 컴퓨터를 켜고 오전에 대충 훑어봤던 전자우편을 하나하나, 꼼꼼히 읽기 시작했습니다. 혹시 이 진흙구덩이 속에 진주 한 알이 숨어 있을지 누가 압니까. 그리고…… 그날 내가 확인한 메일 속에는 분명 빛나는 보석 하나가 있었습니다.

신개념 워드 프로세서 프로그램.

메일 제목을 보며 그런 프로그램은 어떤 걸까, 잠시 상상해보았습니다. 당신은 무엇을 상상할 수 있습니까? 나는 자음과 모음을 따로따로 일일이 쳐가며 글자 하나를 힘겹게 만드는 대신 자판 하나를 두드리면 그대로 한 글자가 나오는 경우를 상상해보려 했습니다. 그렇지만 잘 되지 않았습니다. '한'이란 글자를 치기 위해 ㅎ, ㅏ, ㄴ을 일일이 찾는 습관이 손가락에·배어 있어서였는지도 모릅니다. 나의 상상력이란 겨우 그런 것이었습니다. 육체가 길들인 사소한 습관의 지배를 받으며 오직 그 안에서만 활개치고, 증식하고, 비상하는……

제목 : 신개념 워드 프로세서

수신 : swhan72@han……(한성우)

본문 : 귀하께서는 어떤 워드 프로세서 프로그램을 사용하시는지요? 또한 그 프로그램을 사용하시면서 불편한 점은 없으신지요? 저는 개인적으로 기존 워드 프로세서 프로그램의 맞춤법 기능에 많은 불만을 가지고

있었습니다. 맞춤법을 맞게 고쳐주기보다는 오히려 틀리게 고쳐주는 경우가 더 많더군요. 틀리게 고쳐주는 것은 명백히 말해서 고쳐주는 게 아니지 않습니까? 저의 이런 개인적인 불만을 해결하기 위해 저는 손수 프로그램 개발을 시작했습니다. 그 결과가 아래에 보내드리는 첨부 파일입니다. 첨부 파일을 그저 다운받기만 하시면 따로 복잡한 설치과정을 거치지 않고도 자동으로 귀하의 워드 프로세서 프로그램을 업그레이드해드릴 겁니다. 귀하가 쓰시는 워드 프로세서 프로그램이 한글이든 MS워드든 훈민정음이든 상관없습니다. 다운받으시겠습니까?

위와 같은 메일을 받았다면 당신은 어떻게 했을까요? 신종 바이러스일지도 모르니 당연히 바로 삭제해버렸겠지요. 그래요. 나도 그러려고 했습니다. 그런데, 삭제하려고 마우스에 손을 댄 순간이었습니다.

다운로드가 시작되었습니다. 취소할 수 없습니다.

어디에 숨어 있었는지 갑작스레 산적처럼 튀어나온 두 개의 문장. 다운로드중…… 24%, 69%…… 내 노트북 컴퓨터는 무방비 상태로 강간당하기 시작하고…… 97%, 98%, 99%…… 마침내 100%, 완료…… 산적은 막무가내 사정하고야 말았습니다. 신개념 워드 프로세서 프로그램, 그것은 보석이 아니라 산적이고 강간범이었습니다. 원심분리기였습니다. 그 이상한 메일 덕분에 나는 다른 사람이 되어버렸으니까요. 아니죠. 그것은 그냥 원심분리기가 아니라 치밀하게 계획된 덫이자 저주였습니다.

그때 내 책상 위에는 여러 종류의 일간지가 어지럽게 널려 있었습니다. 나는 그중에서 집에서 보는 것과 같은 신문을 찾아냈습니다. 그래, 강중연…… 그 자식이야. 나는 절박하게 한 사내의 이름을 불렀습니다. 신개념 워드 프로세서라는 정체불명의 프로그램을 강제로 다운받고 나자 왜 갑자기 그의 이름이 떠올랐는지 모를 일이었습니다. 그에 대한 기억까지도 강제로 다운받은 것 같았다고 말하면 당신은 비웃을까요? 그러나 내 기분은 정말 그랬습니다.

아침에 화장실에서 봤을 때와 마찬가지로 신문엔 사내의 사진이 실려 있었습니다. 그러나 그 남자는 아침에 내가 보고 나온, 모르는 그 남자가 아니었습니다. 나는 그를 알고 있었던 겁니다. 눈에 힘을 준다고 더 잘 보일 리가 없건만 내 눈동자엔 잔뜩 힘이 들어가 있었습니다. 그러느라 그를 노려보는 꼴이 되고 말았습니다만, 그러나 신문 속의 그, 강중연은 결코 내 시선을 피하지 않았습니다.

그때까지만 해도 나는 나 자신이 매우 특별한 인간이라고 생각하고 있었습니다. 어려서부터 나는 줄곧 일등만 하는 우등생이었으니까요. 남들은 지옥에서 보낸 한철로 치부하며 끔찍해하는 고교 시절에도 역시 나는 우등생이었습니다. 학업에서만 월등했던 게 아니라 다방면에 걸쳐서 말이죠. 보통 사람들이 힘겨워하며 보낸 그 시절을 누구보다도 가뿐히 헤쳐나왔으니 나는 분명히 특별했습니다. 더구나 내가 다닌 고등학교는 수재들만 모인, 그 지역 최고의 학교였습니다. 아침 일곱시 등교, 아홉시까지 오전 자율학습, 다섯시까지 정규수업, 밤 열한시까지 야간 자율학습. 주말에도 등교해서 오후 다섯시까지 자습하는 것이 의무였습니다. 최고의 아이들이 모인 학교답게 그곳의 자율학습 광경 또한 최고였습니다. 그 긴 자습시간 동안 누구 하나 떠들거나 졸지 않았다면 짐작할 수 있겠지요. 가끔 고개를 들어보면 육십 명의 고개가 일제히 책상을 향해 수그리고 있는 것이…… 가슴이 벅찼습니다. 일사불란한 카드섹션, 절도 있는 매스게임을 감상하는 기분이었다고나 할까요. 확실한 무언가를 약속하는 미래가 불과 삼 년 뒤에 기다리고 있는데 놓칠 수는 없었습니다. 이 긴 인생에서 그것을 갖기 위해 지불해야 하는 시간이란 겨우 삼 년뿐이었습니다. 책상을 향해 고개를 수그리는 정도가 아니라 목뼈라도 꺾어놓으라면 그대로 따라야 한다고 생각했습니다. 그러므로 나 혼자만 고개를 들고 잠시 쉬고 있다는 것은 수치스런 일이었지요. '친구란 아직 행동을 개시하지 않은 적이다.' 그 당시 나를 가장 감동시켰던 말입니다.

물론 반에서 몇 명은 그 자리를 일탈하기도 했습니다. 자습이 이뤄지고 있는 교실 안에서의 일탈은 불가능했으니 자리를 뜰 수밖에요. 나는 있어야 할 시간에 있어야 할 자리에 있지 않은 그들을 경멸했습니다. 그들은 반 평균이나 깎아먹을 줄 알았지 아무짝에도 쓸모없는 애들이었죠. 미래에 대한 아무 비전도 없고 그저 하루하루를 버리지 못해 안달이 난 그들을 도저히 이해할 수 없었습니다. 그들은 아무것도 되고 싶은 것이 없다고 했습니다. 어떻게 아무것도 되고 싶은 게 없을 수가 있을까요? 그러면서 왜 살아 있는 걸까요? 자살조차 할 줄 모르는 그들의 무력함에 나는 치가 떨렸습니다. 나라고 왜 스트레스가 없었겠습니까? 점심시간이면 나는 대운동장 옆에 있는 코트에 가서 테니스를 쳤고 일 주일에 한 번씩은 록그룹 동아리에서 베이스 기타도 쳤습니다. 예쁘고 애교 많은 여자친구도 사귀었구요. 수험생의 하루하루가 아무리 빡빡하다고 해도 그만한 시간은 있었습니다. 다

자기 하기 나름 아니겠습니까. 저만 하는 공부도 아닌데 중뿔나게 구는 그들과 같은 학교를 다닌다는 사실에 때때로 내 자존심은 휴지처럼 구겨졌습니다.

강중연을 알게 된 것은 고등학교 이학년 때였습니다.

나는 키가 큰 탓에 늘 뒷자리에 앉았죠. 그래서 언제나 한눈에 교실 안 풍경을 살펴볼 수 있었습니다. 야간 자율학습중에 잠깐 쉬느라고 고개를 쳐들었을 때였습니다. 교실 중간쯤에서, 독사처럼 머리를 빳빳이 세운 누군가가 눈에 들어왔습니다. 물론 다른 사람은 모두 고개를 수그리고 있었습니다. 나처럼 쉬고 있는 자세도 아니고…… 그의 머리는 한 천년 전부터 줄곧 그렇게 서 있었던 것 같았습니다. 당신은 혹시 누군가의 뒷모습에서 표정을 느껴본 적이 있는지요? 단지 뒷모습을 봤을 뿐인데도 나는 그의 표정까지 봐버린 기분이었습니다. 나를 노려보고 있는 것 같은 뒷모습…… 섬뜩했습니다.

강중연, 그가 바로 그 뒷모습의 주인공이었습니다.

그는 자습시간에 언제나 고개를 빳빳이 쳐들고 있었지요. 눈빛을 보고 싶었지만 한 번도 본 적은 없었습니다. 쉬는 시간에 일부러 그의 옆으로 지나다닌 적은 몇 번 있었지요. 섬뜩한 뒷모습과 달리 그의 생김새나 체격은 섬약하고 소심해 보였습니다. 때로는 신경질적인 표정으로, 대부분은 권태로운 표정으로 이런저런 잡다한 책을 읽는 것이 내가 파악한 그의 일과였습니다. 그러나 그것뿐, 다른 몇몇 애들처럼 그는 화끈하게 일탈하지도 못하는 모양이었습니다. 하도 인상적인 뒷모습 때문에 잠시 그에게 관심을 가졌던 나는 곧 관심을 거두어버렸습니다. 자퇴조차 못하는 지리멸렬한 인간 중의 하나로 그는 너무 쉽게 분류가 되었으니까요.

그는 물론 성적도 형편없었습니다. 당시에 나는 수학 반장이었기에(그놈의 학교는 아무도 반장을 맡으려고 하질 않아서 문제였지요. 학급에 봉사하느라 자기 시간을 낭비할 수는 없다는 이유로 말입니다. 그래서 궁여지책으로 나온 것이 과목별 반장이었습니다) 그의 수학 성적만큼은 환히 기억하고 있습니다. 문과였던 우리에게 수학은 오십오점이 만점이었죠. 그는 평균 팔점 정도를 받았습니다. 한 번호로만 찍어도 그보단 더 맞을 텐데, 한심하기 짝이 없었습니다. 점수 확인을 위해 번호순으로 점수를 불러주다가도 그의 차례만 오면 저절로 머뭇거려졌습니다. 이점, 사점, 팔점, 잘 해야 십육점. 점수 불러주는 내가 다 민망했거든요. 큰 선심이라도 쓰듯 나는 그의 점수를 부르지 않고 건너뛰었습니다. 그래도 아무도 신경 쓰지 않았습니다. 누가 평균 팔점짜리를 경쟁상대로 여기겠습니까. 화끈하게 일탈하지도 못하는 그런 존재는 그저 쉽게 잊어주는 게 돕는 거지요.

그럭저럭 한 학년이 끝나갈 무렵이었습니다.

종례시간에 들어온 담임선생의 표정이 몹시 굳어 있었습니다. 우리도 덩달아 얼어버렸죠. 담임선생 별명이 '빡아' '사이코'…… 뭐 그런 거였거든요. 좀 비위가 거슬린다 싶으면 개 패듯 패는 게 일인데 가만히 있는 게 상수지요. 항상 맞는 애들만 맞으니까 나와는 상관없기도 했지만. 그리고 솔직히 말해서 나는 담임의 고충을 헤아릴 수 있었습니다. 어쩌자고 잘난 애들이 득시글거리는 학교에 와가지고 새벽부터 밤까지 덩달아 고생이랍니까. 똑똑한 애들끼리 모아놓으면 서로서로 일취월장, 일신우일신할 줄 알았는데 보통 학교와 다름없이 학습 부진아들이 생기는 건 또 웬일이고요. 투철한 직업의식이 없으면 아무나 할 수 있는 일이 아니었습니다. 담임이 꼭 '빡아' 라서가 아니라 나는 마음속 깊이 그를 이해하고 있었기에 잠자코 있었다는 말을 하고 싶군요.

오늘 당번 누구야. 뭔가를 억누르며 담임이 입을 열었습니다. 강중연과 그의 옆에 앉은 녀석이 나란히 일어났습니다. 전구에 불이 들어오듯 담임의 눈이 일순 반짝였습니다. 늬들, 난로 청소했어? 담임은 다짜고짜 몰아쳤습니다. 저, 아직…… 옆의 녀석이 말끝을 흐렸습니다. 뭐? 아직? 그걸 말이라고 해? 대답해봐, 엉? 담임은 오른쪽 검지를 세워 강중연의 이마에 대고 꾹꾹 찔러대고 있었습니다. 아직이라고 말끝을 흐린 건 옆에 앉은 녀석인데 대답을 재차 강요당하고 있는 것은 강중연이었습니다. 이 자식이, 대답 안 해? 이마를 찔러대던 담임의 손이 허공을 날카롭게 긋고 내려와 강중연의 목덜미를 후려쳤습니다. 담임의 행동이 어이없다고요? 글쎄요, 그 당시 내게는 강중연의 다음 말이 더 어이없게 느껴졌습니다.

지금 차별하시는 겁니까?

뭐라고? 차별? 담임은 버럭 소리를 질렀습니다. 내 입술도 덩달아 달싹거렸습니다. 강중연이 수학을 못하는 거야 그럴 수도 있습니다. 어쩌면 눈치까지 없을 수 있습니까. 어쩌자고 사태를 더 악화시키는 발언을 했을까요. 그래봤자 자기만 손핸데 말입니다.

예, 차별이오. 당번은 우리 두 사람 다인데 선생님은 지금 저에게만 책임을 묻고 있습니다. 그건, 그건…… 강중연은 망설였습니다. 그건? 그건 뭐야, 이 자식아! 담임의 입에선 침이 튀겼습니다. 그 입에선 곧 침보다 더한 것이 튀어나올 것 같았습니다. 사무라이의 칼이라든가 채찍, 도끼, 전기 의자 같은 것들이.

그건, 그건…… 제가 애보다 공부를 못하기 때문 아닙니까?

강중연의 말이 끝나자 그 와중에도 여기저기서 킥킥거리는 소리가 새어나왔습니다. 그의 비장한 표정에 비해서 그의 입에서 나온 말은 너무나 희극적이었습니다. 아니 유치하기까지 했습니다. 자기가 공부를 못해서라니, 광대도 그런 광대가 어디 있습니까. 자존심도 없는 놈 같으니라고. 자신의 치부를 뻔뻔하게 드러내는 그로 인해 나는 모멸을 느꼈습니다. 담임의 광기보다도 그것을 견디기가 더 힘들 지경이었습니다.

뭐라구? 지금 이 새끼가 선생한테 뭐라고 씨부렁거리는 거야? 뭐, 이 새끼야. 차별? 반 평균이나 깎아먹는 주제에, 유급당할지도 모르는 주제에 어디서 주둥아릴 함부로 놀려, 엉? 어쭈, 노려봐? 노려보면 네가 어쩔 건데? 어쭈, 이런 건방진 새끼!

담임의 양팔, 양다리가 허공을 어지럽게 갈랐습니다. 열정에 휩싸인 화가처럼 담임은 자신의 사지를 붓 삼아 광포한 추상화를 그려댔습니다. 강중연의 왜소한 체구가 교실 한 끝에서 또 다른 끝을 향해 구르고 또 굴렀습니다. 강중연, 그가 멈추지 않고 굴러대는 바윗덩어리가 되는 바람에 같은 공간에 있던 우리 모두는 졸지에 시시포스가 되어버렸습니다. 나는 그 순간부터 그 자식을 증오하기로 결심했습니다. 그 자식보다 나은 인생을 살지 못하면 차라리 자살해버리리라 생각했습니다. 타인에게 죄를 짓게 하는 것보다 더 큰 죄는 없다고 믿어온 나였기에 그런 결심은 매우 신속하게 이루어졌습니다.

이 자식들, 오늘은 한 놈이라도 도망가기만 해봐. 다들 각오해.

한 게임 끝낸 홀가분한 표정으로 담임은 가쁜 숨을 몰아쉬며 그 한마디를 남기고 나갔습니다. 강중연은 약간 비틀거리며 자기 자리에 가서 앉았습니다. 아랫입술을 힘주어 깨어문다든가 하는 상투적인

행동도 하지 않은 채. 그의 얼굴은 온통 젖어 있었는데 놀랍게도 그
것은 피가 아니라 땀이었습니다. 그렇게 맞았는데도 상처 하나 없을
수 있다니. 담임과 그는 기껏해야 한 게임 했을 뿐이었을까요? 아니
면 담임은 이근안에게 고문기술이라도 전수받았던 걸까요? 보기에
따라서는 매우 명백하기도 하고 매우 모호하기도 한 그 상황은 그렇
게 종료되었습니다. 씨발, 기분 드럽네, 담탱이가 간밤에 마누라랑
안 좋았나, 여기가 무슨 복싱 경기장이야, 사람 패는 데 아주 재미 들
었어, 아예 죽어버리지, 졸라 재수 없는 날이네, 땡땡이도 못 까고 이
게 뭐야…… 상황은 종료되었지만 분위기는 어수선했습니다. 그날
야간 자율학습이 잘 되었을 리가 없습니다. 교실 밖에서 일탈하던 애
들이 교실 안에서 견디자니 죽을 맛이었을 테고, 그애들 때문에 자습
분위기가 흐려지자 공부하던 애들은 또 그애들대로 짜증이 났던 것
입니다. 강중연은 여기서도 저기서도 천대받는 못난이였습니다. 시
간이 지나면서 담임이 불쌍하다는 여론이 차츰차츰 대세를 이루어도
그는 아무 할말이 없는 못난이였습니다.

　지금 차별하십니까?

　그후로 그 말은 우리들 사이에 유행어가 되었습니다. 미팅에 빠지
게 되어도, 시험 정보를 더디게 입수해도, 매점 가는데 못 따라가도,
점심시간에 농구팀에 못 끼게 되어도 우리는 말했습니다. 지금 차별
하십니까? 하도 유행이 되다보니 그 말은 밥 먹었냐, 정도의 일상어
일 뿐 다른 것을 환기시키지 못할 정도로 무감각한 것이 되고 말았습
니다. 심지어는 강중연이 맞아가며 내뱉은 말이라는 사실조차 잊고
말았습니다.

　삼학년 때도 그와 나는 같은 반이었습니다. 자습시간에 그는 여전

히 홀로 고개를 들고 있었지만, 그것은 예전처럼 섬뜩한 것이 아니라 한없이 멍한 뒷모습일 뿐이었습니다. 그가 돌았다는 소문도 있었습니다. 매일같이 '원숭이 보러 간다'는 문장 하나로 노트 한 권을 다 채운다나요. 이제 와서 새삼 확인할 길은 없지만 어쩌면 그때 그는 정말 돌았었는지도 모릅니다. 어느 날 그는 내게 이런 황당한 말을 했었거든요.

난 네가 왜 내 점수를 부르지 않는지 알고 있어. 넌 내가 두려운 거야. 네가 아무리 아니라고 해도 나를 속일 순 없어. 괜찮으니까 그냥 내 점수 불러도 돼. 너한텐 우습게 들릴지 모르지만 나는 시험 볼 때 결코 그냥 찍지는 않아. 내 나름대로 풀어서 찾아낸 정답이니까 나는 당당하다구.

정말 웃기는 소리였습니다. 수학시험이 무슨 논술시험입니까, 나름대로 풀어서 답을 찾게? 그는 미친 게 분명했습니다.

대학에 들어가서도 간간이 그의 소식을 들을 수 있었습니다. 어느 전문대에 갔다는 얘기도 있고, 중이 됐다고도 하고, 정말로 정신병원에 입원했다는 얘기도 있었습니다. 그런 여러 가지 소문 중에서도 가장 압권은 백수인 그가 괜찮은 대학이 주축이 돼서 하는 시위에 꼭 나타난다는 거였습니다. 그 또라이도 좋은 대학은 가고 싶었나부지, 그 또라이가 원래 운동권 아니었냐, 정말? 우리 학교 출신 해직 교사들하고 무슨 모임인가 조직해서 지하 신문도 만들고 그랬잖아, 그러니까 담탱이가 그 난리였군, 운동은 아무나 하나, 그것도 머리가 있어야 하는 거라구, 머리는 없구 운동은 하고 싶고 그러니까 우리 학교 시위 때마다 어슬렁거리며 나타나는 거지, 누가 본 사람이 있긴 있는 거야? 당연하지, 따지고 보면 그 또라이도 불쌍해, 중학교 때까지 수재 소리 듣고 살았는데 말이지, 자기가 그렇게 될 줄 상상이나 했겠냐…… 우리는 모이면 한 오 분쯤은 강중연에 대해 얘기했던 것 같습니다. 우리가 다닌 학교에는 강중연이란 녀석이 있었다. 중학교 때까지 수재였던 그 녀석은 대학 입시에 대한 심리적 압박을 이기지 못해 돌아버렸다. 돌지 않고는 견딜 수 없는 그 시절을 우리는 용케 견뎠다. 그러므로 우리에게도 그 못지않은 상처가 있다, 우리가 지금 누리는 것은 거저 얻은 것이 아니다…… 우리의 결론은 늘 같았습니다. 어느 틈에 우리 시시포스들은 강중연이라는 바위를 공깃돌처럼 자유자재로 다룰 수 있게 되었던 것입니다. 그 시절에는 미처 눈치채지 못했던 우리들의 양심을 '적당히' 느껴가며. 그러나, 그것도 오래 가진 않았습니다. 우리들이 하나 둘 입대하고 제대하고 취직하고 결혼하고 애를 낳는 동안 그는 점점 기억 밖의 인물이 되어버렸습니다. 더이상 그는 공깃돌도 되지 못했습니다. 용도가 없어진 그가 어떻게 살든 우리와는 아무 상관 없는 일이었습니다.

그런데 그가, 그토록 못난이였던 강중연이, 대열에서 낙오한 내가 참담한 심정으로 펼쳐든 신문의 한 면을 차지하고 있었던 것입니다.

그는 소설가가 되어 있었습니다. 신문기사로 추측컨대 그의 작품은 대담한 상상력, 날카로운 문제의식, 핵심을 찌르는 언어구사 등으로 요약이 되었습니다. 특히, '핵심을 찌르는 언어구사'라는 표현이 내 눈을 아프게 찔렀습니다. 그날 나는 핵심을 찌르지 못하는 나의 상상력 때문에 참담해져 있지 않았습니까. 게다가 더 비참한 건, 내가 아무리 핵심을 찌르는 광고를 만든다 해도 그것이 상품의 수명보다 오래 갈 수는 없다는 사실이었습니다. 강중연, 그 자식보다 못 사는 건 자살의 필요충분조건이다…… 오래 전, 너무도 쉽게 했던 결심이 떠올랐습니다. 나는 나도 모르게 벅벅벅 머리를 긁어대기 시작했습니다. 참을 수 없는 존재의 가려움이었습니다. 유명한 책의 제목을 패러디하는 나의 천박한 혀를 견딜 수 없어서 나는 더욱더 세게, 두피를 벗겨내기라도 할 듯이 머리를 긁었습니다. 건성 비듬인지 지성 비듬인지 모를 것이 신문 위로 떨어져내렸습니다. 거기엔 아무런 핵심도 없었습니다. 할 수만 있다면 내 존재를 긁어서 없애버리고 싶었습니다.

신문 속의 그는 요지부동이었습니다. 그의 말대로 나는 그를 두려워했는지도 모릅니다. 나와 다른 그를 두려워하면서도 그 사실을 인정하고 싶지 않아서 나처럼 특별하지 않은 그를 경멸하고 동정하는 거라고 자기 기만에 빠져들었는지도 모릅니다. 내가 특별한 거라고 믿었던 것은 평범한 것과 다를 게 없었던 겁니다.

내가 하는 광고 일을 나는 매우 자랑스럽게 생각했었습니다. 원하기만 했다면 나는 손쉽게 판검사가 될 수도 있었을 겁니다. 대부분의 친구들이 그 길로 갔듯이. 그러나 나는 그러지 않았습니다. 학교에 다닐 때도 나는 공부나 할 줄 아는 지루한 인간은 아니었잖습니까. 운동도 사교도 문화생활도 '적당히' '전문적'으로 누릴 줄 알아야 최고의 성적도 더욱 빛이 나는 법이다. 휩쓸려가는 것은 결코 특별한 게 아니다. 나는 굳게 믿었습니다. 나에겐 좋은 차도 있었습니다. 그러나 출퇴근 때에 그걸 이용한 적은 없었습니다. 내 자식이 살아갈 미래의 환경까지도 나는 생각했으니까요. 엘리트 코스를 정석대로 밟아서 사는 모습이 오히려 내게는 진부해 보였습니다. 내게 보장된 그것을 거부할 수 있을 정도로 나는 특별했다는 말입니다. 이미 틴에

이저 시절부터 나는 그렇게 내 인생을 스스로 창조하고 절제하고 장식할 줄 알았습니다. 그런데…… 내가 택한 직업, 아내, 정기구독 잡지, 삶의 방식, 하다못해 칫솔 하나까지도 나의 특별함을 증거해주던 시절이 순식간에 깡그리 사라져버린 겁니다. 강중연 때문에.

내가 왜 그에게서 열등감을 느껴야 하는지…… 혼란스러웠습니다. 살아가면서 내가 열등감을 느낀 사람은 단 두 명뿐이었습니다. 그중에 한 명은 나의 아버지였지요. 그분은 완벽한 남자이자 완벽한 인간이었습니다. 정격인 그에게 열등감을 갖는 것은 당연한 일이었지요. 그리고 또 한 명은 나와 동갑내기인 가수 서태지였습니다. 대학교 이년 후배인 아내는 서태지의 열렬한 팬이었습니다. 정격에 맞서는 파격으로서의 서태지가 갖는 파워 역시 동갑인 내가 열등감을 갖기에 충분한 것이었습니다. 그러나 그것들은 모두 납득할 수 있는 열등감이었기에 오히려 내게는 새로운 에너지가 되었습니다. 나는 아버지라는 정격과 서태지라는 파격 사이에서 균형을 잡고 살아왔습니다. 제3의 그 길이야말로 어떤 세대와도 친화적이며 미래지향적인, 가장 이상적인 길이라 믿어 의심치 않으며 나의 자부심을 더욱 살찌웠던 것입니다. 그런 내가 정격도 파격도 아무것도 아닌 오합지졸 같은 못난이에게 열등감을 갖는다는 게 이성으론 이해가 되지 않았지만 정말이었습니다.

소설을 써야지……

제기랄, 나도 모르게 그렇게 중얼거리기까지 했습니다. 아침 여섯시에 일어난 것, 여덟시 이십분에 회사에 도착한 것, 백팔십칠 개의 보도블록을 일직선으로 밟고 온 것, 늘 똑같은 시간에 파란 불을 켜는 보행 신호, 어제와 다름없이 약간 진하게 타서 마신 모닝커피……

그 모든 것에 구역질이 났습니다.

허겁지겁 아내에게 전화를 걸었습니다. 자기, 오늘도 제시간에 밥 잘 먹었구나? 아이 착해라. 전화기 너머에서 아내가 말했습니다. 제기랄, 나는 늘 그 시간에 아내에게 전화를 걸었던 모양입니다. 그렇다면 이젠 내 쪽에서 우리 공주님은 진지 드셨나, 라고 아기의 안부를 물을 차례입니다. 그러나 나는 퉁명스러운 목소리로 아니야, 딱 한마디만 했습니다. 자기야, 왜 그래? 무슨 일이야? 아내의 목소리가 잔뜩 걱정에 젖어 있었습니다. 아니야, 아무래도 내가 전화를 잘못 걸었나봐. 나는 성급히 전화를 끊었습니다. 아무래도 전화를 잘못 걸었다니, 내가 생각해도 말도 안 되는 소리였습니다. 사실 나는 사표를 내겠다고 말하려 했습니다. 아내에게. 그런데 내 아내의 목소리가 다른 아내들과 구분이 되지 않아서 나는 당혹스러웠던 겁니다. 내 아내는 나, 한성우의 아내가 아니라 김우성이든 박성우든 그 모든 아무나의 아내인 것 같았습니다. 그녀는 김우성의 아내였어도 그렇게 말했을 것입니다. 제기랄.

나는 사직서를 쓰기 시작했습니다. 이러저러한 사유로 사직서를 제출합니다…… 그리고 나서 내 이름을 쓰려는데, 어쩐 일일까요, 이름이 생각나지 않는 것이었습니다. 김우성, 박성우는 맴도는데 정작 한성우가 생각나지 않았습니다. 에라 모르겠다. 나는 김우성이라고 써버렸습니다. 내 아내가 다른 아내들과 구분이 가지 않듯이 나 또한 김우성과 무슨 차이가 있으랴 싶은 마음이었지요.

그리고 잠시 후, 놀라운 일이 벌어졌습니다.

내가 김우성이라고 쓴 글자 밑에 빨간 줄이 그어지더니 순식간에 한성우로 바뀌는 것이었습니다. 나는 그제야 깨달았습니다. 내가 사용하는 워드 프로세서 프로그램이 업그레이드됐음을, 신개념 워드 프로세서의 실체를. 내가 다운받은 워드 프로세서 프로그램은 놀랍게도 고유명사까지 맞춤법을 고쳐주고 있었습니다. 그것도 자동으로.

에이, 이 사람. 소설 몇 번 쓰더니 뻥을 쳐도 유분수지.

당신은 지금 그렇게 중얼거리시나요? 어떤 반응을 보이든지 간에 그것은 당신의 자유입니다. 그러나 진실을 말하는 것은 나의 자유이고 또 의무입니다. 당신이 믿든 안 믿든 나는 좀더 놀라운 이야기를 계속 해야겠습니다.

신개념 워드 프로세서는 스스로 진화하는 프로그램이었습니다. 처음엔 맞춤법만 고쳐주던 것이 그 다음엔 잘못된 문장까지 교정을 보는 것이었습니다. '형은 한 번도 고시에 패스하지 못했다'는 문장이 있다고 합시다. 그 문장에서 '한 번도'는 불필요한 말입니다. 신개념 워드 프로세서는 가차없이 '한 번도'를 잘라냅니다. 일부러 틀리게 문장을 쓰고 싶어도 그럴 수가 없습니다.

그 다음 단계. 그것은 적절하지 못한 표현을 적절한 것으로 바꾸어주었습니다. '창녀 뺨치는 수녀'나 '푸줏간에 걸린 고깃덩어리 같은 하나님'이란 표현은 어떤 사람에겐 심한 혐오감을 줄 것입니다. 프로그램은 알아서 별 문제가 되지 않을, 누구든지 좋아할 표현을 골라냅니다. 퇴폐적이고 불순하게 생각하려야 할 수가 없겠죠.

그것을 사용해서 쓴 글은 당연히 평균적이고 문제없고 평화롭고 완벽했습니다. 프로그램을 몇 번 사용해본 후 나는 미련 없이 사표를 던졌습니다. 이 일탈 뒤에서 나를 기다리고 있을 화려한 재기의 예감…… 짜릿했습니다. 사표를 낸 나는 오로지 글만 썼습니다. 소설이라곤 전혀 써보지 않은 내게 그 프로그램은 훌륭한 스승이 되어주었습니다. 모든 습작생들이 그러하듯 나에게도 다른 작품을 필사한 경험이 있습니다. 신개념 워드 프로세서는 권위 있는 그 작품들마저 가차없이 교정을 보더군요. 우리들이 완벽하다고 생각하는 그 작품들에도 틀린 문장이며 불순한 표현이 왜 그렇게 많던지요. 권위라는 것도 별것 아니더군요. 덕분에 나는 나름대로 작품을 보는 안목까지 터득할 수 있었습니다. 물론 강중연의 소설도 옮겨봤습니다. 역시나 그의 소설도 틀린 것 투성이더군요. 대가의 작품에도 빨간 줄이 그어지는 판에 일개 강중연이 오죽하려구요. 그의 어떤 작품은 모든 문장에 빨간 줄이 그어지기도 했습니다. 피바다를 보고 있는 것도 같았고 십몇 년 전 마구잡이로 허공을 긋던 담임선생의 팔뚝에 휘둘리던 그를 보는 것도 같았습니다. 강중연 따위보다 못사는 일은 불가능한 일이라고 새삼 확인했지요. 프로그램이 빠른 속도로 스스로 진화해가는 동안 나는 강중연 때문에 부서졌던 나를 그렇게 복원해갔습니다.

그때만 해도 신개념 워드 프로세서는 덫도 저주도 아니었습니다. 당신도 한번 생각해보십시오. 저주라고 느껴지기는커녕 오히려 그것을 갖고 싶은 마음이 들지 않습니까?

그러던 어느 날이었습니다. 나는 어떤 소설을 머릿속으로 구상하고 있었습니다. 단지 그러고 있었을 뿐입니다. 그런데 머릿속에만 있는 그것이, 아직은 머릿속에만 있어야 할 그것이, 내가 자판을 두드리지도 않았는데 고스란히 컴퓨터 모니터에 떠오르는 게 아닙니까. 더구나 내가 생각하는 인물, 분위기, 사건, 문체, 그 모든 것이 너무도 완벽하게 말입니다. 신개념 워드 프로세서는 마침내 그 단계까지 진화한 것이었습니다.

그렇습니다. 눈치채셨을 테지만, 그렇게 해서 나온 작품이 어제 당신이 구입한 바로 그 책입니다. 나는 지금 내가 자판을 두드리는 육체적 노동을 바치지 않았기 때문에 그 책이 내가 쓴 게 아니라는 말을 하려는 게 아닙니다. 겨우 그 정도 문제였다면 잘 알지도 못하는 당신에게 이런 위험한 편지를 쓰지도 않았을 겁니다.

신개념 워드 프로세서를 사용하며 나는 모범적인 문장, 신선하지만 무난한 표현, 적당한 감동이 무엇인지를 배웠습니다. 나나 당신이나 우리들이 원하는 것은 언제나 '적당히' 신선하고 '적당히' 충격적인 것이라는 것도. 아니라고, 당신은 부정하고 싶은가요? 천만의 말씀입니다. 적당하지 않으면 나나 당신은 부담을 느낄 겁니다. 만고의 진리를 깨닫고, 그리고 그걸 받아들인 덕분에 내 책은 베스트셀러가 될 수 있었습니다. 별로 믿고 싶은 일은 아니지만 다른 베스트셀러들도 신개념 워드 프로세서로 작성됐을 가능성이 아주 높습니다. 나는 몇몇 베스트셀러 작가들에게 전화를 건 적이 있습니다. '신'자만 나와도 어떤 사람은 대뜸 원하는 게 뭐냐고 묻더군요. 그는 내가 그 프로그램을 전송한 사람이라고 생각한 모양입니다. 베스트셀러 작가뿐 아니라 대가라 불리는 작가들도 나는 의심했습니다. 신개념 워드 프로세서가 더 진화하면 그까짓 문제작 하나 못 만들어내려구요. 소설뿐 아니라 글을 쓰는 모든 사람에게 나는 혐의를 두었습니다. 나는 내가 읽은 모든 책의 저자들에게 차례차례 전화를 걸었습니다. 협박을 하려던 것은 아니었습니다. 나는 그저 그들 가운데에 신개념 워드 프로세서의 존재를 폭로할 만한 사람이 있을까 알아보고 싶었을 뿐입니다. 그런 사람이 있었냐구요? 물론 단 한 사람도 없었습니다. 모두들 시치미 떼기에 바쁠 뿐이었죠. 그러나 나는 강중연에겐 전화하지 않았습니다. 그 자식이 불쌍해서 견딜 수가 없었기 때문입니다.

여기서도 저기서도 거치적거리는 존재일 뿐인 강중연의 멍한 뒷모습이 자꾸 떠올랐습니다. 소설가가 되어서 좀 특별해졌나 싶었는데, 내가 질투라도 좀 해줄까 싶었는데, 그도 결국은 남들과 같은 걸 쓰고 있었던 꼴이었으니까요. 고등학교 시절, 그의 수학 점수를 부르지 않았던 것은 그가 무서워서가 아니라 그를 동정해서였다는 것이 확실해졌습니다.

그런데 뜻밖에도 그에게서 전화가 왔습니다. 내 책이 베스트셀러 일위에 진입한 날이었습니다. 그는 내 책을 보았다고 했습니다.

난 네가 왜 나에게 전화를 안 했는지 알고 있어. 아직도 내가 두렵냐? 난 네가 쓸 수 있는 건 못 쓴다. 능력이 없거든. 내가 쓸 수 있는 것만 쓸 테니까 걱정 말아라.

정말 웃기는 소리였습니다. 여전히 제정신이 아닌 강중연 따위에게 잠시나마 열등감을 가졌었다는 사실이 치욕스러웠습니다. 그래서 나는 결심했습니다. 당신에게 신개념 워드 프로세서의 존재를 알리기로. 언제나 특별했던 나였습니다. 그런 내가 강중연, 그 자식이나 다른 사람들보다 도덕적으로 우위에 서는 방법은 그것뿐이었습니다.

처음에 나는 그들과 다르다는 것을 증명하고야 말겠다는 소박한 생각으로 당신에게 메일을 보내기로 마음먹었습니다. 그러나 지금은 그렇게 단순하지가 않습니다. 나는 지금 매우 절박합니다. 시시각각 내 존재를 위협해오는 그림자를 나는 느끼고 있습니다. 사라지지 않기 위해, 순전히 생존에 대한 본능으로…… 나는 당신을 부릅니다. 당신이 결코 맥가이버나 슈퍼맨이 될 수 없다는 것을 알면서도.

신개념 워드 프로세서는 덫이 되어버렸습니다. 사용하지 않으면 그만이라구요? 하지만 그것은 이제 컴퓨터 속에만 있는 게 아니라 내 머릿속에도 있는걸요. 아니요, 내 머릿속뿐만 아니라 그것은 여기저기 널려 있습니다. 그러나 어디어디에 있는지는 잘 모르겠습니다. 어디에 있는지 미리 알고 피해갈 수 있다면 그것은 이미 덫이 아니지 않습니까.

나는 신개념 워드 프로세서의 다음 진화단계를 예측할 수 있습니다. 그것은 마침내 우리 몸을 숙주로 삼을 겁니다. 그것을 없애려면 내가 먼저 죽어야 할지도 모릅니다. 어제 나는 한성우라고 쓴 내 이름 밑에 빨간 줄이 그어지더니 순식간에 존 더글러스로 바뀌는 것을 보았습니다. 그래서 부랴부랴 알지도 못하는 당신께 편지를 쓰는 겁니다. 한성우가 그 프로그램을 쓰지 않아도 존 더글러스는 사용하게 되겠지요? 존 더글러스를 통해서 그것은 자꾸 진화할 테구요. 제기랄, 내가 한성웁니까, 존입니까? 이제 나는 그것조차 헷갈립니다.

나는…… 알고 있어…… 아직도 내가 두렵냐? 갑자기 강중연의 목소리가 들리는 것 같습니다. 젠장, 나는 또 한번 나를 기만한 것일까요? 그래요. 내가 신개념 워드 프로세서로 쓴 글들에는 강중연을 제외한 다른 모든 사람의 글이 조금씩 조금씩 섞여 있습니다. 조금씩 섞인 그것들이 전체를 이루고…… 결국 내가 쓴 것은 한 줄도 없었습니다. 내가 살아온 인생이 그런 것처럼. 내가 두 손을 잘라버려도 신개념 워드 프로세서는 내 생각을 컴퓨터 모니터에 옮기겠지요. 더욱 절망적인 것은 그것을 사용하는 동안 나의 뇌가 그것이 활동하기에 가장 알맞은 상태로 재단된다는 것입니다. 뇌는 영혼이 아니라 육체입니다. 육체의 관성을 영혼은 절대로 극복할 수 없습니다. 그것이 내가 믿어온 특별함의 실체입니다.

강중연은 정말로 신개념 워드 프로세서를 사용하지 않았을까요?

그게 사실이라면, 어떻게 그럴 수 있었을까요? 당신, 누군지 모르겠는 당신, 어쩌면 빈집일지도 모르는 당신…… 당신은 아나요?

　당신이 안다 한들 무슨 뾰족한 수가 생기는 것도 아닙니다. 당신에게 보내는 이 편지 역시 '적당한' 수준의 편지로 바뀌어버리고 말 테니까요. 아, 그러고 보니 그날 내가 받은 신개념 워드 프로세서 프로그램이란 제목의 메일도 누군가가 나에게 보낸 SOS였나봅니다. 그것이 적당히 바뀌어서 온 걸 내가 몰랐던 모양입니다. 제기랄, 그렇다면 내가 원하지 않아도 나는 당신에게 이렇게 말하게 될지도 모르겠군요.

　다운로드가 시작되었습니다. 취소할 수 없습니다.

사당역

내 눈앞으론 사당 사거리에서 남태령고개로 이어지는 팔차선 도로가, 여전히, 펼쳐져 있었다. 그것은 팔차선 주차장이라고 불러야 마땅할 정도로, 여전히, 꽉꽉 막혀 있었다. 머릿속 먹구름 탓인지는 몰라도 내가 발 딛고 서 있는 도시는 흑백사진 속의 그것처럼, 갑자기, 색을 잃어버린 듯 보였다.

한여름 낮의 꿈

사당역에서 내린 나는 아무 망설임 없이 과천 방면으로 나갔다.

밖으로 나오자 사당 사거리에서 남태령고개로 이어지는 팔차선 차도가 보였다. 나는 차도를 내 왼편으로 두고 쭈욱 걸었다. 그렇게 조금만 걷다보면 수원행 버스정거장이 나올 거라고 그가 말해주었기 때문이다. 수원행 버스정거장 앞에서 차도 건너편을 보면 방배동 우성아파트가 보일 겁니다. 자신을 '보디가드'라고 밝힌 남자는 그런 말도 했다.

과연 그의 말대로 아파트가 보였다.

아파트 앞에는 횡단보도가 있었고 신호등은 고장이 났는지 아무 신호도 보내지 않고 있었다. 아무 신호도 보내지 않는, 신호등이길 포기한 신호등 앞에서 사람들은 좌우를 살펴보고 있었다. 길을 건널 적당한 타이밍을 포착하기 위해 눈에 핏발을 세운 채.

나는 횡단보도 앞에 서 있는 사람들을 하나하나 유심히 살펴보았다.

백댄서처럼 똑같은 핫팬츠를 입은 여자 두 명과 교복을 입은 고등학생 무리, 스포츠신문을 말아서 쥐고 있는 중늙은이, 그리고 흰색 폴로 셔츠에 흰색 면 반바지를 입은 근육질의 남자가 눈에 들어왔다.

나는 흰색 옷을 입은 남자에게 시선을 고정시켰다. 그 남자가 '보디가드'일지도 모른다는 예감이 들어서였다.

그는 차가 붐벼대는 건널목을, 신호등을 무시한 채 천천히 건너왔다.

그가 건너기 시작하자 다른 사람들도 따라서 건너기 시작했다. 사실 그들은 길을 건널 적당한 타이밍을 포착하기 위해 눈에 핏발을 세울 필요가 없었다. 차도라고 부르기가 민망할 정도로 도로는 꽉꽉 막혀 있었던 것이다. 신호등이 고장나서 정체가 심해진 건지, 정체가 심해져서 신호등이 필요 없어진 건지, 나는 조금 혼란스러웠다.

횡단보도를 다 건넌 남자는 뜨악한 표정으로 나를 한 번 흘낏 보더니 어떤 빌딩의 지하 계단을 타고 내려갔다.

그는 보디가드가 아니었다. 보디가드가 맞다면 나를 알아보지 못했을 리가 없었다.

하지만, 그 남자의 흰 옷은 오래도록 내 망막에 잔상을 남겼다.

방배동 우성아파트에는 지금 제가 살고 있어요. 하지만 그게 중요한 건 아니구요. 아파트가 보이는 그쯤에서 당신은 세븐일레븐이라는 편의점을 찾을 수 있을 거예요. 그리고 편의점이 있는 그 빌딩 이층에는 볼로(Bolo)라는 카페가 있을 겁니다. 그리로 오십시오.

보디가드와 내가 처음으로 통화한 날, 그러니까 어제, 그는 그렇게 말한 후에 전화를 끊었다. 보디가드의 친절한 설명을 들었기 때문일까. 초행길인데도 그 동네가 전혀 낯설게 느껴지지 않았다. 어쩌면 지금 내가 서 있는 곳이 엘살바도르이거나 잠비아, 혹은 파푸아뉴기니라고 해도 나는 전혀 어색해하지 않을지도 모른다. 인터넷에 접속만 하면 알고 싶은 모든 것을, 사실보다 더 사실적으로, 보고 느낄 수 있는 세상이니 말이다.

보디가드를 처음 만난 것도 온라인에서였다.

온라인에서 맺은 인연을 오프라인으로까지 끌고 오는 것은 물론 내키는 일이 아니었다. 그러나 나는 돈이 필요했다. 너무도 절실하게 그것이 필요했다. 보디가드의 제안을, 나는 거절할 수 없었다.

"저를 보디가드로 고용하십시오. 저를 고용하시는 분께는 후사하겠습니다."

그가 인터넷에 띄운 내용이었다.

구직도 아니고 구인도 아니고, 또 어떻게 보면 둘 다이기도 한, 이상한 광고였다. 혹시 변태성욕자일 수도 있다는 생각도 들었지만 나는 과감히 그와 접촉하기로 했다.

그와 나는 몇 번의 이메일을 주고받았다.

나를 채용하기 앞서 그가 내게 질문한 것은 악몽을 꾸어본 적이 있는가, 자주 꾸는가 하는 것이 진부였다. 나는 악몽을 꾸어본 적이 한 번도 없었다. 그러나 나는, 절박할 대로 절박해진 나는, 나의 감각이 이끄는 대로 답장을 썼다. 악몽을 아주 많이 꾼다고. 그리고 엽기 사이트를 서핑하며 수집한 얘기들을 적당히 내 꿈인 양 각색해서 첨부했다. 왠지 모르지만 그렇게 해야 할 것 같았다. 그리고 그 결과가 바로 오늘의 만남이었다. 서류전형을 통과하고 면접을 앞두고 있는 셈이었다.

서류전형 통과라니! 꿈같은 일이 내 인생에서 일어난 것이다.

서울이 아닌 수도권의 그저 그런 대학을 졸업한 나. 가장이 될 확률이 극히 적은 여자인 나. 장한나나 서태지, 혹은 쌈장 이기석이 될 수 없는 평범한 나. 클라우디아 시퍼 같은 몸매를 가진 것도 아니고 심은하 같은 얼굴을 가진 것도 아닌 나. 우후죽순 생겨나는 성형외과에 가서 페이스 오프를 하고 싶어도 그럴 만한 경제적 능력이 없는 나. 이건희 회장과는 사돈의 팔촌도 아니며 주변에 삼성그룹에 다니는 친구 하나 없는 나. 학벌, 재능, 미모, 재력, 소위 말하는 빽…… 모두 나와는 아무 상관도 없는 것들이었다.

내가 생각해도 나는 정말 아무것도 아니었다. 누가 그런 나를 거들떠나 보겠는가. 이 지긋지긋한 사회도 나름대로 보는 눈이 있었던 것이다!

보디가드가 얼마나 이상한 인간인지 그건 모르는 일이지만 나는 서류전형 통과라는 선물을 준 것만으로도 단박에 그가 좋아졌다. 어쩌면 나도 이 사회에 그다지 쓸모 없는 인간이 아닐지도 모른다는 희망을 주었다고나 할까. 더 나아가서, 나도 괜찮은 인간일지 모른다는 망상과, 내게 맞는 물을 만났다면 벌써 나도 훌륭한 인재가 되었을지 모른다는 자각도 함께.

현실의 나는 비록 아무것도 아닐지라도 그런 자각이 든 것만으로도 나는 최고액 복권에 당첨되기라도 한 듯 든든해졌다. 그리고, 솔직한 내 심정을 말한다면, 나는 그가 변태라 해도 상관없었다. 돈을 벌 수만 있다면 말이다. 그만큼 내 인생은 밑바닥까지 추락해 있었던 것이다.

현실에서 내 뜻대로 되는 것은 아무것도 없었다.

그러나 꿈속에서는 뭐든지 내가 원하는 대로 이루어졌다.

사이비 종교 교주가 되어 세상 모든 사람을 내 신도로 만드는가 하면 유한 마담이 되어 사교 파티에 나가 우아하게 부채를 흔들기도 했다. 또 어느 밤에는 레오나르도 디카프리오와 함께 영화 〈타이타닉〉을 찍는 꿈을 꾸기도 했다.

현실을 잊고 싶어 잠을 자고, 내 맘대로 꿈을 꾸고, 꿈에서 깨어나기 싫어서 억지로 또 잠을 자고…… 잠, 잠, 잠…… 그럴수록 현실은 멀어졌지만…… 잠을 자는 일은 내 생애 최고의 사치였다. 악몽이라니, 내겐 당치도 않은 말이었다.

그러나 돈이 된다면 악몽인들 못 꿀 것도 없었다. 어차피 나는 내 맘대로 꿈을 꿀 수 있는 대단한 재능을 가진 여자였다. 누군가가 그 재능을 필요로 하고 있었고 나는 누군가의 돈이 필요했다. 아마도 그건 좋은 거래가 될 수 있을 것이다. 그러고 보니, 나를 직접 만나보지 않고도 나의 재능을 간파해낸 보디가드가 대단한 사람이라는 생각이 들었다.

그의 말대로 카페는 찾기 쉬운 곳에 있었다.

카페에 들어가기 전 나는 세븐일레븐에 들러서 다비도프 슈퍼슬림을 한 갑 샀다. 필터를 금종이로 싼, 다섯 가지 색깔의 가늘고 긴 환타지아를 사고 싶었지만 그 담배는 상상을 초월할 정도로 비쌌다. 물론 내 상상력이란 지금 내 주머니 속에 들어 있는 돈의 제한을 받고 있었다. 현실을 초월하는 상상이란 존재하지 않는다. 상상은 상상일 뿐이라는 말도 허위이다. 상상은, 현실의 다른 이름일 뿐이었다. 다비도프 슈퍼슬림을 사고 나자 내 수중에 남은 돈은 단돈 이천원뿐이었다.

평소에는 주로 디스를 피웠지만 상황이 더 나빠지면 솔을 피우기도 했다. 그런데도 무리를 해가며 그 비싼 다비도프를 산 것은 그것이 일종의 투자라고 생각했기 때문이었다. 나는 보디가드에게 이렇게 보이고 싶었다. 당신이 원하는 일에 내가 가장 적격일 것이라는.

악몽을 꾸는 여자, 그리고 보디가드를 고용하는 여자.

그런 여자라면 어쩐지 담배를 피울 것 같았다. 우아하면서도 섹시한 이미지의 그녀는 환타지아 혹은 다비도프 슈퍼슬림을 피운다. 디스나 솔은 절대 아니다. 물론 내 추측은 매우 주관적인 것이었다. 어쩌면 억측일지도 몰랐다. 보디가드도 나처럼 생각하라는 법은 없는 것이었다. 그러나 아무리 사소한 것일지라도 뭔가 준비를 해두어야만 마음이 놓일 것 같았다. 이름난 점쟁이한테 수표를 수십 장 건네고 부적을 얻어오지는 못할망정 그까짓 비싼 담배 한 갑쯤이 무슨 대수겠는가. 만약에 보디가드와의 일이 잘 되지 않는다면 내게 남는 것은 겨우 집에 갈 차비뿐일 텐데 말이다.

그와의 일이 성사되지 않는다면…… 빈털터리인 나는…… 더이상…… 인터넷에 접속할 수도…… 없을 것이다.

그런 생각이 떠오르기가 무섭게 갑자기 내 머릿속이 먹구름으로 꽉 차는 것 같은 기분이 들었다. 난데없이 졸음이 쏟아지기 시작했다. 나는 편의점 유리문에 잠시 머리를 기대고 있기로 했다.

내 눈앞으론 사당 사거리에서 남태령고개로 이어지는 팔차선 도로가, 여전히, 펼쳐져 있었다. 그것은 팔차선 주차장이라고 불러야 마땅할 정도로, 여전히, 꽉꽉 막혀 있었다. 머릿속 먹구름 탓인지는 몰라도 내가 발 딛고 서 있는 도시는 흑백사진 속의 그것처럼, 갑자기, 색을 잃어버린 듯 보였다. 색만 사라진 게 아니었다. 아무 소리도 들리지 않았고 아무 냄새도 나지 않았다.

나는 횡단보도 앞에 서 있는 사람들을 하나하나 유심히 살펴보았다.

백댄서처럼 똑같은 핫팬츠를 입은 여자 두 명과 교복을 입은 고등학생 무리, 스포츠신문을 말아서 쥐고 있는 중늙은이, 그리고 흰색 폴로 셔츠에 흰색 면 반바지를 입은 근육질의 남자가 눈에 들어왔다.

비디오테이프를 거꾸로 돌린 것처럼 조금 전과 똑같은 상황이었다. 차이점이 있다면 조금 전 이 상황에는 소리와 냄새, 그리고 색깔이 있었다는 것이다.

흰색 옷을 입은 남자가 천천히 횡단보도를 건너왔다.

나를 발견하자 그는 하얀 치아를 드러내고 웃었다. 조금 전, 뜨악한 표정을 짓던 그가 아니었다. 처음 예감대로 그가 바로 보디가드인 모양이었다. 나도 그를 향해 웃어주었다. 그와 나는 초면이었다. 하지만 우리는 이미 서로를 잘 알고 있는 듯이 행동하고 있었다. 우리는 그게 조금도 이상하지 않았다. 방금 샤워를 마쳤는지 그에게선 싱싱한 초목의 냄새가 물씬 풍겼다.

그는 자신이 방금 건너온 도로의 저편, 그러니까 우리가 만나기로 한 카페와는 팔차선 도로를 사이에 둔 채 마주 보고 있는 방배동 우성아파트에 산다고 했다. 보디가드가, 틀림없었다. 그와 나는 오랜 지우처럼 다정하게 카페 볼로로 들어갔다.

카페 안은 깔끔한 모노톤으로 꾸며져 있었다.

검정색 롱스커트를 입은 웨이트리스가 우리 테이블에 메뉴를 내려놓고 갔다. 나는 그것을 펼쳐보았다. 그러나 메뉴에는 아무런 글자도 적혀 있지 않았다. 어디를 들춰봐도 온통 백지뿐이었다. 나는 화들짝 놀라서 맞은편에 앉은 그를 바라보았다.

그러나 거기에는 빈 의자뿐, 그는 어디에도 없었다.

이럴 수가!

나는 세차게 도리질을 했다. 그러자 머릿속에 잔뜩 괴어 있던 먹구름이 일순간 쫙 걷히는 듯했다. 곧이어 막힌 변기가 확 뚫리듯이 눈과

귀와 코와…… 내 몸의 모든 구멍이, 펑펑, 뚫리기 시작했다.

삼십대 남자가 그랜드 피아노를 두드리며 부르는 노랫소리가 들려왔다. 희미하게 카페 안을 떠돌고 있던 커피 향, 맥주 냄새, 그리고 기름에 튀긴 음식 냄새들도 나의 호흡을 따라 콧속으로 빨려들어왔다. 카페의 전경도 한눈에 들어왔다. 모노톤으로 인테리어가 되어 있던, 보디가드와 내가 함께 들어왔던, 그 카페가, 아니었다.

체리 우드로 만들어진 바, 붉은 기가 도는 천 소파, 약간 선팅이 된 유리를 덮은 청동 테이블. 나는 테이블에 놓여 있는 메뉴를 펼쳐보았다. 맥주류, 위스키류, 와인류, 안주류, 칵테일류…… 잘 분류된 메뉴가 운동장 조회를 서는 학생들처럼 정렬한 채 거기에 적혀 있었다.

"볼로(Bolo)란, 필리핀과 미국의 육군이 지니고 다니는 호신용 단검, 은장도를 가리키는 말이다."

메뉴판 표지에는 고딕 글씨체로 그렇게 적혀 있었다.

나는 눈을 빛내며 카페에 앉아 있는 사람들을 하나하나 살펴보았다. 테이블은 반쯤 차 있었지만 그 어디에도 흰색 폴로 셔츠에 흰색 면 반바지를 입은 남자는 없었다.

그렇다! 나는 또 꿈을 꾸었던 것이다!

악몽이라고 부를 만한 건 아니지만 나는 종종 오늘 같은 일을 경험하곤 했다. 현실이 꿈으로 이어지고 그게 다시 현실로 이어져서 어디까지가 꿈이고 어디까지가 현실인지 도무지 분간할 수 없는 일이 왕왕 벌어지는 것이었다.

그런 꿈은 대부분 대낮에, 정상적인 활동중에 '꾸어졌다'. 내 의지로 꾸는 심야의 꿈과는 다른 것이므로 그것은 분명 '꾸어지는' 것이었다.

버스나 지하철을 타고 가다가 잠시 조는 틈에도 나는 꿈을 꾸었다.

꿈이라고 해서 환상적이라거나 황당하다거나 엽기적인 것은 결코 아니었다. 졸고 있던 내가 어느 틈에 깨어나서(물론 현실의 나는 여전히 졸고 있지만 꿈속에서의 나는 졸다가 깨었다는 말이다) 지하철이나 버스를 둘러보는 게 고작이었다. 내가 둘러보는 풍경 또한 특별한 건 하나도 없었다. 옆자리에 앉아 있던 사람이 내린 후 새로운 사람이 다시 앉거나, 잡상인이 자질구레한 물건을 파는 등, 현실과 너무도 흡사한 풍경들뿐이었다. 때때로 나는 새로 내 옆자리에 앉은 사람과 대화를 나누기도 했다. 어디까지 가느냐, 가뭄이 너무 심해서 걱정이라는 등의 신변잡기부터 시작해서 김정일 국방위원장의 카리스마가 통일에 순기능을 할 것인가 역기능을 할 것인가 하는 문제까지, 대화의 내용은 다채롭고 거침없었다.

그렇게 한참을 웃다가 열내다가, 수다스럽다가 진지하다가, 나는 퍼뜩 꿈에서 깨어나곤 했다.

꿈속에서 그렇게 많은 이야기를 나누었건만 현실의 시간은 겨우 오 분, 심하면 겨우 삼십 초 정도가 지났을 뿐이었다. 더욱 황당한 것은, 내가 조는 틈에 내 옆자리에 와서 앉은 사람이 내가 꿈속에서 함께 대화를 나눈 바로 그 사람이란 점이었다.

꿈속의 그 사람이 옆에 앉아 있는 걸 보면 나는 꿈을 꾼 게 아닌 것 같았다. 그러나, 내 옆에 앉아 있는 사람은 나 따위는 안중에 없다는 듯이 스포츠신문에 코를 박고 있거나 이어폰으로 음악을 들으며 팔짱을 끼고 있었다.

그때마다 나는 옆에 앉은 사람을 붙들고 이렇게 말하고 싶은 충동을 느꼈다.

당신, 조금 전까지 나와 이야기를 나누지 않았느냐, 제발 시치미떼지 말아라!

물론 나는 한 번도 그렇게 하지 못했다. 우리들이 나눈 대화는 결코 삼십 초나 오 분 만에 끝날 수 있는 게 아니었다. 그럼에도 불구하고 현실 속에서 흘러간 시간은(곧, 내가 졸았던 시간은) 고작 그것뿐이었기 때문이다.

내 손목에 찬 시계에, 당신의 핸드폰 시계에, 역마다 걸려 있는 전광판 시계에…… 같은 시간이 흐르고 있었다. 짜고 치는 고스톱이 아니라면 내가 잠깐 졸았던 것이 진실일 것이다. 만약 짜고 치는 고스톱이라면 그때는 이놈의 현실이 전부 꿈일 테지만. 하지만 나처럼 별볼일 없는 백조를 뭐 벗겨먹을 게 있다고 짜고 치는 고스톱씩이나!

나는 혼란에 빠져들었다.

그때였다. 나비넥타이를 맨 중년 남자가 쟁반을 들고 내게로 왔다. 앞머리가 벗겨진 남자의 머리칼은 반백이었다. 그의 외모는 그저 소박했지만 동작에선 연륜이 묻어났다. 아마 이곳의 지배인인 모양이었다.

그는 절도 있는 동작으로 쟁반에 가져온 것들을 테이블 위로 옮겨 놓았다.

스트레이트 잔에 담긴 위스키, 생수가 든 물 컵, 얼음이 담긴 온더록스 잔.

"이게 뭐지요?"

나는 영문을 모르겠다는 투로 지배인에게 물었다.

나는 정말 알 수 없었다. 그가 왜 그런 것들을 내 테이블 위에 올려놓았는지를.

"주문하신 발렌타인 17년산 온더록스입니다."

지배인이 공손하게 대답했다.

166

"제가요? 제가 이걸 주문했다구요?"

나는 어처구니가 없었다.

"아까 같이 들어오신 남자 손님께서 주문하고 가셨습니다."

"같이 들어온 남자라면…… 혹시 위아래로 흰색 옷을 입으신 분 말인가요?"

"예, 맞습니다."

"그 사람이 이 자리에 앉았다가 갔나요?"

"아닙니다. 출입구에 들어선 후에 그분은 바에 있는 제게 주문을 하셨고, 손님께서는 이 자리에 와서 앉으셨습니다. 남자분께선 주문만 하시고 그냥 나가셨구요. 그리고, 남자분께서 술과 함께 이것도 전해달라고 부탁하셨습니다."

지배인은 테이블 위에 흰색 봉투를 내려놓았다.

"그럼, 즐거운 시간 되십시오."

마지막으로 깍듯하게 인사까지 한 후 지배인은 돌아섰다.

"저, 잠깐만요!"

다급한 어조로 나는 그를 불러세웠다.

"혹시 저에게 메뉴를 주셨던가요?"

"아닙니다. 남자분께서 주문을 먼저 하시기에…… 다른 것을 원하신다면 메뉴를 가져다드리겠습니다."

"그런 뜻이 아니에요. 메뉴는 이미 받았어요. 어떤 여자 종업원에게서 말이죠. 저에게 메뉴를 가져다준 그분을 좀 불러주실 수 있나요?"

나도 모르게 나는 단어 하나하나를 씹듯이 발음하고 있었다. 백일몽과 현실이 한데 뒤섞여 소용돌이치고 있는 중심으로 빨려들어가지 않으려는, 나름대로의, 안간힘이었다.

지배인은 잘 알았다는 얼굴로 내 테이블을 떠났다.

지배인은 아마도 내가 정신이 나간 여자라고 생각할 것이다. 어쩌면 정말로 나는 정신이 나갔는지도 몰랐다.

잠시 후 다시 내게로 온 지배인은 그런 여자는 없다고, 죄송하다고, 필요한 게 있으면 언제든 불러달라고 말했다. 나는 괜찮다고 대답했다. 그러나 나는 결코 괜찮지가 않았다.

혼란에 휩싸인 채 나는 카페를 둘러보았다.

웨이터들은 검은색 정장 바지를, 웨이트리스들은 검은색 롱스커트를 입고 있었다. 획일적인 유니폼 탓인지 나는 그들의 얼굴을 구분할 수가 없었다. 그들 모두가 나에게 메뉴를 가져다주었던 것도 같고 아닌 것도 같았다. 아무럼 어때. 나는 그렇게 생각하려고 애썼다. 아무럼, 아무럼.

흰색 옷을 입은 남자가 주문하고 갔다는 발렌타인을 마시기 전에 나는 먼저 지배인이 전해준 봉투를 열어보았다. A4용지에 인쇄한 편지 다섯 장과 백만원권 수표가 두 장, 그리고 십만원권 수표 네 장이 들어 있었다. 특이한 점은 그 여섯 장의 수표를 발행한 은행이 모두 제각각 달랐다는 것이다.

만나서 제대로 얘기를 해보지도 않고 돈을 먼저 주다니…… 혹시, 이거 먹고 떨어지라는 건가? 나는 조금 놀라웠다. 그리고 불안했다. 그리고 또, 이상했다.

스트레이트 잔에 담긴 위스키를 얼음이 담긴 잔에다 쏟아부었다. 내 손은, 떨고 있었다. 불 같은 술이 물 같은 얼음을 녹였다. 얼음은 또한 술의 불기운을 꺼버렸다. 그러나 그것은 불도 아니고 물도 아니었다. 그저 불 같은 어떤 것일 뿐이었고, 물 같은 어떤 것일 뿐이었다. 얼음이 짤랑대는 소리를 들으며 나는 온더록스를 한 모금 마셨다. 그걸 마시는 나도 더이상 내가 아닌 것 같았다. 그저 나 같은 어떤 것일 뿐.

그저 나 같은 어떤 것일 뿐인 내가, 접혀 있던 A4용지를 펴서 읽기 시작했다.

잠자는 화가의 보디가드

나는 보디가드입니다. 과거에도 그러했고 앞으로도 그러할 것입니다. 물론 지금도 나는 보디가드입니다.

한때는 이 일을 그만두려고 했던 적도 있습니다.

삼 년 전, 미국의 팝 가수가 내한공연을 왔을 때(가수의 이름은 말하고 싶지 않습니다. 그때의 기억을 타인에게까지 상기시키고 싶지 않아서입니다. 내가 기억하고 있는 것만으로도 버겁습니다) 나는 그를 위해 한국측에서 고용한 보디가드였습니다.

공연 마지막 날, 팬들은 광분했고 결국엔…… 아닙니다. 아무래도 말하지 않는 게 좋을 것 같습니다. 그때 모종의 사건이 일어났고 거기에 대해 내가 책임을 져야 했다…… 그냥 그 정도로만 해두죠. 당신과 나 사이에 그 이야기는 필요 없을 것 같군요. 어쩌면 당신은 그게 어떤 사건이었는지 벌써 눈치챘는지도 모르겠습니다. 그렇다 해도, 할 수 없지요. 그저, 나란 존재가 당신에게 현실감을 줄 수 있게 된 걸 다행으로 삼을 수밖에요.

어쨌든 그 일이 있고 나서 나의 직업과 앞으로 남은 인생에 대해서 심각한 회의에 빠져버린 나는 한동안 그것에서 헤어나오지 못하고 있었습니다. 매일 밤, 이곳, 그러니까 지금 당신이 앉아 있는 이 카페에서 취하도록 술을 마신 후 집에 가서 잠드는 게 당시의 내 생활이었죠.

그녀를 만난 것은 그 무렵이었습니다. 그녀도 매일 밤 이곳에서 술을 마셨거든요.

그녀는 언제나 발렌타인 17년산을 온더록스로 마시곤 했죠. 지금 당신이 마시고 있는 그 술 말입니다. 분명히 위스키인데 술병은 위스키 병처럼 안 생겼다고, 이상하지 않느냐고, 그녀는 말하곤 했습니다. 그런 이유로 그녀는 그 술을 좋아했구요. 물론 나에겐 술병을 가지고 논평할 만한 감각이 별로 없습니다. 위스키 병처럼 생긴 건 뭐고 아닌 건 또 뭔지도 잘 모르겠습니다. 나는 그냥 향기가 좋다고 느끼는 정도였지요. 어때요, 당신은? 괜찮다구요? 뭐가요? 술향기가요?

이런, 내가 질문한 것은 발렌타인에 대한 게 아니었는데……

내가 당신에게 묻고 싶은 것은 이것입니다. 당신이 보기에 그녀는 어떤 존재인 것 같은지…… 나에게 그녀는 몹시 흥미로운 존재였거든요. 당신도 그녀에게 흥미를 느낀다면 정말 고맙고 반가울 것 같습니다.

그녀와 나는 서로에게 술친구가 되어주었고 자연스럽게 서로의 삶에 침투하기 시작했습니다.

그랬습니다. 우린 정말 침투했습니다. 연애를 한 게 아니라 침투했지요, 서로가 서로에게.

그녀나 나나 젊디젊은 처녀 총각이었고 나름대로 매력이 있는 사람들이었으므로 우리의 연애는 충분히 개연성이 있는 일이었습니다. 그러나 삶이 어디 우리 눈에 보이는 대로, 짐작대로, 개연성 있는 쪽으로…… 그렇게만 흘러가던가요.

사람들은 이런 말들을 자주 하죠. 일반적으로 그렇지 않니, 그러는 게 정상이지…… 하는 말을. 그러나 다수의 생각이 꼭 정상일까요? 그게 정말 일반적인 걸까요? 그렇다면 이 세상의 소수들은 죽는 날까지 비정상이겠군요.

역시 머릿수라는 게 참 무서운 겁니다. 상식적으로 생각해보십시오. 누가 누구더러 정상이다 비정상이다, 심판할 수 있는 건지. 그게 과연 정상인지. 우리들 대부분이 짐작하는 대로, 믿는 대로, 그렇게 흐르는 삶만 인정할 거라면 도대체 이 세상에 인간이 육십억씩이나 살고 있을 이유가 없지 않습니까. 그냥 아무나 대표로 한 사람만 살면 되는 거지요. 안 그렇습니까?

이런, 죄송합니다. 사족이 너무 길었군요.

어쨌거나, 요컨대, 그녀와 나는 연애를 하지는 않았습니다. 왜 연애는 하지 않고 서로에게 침투만 했는지, 이제 그 이야기를 당신에게 들려드리겠습니다. 될 수 있는 한 사족은 달지 않도록 노력하면서 말입니다.

그녀는 그림을 그리는 여자였습니다.

국전 같은 데 입상하거나 그런 건 아니지만 독특한 그림으로 꽤 주목을 받는 화가였지요. 혹시 '쌈지'라는 패션 브랜드를 아나요? 당신의 나이를 고려한다면 충분히 알 것 같다는 생각은 드는데…… 삶이 어디 생각처럼 돌아가는 게 아니라서요. 충분히 모를 수도 있는 일이고, 또 모른다고 해서 별로 이상할 것도 없지요. 아무튼 말입니다, 그 회사에는 '쌈지 프로젝트'라는 게 있어서 특별한 재능을 가진 예술가들과 많은 일을 함께 하고, 또 지원도 해준다고 합니다. 그녀는 그 그룹 가운데서도 가장 촉망받는 축에 속했습니다.

국전이나 뭐 기타 비슷한 것들에 대해서 그녀는 해마다 같은 그림을 찍어내는 달력 공장과 다를 바 없다고 비아냥댔습니다. 하지만 그녀가 쌈지를 가지고 뭐라고 비아냥거리는 말은 들어본 적이 없었던 것 같습니다. 물론 나는 예술계의 흐름에 대해선 전혀 문외한인 관계로 그녀가 하는 말을 다 알아들을 수는 없었지요. 알면 아는 대로, 모르면 또 모르는 대로, 그저 그렇게, 그녀와 나는 이야기를 나눌 뿐이었습니다.

그때까지만 해도 우리는 서로의 삶에 침투하지는 않았습니다. 본격적인 침투가 시작된 것은 그녀가 이런 말을 하고부터였습니다.

"이봐요, 내 보디가드가 돼주지 않을래요? 사례는 충분히 하겠어요."

그녀가 마이클 잭슨 못지않은 열혈 팬들을 거느리고 다녔냐구요? 아닙니다. 재벌의 딸이었냐구요? 그것도 아닙니다. 스토커로부터 원치 않는 구애를 받고 있었다? 역시 아닙니다.

그녀는 매일 밤, 악몽에 시달리고 있었습니다.

상상조차 할 수 없는 무서운 악몽이 매일 밤 그녀의 잠자리를 초토화시켰습니다. 그녀는 점점 잠을 자기가 무서워졌습니다. 매일 밤 볼로에서 술을 마시고 취해서 잠들었습니다. 때로는 볼로에서 만난 낯모르는 사람을 자기 집에 데려가 함께 자기도 했습니다. 누군가가 머리맡을 지켜주면 신기하게도 그녀는 악몽을 꾸지 않았으니까요!

사실을 말하자면 취하기 위해서가 아니라 하룻밤이나마 함께해줄 사람을 만나기 위해 그녀는 매일 밤 볼로에서 술을 마셨던 것이었습니다.

함께 잔 사람이 여자일 때도 있었고 남자일 때도 있었습니다. 남자일 경우에는 그가 원하면 섹스를 하기도 했습니다. 하루치의 공포를 덜어준 그에게 그 정도 사례는 해도 좋다고 그녀는 생각했습니다.

"그럼, 여자에겐 어떤 사례를 하나요?"

나는 그녀에게 질문했습니다. 그녀의 대답은 간단했습니다.

"아무것도."

"불공평하군요."

"그렇지 않아요. 그들이 아무것도 원하지 않는걸요."

"그렇다면 여자가 편하겠군요, 나보다는."

"꼭 그렇지만도 않아요. 언젠가 함께 잔 어떤 여자는 나와 섹스하고 싶어했어요. 나는 그녀에게 말했죠. 오해가 있었던 모양이라고. 그녀는 몹시 수치스러워하더군요. 그녀는 곧장 내 집에서 떠나버렸죠. 물론 그날 밤, 나는 지독한 악몽의 습격을 받았구요. 하지만 난, 동성과 섹스할 수는 없어요. 인정은 하지만 제 취향이 아니거든요. 그 일이 있고 나서는 남자하고만 잤어요. 만약에 섹스하게 되더라도 남자랑 하는 건 괜찮으니까요. 여자라고 해서 다들 남자만 사랑할 수는 없는 건데…… 겉모습만 보고는 아무것도 알 수가 없잖아요."

"결혼을 하는 게 차라리 낫지 않을까요?"

"획일적인 제도 속으로 들어가라구요? 악몽을 꾸는 것도 지겨운데 아예 악몽 속에서 살라고 하시는군요."

그녀는 쓸쓸하게, 그리고 약간은 짜증스럽게 대꾸했습니다.

쓸쓸하고 짜증스러워하는 그녀를 나는 이해할 수 있었습니다. 정말 이해할 수 있었습니다. 단숨에 나는 그녀를 독파했던 겁니다. 결국 나는 그녀의 보디가드가, 되었습니다.

그녀가 잠자는 동안 나는 푸르게 깨어서 그녀의 머리맡을 지켰습니다.

가위에 눌리거나 악몽이 시작되는 조짐이 보이면 나는 재빨리 그녀를 깨웠지요. 그러면 그녀는 내 얼굴을 확인하고 안도의 숨을 내쉰 후 아주 행복하게 다시 잠들었습니다.

잠든 그녀를 보며 나는 깨어 있다는 게 얼마나 감사한 일인가를 새삼 느끼곤 했습니다. 깨어 있는 동안 우리는 꿈을 꾸지 않을 수 있잖아요. 악몽이든 길몽이든.

그녀와 섹스했냐구요? 천만에요. 프로의식이 대단하다구요? 그런지도 모르지요. 그러나 딱 맞는 대답은 아닙니다. 그녀에게 성적 매력이 부족한 게 아니냐구요? 글쎄요. 내가 보통(아아, 이 지겨운 보통!) 남자라면 한 번쯤 안아보고 싶은 여자라는 생각이 드는 걸 보면 그것도 아니지 싶군요. 내가 보통 남자라면 말입니다. 이제 아셨습니까?

나는 이성과는 섹스할 수 없습니다. 인정은 하지만 내 취향이 아니니까요.

악몽을 꾸는 것도 지겨운데 악몽 속에서 살라는 말씀이냐며 쓸쓸하고도 짜증스런 표정을 짓던 그녀를, 나는 이해합니다. 악몽 속을 산다는 게 어떤 건지, 일반이 아니라 이반인 나는 잘 알고 있으니까요.

악몽으로부터 누군가를 경호한다는 것.

일반적으로 그게 가능한 일인지는 잘 모르겠습니다. 하지만 그녀는 내가 머리맡에 있어주는 것만으로도 충분히 보호받고 있다고 생각했습니다.

악몽 없는 평화로운 밤들이 한동안 우리들 사이를 흘러갔습니다. 그러나 평화는 어디까지나 순간일 뿐이었습니다. 내가 지켜주는데도 그녀가 다시 악몽을 꾸기 시작해서, 그래서, 평화가 깨진 것은 아닙니다. 나를 고용하고부터 그녀는 악몽을 꾸지 않았지만 동시에 그림도 그릴 수 없게 되었던 것입니다.

밤에는 악몽을 꾸고 낮에는 그것을 화폭 위에다 고스란히 재현해내고…… 나를 만나기 전까지 그녀는 그렇게 살았습니다. 그런 식으로라도 악몽을 털어내지 않는다면 죽을 것 같았다고 그녀는 말했습니다. 꿈은 마음대로 꿀 수 없었지만, 그래서 언제나 공포였지만, 그림만큼은 그녀의 의도대로 통제할 수 있었다고 합니다. 악몽을 제압하는 기분으로 그녀는 열심히 자신의 악몽들을 그려나갔지요. 이를테면 그녀의 화폭은 간밤의 악몽을 난도질하기 위한 일종의 도살장이었던 셈입니다.

악몽이 재현된 그림은 이 세상에서 유일무이한 작품이 되었습니다. 그것은 이 세상에서 오직 그녀만이 꾸었던, 꿀 수 있는, 꿈이었으니까요. 그녀의 작품세계는 당연히 독특했고, 당연히 주목을 받았습니다. 그녀에게 고용되기 전, 그녀의 그림이 왜 주목받는지를 알고 있었던 나는 그녀에게 말했었죠. 악몽을 꾸지 않고도 당신이 계속 그림을 그릴 수 있겠느냐고요. 그렇다고, 그녀는 대답했었죠. 자기는 사실 악몽을 그리고 싶지 않다고, 그것은 그저 절박한 생존의 몸부림일 뿐 그림은 아니라고, 자기가 그릴 수 있는 그림은 그게 전부가 아니라고, 악몽에서 벗어나면 정말 그림다운 그림을 그릴 수 있을 것이라고.

그러나 악몽을 꾸지 않게 된 그녀는 어쩐 일인지 더이상 그림을 그릴 수가 없게 되었습니다. 아닙니다. 그건 정확한 표현이 아닙니다. 그녀의 소원대로 그녀는 악몽이 아닌 다른 것들을 그릴 수 있게 되었습니다만 아무도 달라진 그녀의 그림에 관심을 보이지 않았습니다. 너무 평범하다고, 조금도 특별하지 않다고!

그런 이유로 그녀는 너무도 빨리 사람들로부터 잊혀지기 시작했습니다. 악몽에서 벗어난 대가치고는 지나치게 혹독했지요.

마침내 상황은 최악에 이르러 그녀는 나를 고용한 대가조차 지불하지 못할 지경이 되었습니다. 그리고…… 나는 해고당했습니다. 보수 따위는 필요 없으니 당신의 머리맡을 지키게 해달라고 그녀에게 사정했습니다만 가차없이 잘라버리더군요.

"당신 마음은 잘 알겠어요. 하지만 어쩔 수 없어요. 악몽을 꾸어서라도…… 나는…… 그림을 그려야 하거든요. 나는 중독됐어요."

그녀의 마지막 말이었습니다.

그녀는 중독되었다고 했습니다. 물론 그림에 중독되었다는 뜻이었을 테지요. 그런데 이상하게도 나는 그녀가 악몽에 중독되었다고 말했다는 착각이 드는 거였습니다.

그녀에게 그림이란 악몽을 불러들이기 위한 알리바이가 아니었을까요? 악몽의 습격을 받았던 게 아니라, 도리어 그녀가 악몽을 현실로 끌고 나왔던 건 아닐까요? 악몽은 그저 꿈속에서만, 현실 바깥에서만, 그런 식으로만…… 존재하고 싶어했는데 말입니다.

그녀와의 인연은 그걸로 끝이었습니다. 어느 날 그녀는 눈 녹듯이 사라져버렸으니까요. 나는 별로 놀라지 않았습니다. 그녀가 사라지리란 건 충분히 예상할 수 있는 일이었으니까요. 단지, 이거 하나는 궁금하더군요.

그녀는 꿈속으로 사라졌을까, 현실 속으로 사라졌을까?

당신은 어느 쪽이라고 생각하나요?

그런 궁금증말고도 그녀가 내게 남긴 것은 하나가 더 있습니다. 그녀와 알고 지내는 동안 나는 이놈의 현실을 의심하게 되었던 것입니다.

이놈의 현실이 정말 현실이라는 증거가 세상 어디에 있나요? 우리

가 현실이라고 믿고 있는 이것이 그녀가 밤마다 꾸는 악몽의 한 장면
이 아니라는 증거는 또 어디에 있나요?

그녀는 사라졌습니다. 자신의 꿈속에서 만났던 나는 그대로 꿈속
에 남겨둔 채, 그녀 혼자만 꿈에서 깨어버렸는지도 모르지요. 그녀
는…… 그렇게 사라졌습니다.

잠든 그녀의 머리맡을 지키며 나는 내가 깨어 있다는 사실에 대해
안도하곤 했었는데…… 지금 생각해보니 정작 악몽을 꾸고 있었던
사람은 그녀가 아니라 나였던 것 같습니다. 그래요, 어쩌면 이제부턴
내가 중독될 차례인지도 모르겠군요.

당신.

온더록스 잔을 한번 들여다보십시오, 지금 당장.

거기에 뭐가 들어 있나요? 발렌타인 17년산? 얼음? 물? 혹은, 텅
빔? 글쎄 뭘까요, 거기에 들어 있는 게.

판단이 쉽지 않다면 한 잔쯤 더 시켜서 천천히 음미하며 생각해보
시지요. 어차피 당신이 가진 건 시간뿐이잖아요.

그리고 내가 이 꿈에서 깨어나지 않는 이상, 당신은 안전합니다.

동봉한 돈은 당신을 고용한 한 달치 대가입니다. 그녀는 하룻밤에
팔만원씩을 내게 지불했었지요. 그 정도면 아마 관광호텔 하루 숙박
비 정도가 아닐까 싶군요. 하루에 팔만원씩, 한 달치를 당신에게 선
불로 드립니다. 그녀에게 받았던 만큼밖에 못 드려서 조금 죄송하군
요. 하지만 당신의 실적이 나아지면 꼭 그만한 대가를 지불하겠습니
다. 약속합니다.

당신은 어쩌면 나란 존재를 믿지 못할지도 모릅니다. 그러나 나와
그녀의 존재를 확인하는 일은 너무도 쉽습니다. 삼 년 전, 팝 가수 내

한공연 마지막 날 있었던 사건. 거기에 연루된 보디가드. 쌈지 프로젝트의 지원을 받다가 최근에 사라진 그녀. 내가 당신에게 지불한 수표의 번호. 나는 이미 많은 정보를 당신에게 드렸으니까요.

아, 수표를 발행한 은행이 이곳 저곳인 점은 양해 바랍니다. 난 이 동네의 여러 은행과 모두 거래하고 있지요. 공평하게 이용하려고 애쓰고 있답니다.

당신도 느꼈는지 모르겠지만, 이 동네, 참 재미있는 곳입니다. 방배경찰서, 관악등기소, 사당역…… 뭐 그런 것들이 사거리의 한쪽씩을 차지하고 있지요. 남현동, 방배동, 사당동, 동작구, 서초구, 관악구가 한데 섞여 있거든요. 이 동네에도 패밀리 레스토랑인 TGI 프라이데이즈가 있는데요, 거기서 약속을 정하는 사람마다 다 말이 다르다는 거 아닙니까. 누구는 방배동 프라이데이즈라 하고 누구는 사당동 프라이데이즈라 하고…… 내가 알기로 그곳 주소는 남현동이었던 것 같은데 말입니다. 참 재미있는 일이에요. 안 그래요?

이 동네가 주는 재미를 만끽할 겸, 내가 준 수표가 진짜인지 확인도 할 겸, 한번 나가보지 않으시렵니까? 보디가드까지 둔 사람이 설마, 초행길이라고 걱정하는 건 아니시겠죠? 걱정하지 마십시오. 당신은 이미 나를 알고 있습니다.

나는, 지금, 당신의, 보디가드입니다.

편지가 끝났다.
나는 그가 준 수표를 확인하기 위해 카페를 나섰다.

안달루시아의 올리브

그녀의 그녀는 그때도 이런 말을 했었다.

한 나무에서 수확한 올리브 열매가 같은 기름병에

들어갈 확률이 얼마나 되는지 아느냐고.

그녀는 대답했었다.

모르겠다고.

어쩌면 제로일지도 모르겠다고.

그녀의 그녀는,

세상의 모든 비밀을 간직한 듯한 표정으로

조그맣게 웃기만 했다.

그 미소 위로 또르르 굴러내리던 땀방울을,

그녀는 떠올렸다.

9월17일 AM 11:40, S시 고속버스 터미널 대합실

여자가 먼저 도착했다.

고속버스 터미널 대합실에 들어서자마자 여자는 곧바로 '가남휴게실'을 찾아 걸음을 옮겼다. 강속으로 던져진 야구공처럼, 여자는 걸었다. 날아갔다. 그 바람에 여자가 가는 길에 도열해 있던 롯데리아, 고려당, 7번 승강장, 신양식당, 백제약국이 한데 섞여 뭉개지기 시작했다.

상점들의 형체를 지워가며 날아온 여자는, 그러나 용케, 가남 휴게실 앞에서 멈추어 섰다.

여자가 그곳에 온 것은 처음이었다.

여자는 의식하지 못했지만 그녀의 몸은 상기도 기억하고 있는 듯했다. 여자의 집에서부터 가남휴게실에 이르기까지 소요된 오십여

분의 시간. 그 사이에 놓인 숱한 지형지물들, 사람들, 소리, 냄새, 공기, 그리고 기억들. 그 모든 것을. 그것은 여자의 몸 속에 각인된, 또하나의 유전자였다.

가남휴게실은 간이식당 겸 매점이었다. 떠나려는 사람과 보내려는 사람이 함께 순두부찌개를 먹고 있었다. 뚝배기는, 하나였다. 그들은 어느 한쪽이 먼저 뚝배기에 숟가락을 넣으면 다른 한쪽은 잠시 기다렸다가 찌개를 떠먹곤 했다. 양심적인 게이머들처럼. 그러다 어느 순간, 그들의 숟가락이 동시에 뚝배기 속으로 들어갔다. 서로 상대방을 배려한다고 기다리다가 생긴 충돌이었다. 챙, 숟가락 부딪치는 소리, 는 들리지 않았지만 여자는 분명하고도 생생하게 그 소리를 들은 것만 같았다. 갑자기 목이 메는 기분이었다. 여자는 짐짓 아이스크림 냉동고 쪽으로 얼굴을 돌렸다.

가남휴게실의 아이스크림 냉동고가 정면으로 바라다보이는 장소. 그곳에 놓여 있는 파란색 간이의자들. 그중에 두 개.

남자와 만나기로 한 장소는 바로 거기였다.

여자는 양쪽 어깨에 걸려 있던 배낭을 벗어서 파란색 의자 위에 올려놓았다. 그러자 비로소, 정말로 여행을 떠나는 기분이 들었다. 사실 여자는 여행을 떠나려고 터미널에 나온 게 아니었다. 하지만 여행을 떠나는 기분, 여자에게는 그것이 필요했다. 돌아오지 못할 여행을 떠나는. 자가용 승용차가 아니면 움직이지 않았던 여자가 고속버스를 타려는 것도 다 그런 이유에서였다. 여자의 그런 마음을, 남자는 알았던 것일까. 파란색 간이의자 위에 놓인, 여자의 배낭. 겨자색 이스트팩 배낭. 그것을 골라준 사람은, 남자였다.

돈 벌거든요, 그때는 진짜로 사드릴게요, 선생님.

배낭을 건네며 남자는 그렇게 말했었다. 스무 살 무렵의 젊은 아이들이 안개처럼 떼지어 떠다니던, 황홀하고도 무력한 거리에서였다. 천박하고도 애틋한 거리에서였다. 남자가 사준 이스트팩 배낭은 오리지널이 아니었다. 그것은 그 거리의 노점을 뒤덮고 있던 숱한 모조품 중의 하나였다.

나한텐 어울리지 않아…… 여자는 짐짓 말끝을 흐렸다.

저도 알아요. 진짜도 아니고, 진짜라고 해도 이건 너무 후진걸요. 하지만 무슨 상관이에요. 매일매일 똑같을 필요가, 매일매일 진짜일 필요가 어디 있어요? 선생님이 그거 안 메고 다녀도 괜찮아요. 안 삐진다구요. 옷장에 처박아뒀다가 가끔 보고 크큭큭, 웃을 수 있으면 그만이에요. 제가 애용하는 '짝퉁'을 선생님도 한 개쯤 갖고 있다고 생각하면…… 난 너무 재밌는걸요. 꼭 무슨 증표 같아서요.

남자는 떠맡기다시피 여자에게 배낭을 안겨주었다. 여자는 더이상 거부하지 못했다. 그런 종류의 실랑이는 진짜 연인 사이에서나 하는 일이었기 때문에.

피식피식, 주파수를 못 맞춘 라디오처럼 웃고 있는 노점상인만 아니었더라도 여자는 충분히 그 배낭을 갖지 않을 수 있었을 것이다. 노점상인은 남자가 건네는 만원짜리 지폐 한 장이 춘화라도 되는 양 황급히 전대에 쑤셔넣었다. 여자는 자기가 춘화 속의 요부가 된 듯한 기분이었다.

그날따라 태양은 오래도록 그 거리의 하늘 위에 떠 있었다. 태양을 피해 여자는 어디든 들어가서 숨고 싶었다. 그뿐이었다. 춘화 속의 여자가 되고 싶었던 것은 결코 아니었다.

배낭을 부려놓은 후에 여자는 그 옆자리에 앉았다. 그리고, 배낭의 보조 주머니에서 손수건을 꺼냈다. 그것을 어깨에 메던 순간부터 여자는 계속해서 땀을 흘리고 있었다. 무거워서가 아니었다. 여자는 그동안 자신이 옷장에 처박아두었던, 또하나의 여자를, 코트처럼 껴입은 것 같았다. 한번 입으면 영원히 벗을 수 없는 코트. 그대로 피부가되고 모세혈관이 되고 호흡이 되어버리는 코트. 두려운, 너무도 두려운 코트.

여자는 이마에 맺힌 땀방울을 손수건으로 찍어냈다. 손수건에서는 언제나처럼 재스민 향기가 풍겼다. 손수건에 향수를 뿌린 후에 다림질을 하던, 여자의 오래된 습관. 아니, 바로 오늘 아침까지의 습관. 저절로 진저리가 쳐졌다. 여자는 향수가 뿌려진 손수건을 미련 없이 쓰레기통에 던져버렸다.

저만치 남자가 오는 게 보였다. 여자는 자기도 모르게 손을 흔들었다. 처음이었지만, 조금도 어색하지가 않았다. 어쩌면 남자가 사준 배낭 때문인지도 몰랐다. 여자는 진작에, 이미 전생에, 남자를 향해 손을 흔들고 있었던 것만 같았다.

남자가 여자의 배낭을 들어내고 그 자리에 앉은 시각은, 열한시 오십이분이었다. 남자는 십이 분을 늦게 왔다.

"넥타이를 예쁘게 맬 줄 몰라서요."

남자가 말했다. 뜻밖에도 남자는 정장 차림이었다. 평소의 캐주얼한 옷차림이 아니었다.

"근데, 선생님. 세미나 가는 거 아니었어요?"

남자는 영문을 알 수 없다는 투였다. 여자는 약간 탈색된 듯한 오렌지색 면 티셔츠에 블루진 차림이었다. 거의 폭력적으로 느껴질 정도로 딱 떨어진 정장 차림을 고수하던, 평소의 여자가 아니었던 것이다.

"선생님하고 어울리게 입는다고 전 일부러 이렇게 입었는데요."

남자는 난처한 기색이었다. 그건 여자도 마찬가지였다.

옷차림 때문에 조금쯤 나이가 들어 보이는 남자. 그리고, 조금쯤 어려 보이는 여자. 생의 속도는 언제나 조금 빠르거나 조금 늦었다. 상대방을 향한 깊은 배려는 때때로 뚝배기 속에 들어간 숟가락처럼 충돌하기도 하고 이렇게 엇박자로 나가버리기도 하는 것이다.

생의 엇갈림 속에서, 그들은, 서성댄다.

가남휴게소 주인이 아이스크림 냉동고에 서린 서리를 닦다 말고 홀린 듯 남자와 여자를 바라보았다. 그들을 보고는 있지만, 그들을 통과해서, 무언가 다른 것을 보고 있는 듯한 눈빛이었다.

남자와 여자는 겨우 자리에서 일어났다. 열한시 오십칠분, 서둘러야 했다. 그들이 타야 할 고속버스는 열두시 정각에 있었다.

오늘도 그녀는 일찌감치 고속버스 터미널에 도착했다. 그녀가 타야 할 버스는 열두시 정각에 있었다. 이십 분이나 일찍 온 것이다. 승차표도 일 주일 전에 예매해둔 터라 터미널에서 딱히 볼일이 있는 것도 아니었다. 그런데도 그녀는 아침에 눈을 뜨자마자 서둘러댔다.

이상한, 갈급증.

일 주일에 한 번, 남편을 만나러 K시로 내려가는 날마다 그녀는 항상 그렇게 서두르곤 했다. 서두르지 않으면 깜빡 중심을 잃고서 허공을 떠다니게 될 것만 같았다.

남편은, 그녀에게만 작용하는 중력이었다. 남편을 처음 만났을 때 그녀가 느낀 감정도 그런 것이었다.

아, 이 사람. 내가 오래 전에 살았던, 바로 그 별이구나.

그녀는 의식하지 못했지만 그녀의 몸은 기억해냈다. 그녀의 몸 속에 저장되어 있던, 과거의 중력을. 그리고 그 별에서, 그녀는 비로소 똑바로 서 있을 수가 있었다.

그녀는 가남휴게소의 아이스크림 냉동고가 바라다보이는 파란색 간이의자에 가서 앉았다. 그곳은 그녀가 애용하는 자리였다. K시행 고속버스 승강장에서 가장 가까울뿐더러 무료할 때면 텔레비전을 볼 수도 있었기 때문이다. 언제나 서둘러 터미널에 도착했기 때문에 그녀에게는 항상 시간이 남았던 것이다.

텔레비전 근처는 늘 사람들로 붐벼댔다. 스포츠 중계방송이라도 하는 날이면 특히 더 그랬다. 대합실인지 경기장 관중석인지 분간할 수 없을 정도로. 그때마다 그녀는 생각하곤 했다. 어쩌면, 이곳에 대합실이 만들어지지 않았다면, 어쩌면 이곳은 축구장이나 야구장이 되었을지도 모른다고. 그녀의 상상을 부추긴 것은 대합실에 놓인 의자들이었다. 그것들의 모양이며 재질이 경기장의 관람용 의자와 똑같았던 것이다.

열광하는 관중들의 체온을 기억하는 의자. 경기장 창공에 포물선을 그리며 날아가던 공의 행방을 기억하는 의자. 그리고 지금은 대합실에 갇혀 있는, 그때 그 의자. 그리고, 의자의 기억에 이끌려서 때때로 대합실을 경기장으로 여기는 사람들.

그런 상상이, 그녀는 즐거웠다. 눈에 보이지는 않지만 명백히 존재하는 다른 삶을 상상하는 것. 남편을 만나고 나서 생긴 버릇이었다. 만약 현생에서 남편을 만나지 못했다면 다른 별에서라도 그와 함께 살고 있을 것이다…… 그녀는 믿었다. 마르지 않는 우물과도 같은, 믿음이었다.

언제나처럼 그녀는 무심하게 텔레비전 쪽으로 고개를 돌렸다. K시에 있는 남편을 향해 광속으로 달려가는 마음을 붙들어두려면, 남편이 없는 공간에서 작용하고 있는 낯선 중력에 적응하려면, 그래야만 했다.

텔레비전에서는 토크쇼가 진행중이었다. 오전 프로그램의 대부분을 차지하고 있는 그만그만한 토크쇼 중의 하나였다.

오늘의 초대 손님은 최근에 결혼을 발표한 탤런트 J와 그녀의 신랑감이었다.

삼십대 중반인 J는 그녀와 동갑이었다. 결혼이 늦은 셈이다. 제대로 된 인연을 만나느라 그런 모양이라며 J는 너스레를 떨었다. 텔레비전 연속극에서도 J는 주로 수다스럽고 오지랖 넓은 아줌마 역할을 맡곤 했다. 토크쇼에 출연해서도 J는 별반 다르지 않았다. 원래 성격이 그런 것인지 탤런트로서 일관된 이미지를 보여주려고 그런 것인지는 알 수 없었다. 하지만 그런 J에 비해서 신랑감은 퍽 과묵한 인상이었다. J의 남편이 될 남자는 전투기 조종사였다.

이 년 전 그때, 하마터면, J를 못 만났을지도 몰라요.

과묵해 보이기만 하던 J의 남자가 문득, 입을 열었다. 건성으로 텔레비전 화면을 보고 있던 그녀는 그 대목에서 자기도 모르게 잔뜩 긴장하기 시작했다. J의 남자처럼, 그녀의 이마에서도 송골송골 땀방울이 배어나왔다.

비행중에 제가 심각한 착시상태에 빠졌던 겁니다. 여러 차례 공중제비를 한 뒤끝이라 그런지 갑자기 어디가 하늘이고 어디가 바다인지 구분할 수가 없더라구요. 겨우 정신을 차리고 하늘을 향해 고도를 높였는데…… 하늘 끝에서 갑자기 거꾸로 매달린 여객선에 거꾸로

서 있는 여자가 나타났어요. 깜짝 놀라서 몇 번인가 눈을 깜빡거리고 나니까 그땐 또 아무것도 안 보이더군요. 헛것을 본 것이죠. 하지만 덕분에 저는 퍼뜩 깨달았습니다. 제가 하늘이 아니라 바다를 향해서 고도를 높이고 있었다는 사실을 말입니다. 정말 큰일날 뻔했지요. 그런데 참 이상한 일도 다 있지요. 이상하게도 그때 환상으로 보았던 여객선의 이름이 자꾸 떠오르더라구요. '파랑호'였어요, 그 여객선 이름이. 제 머릿속에다 누군가가 '파랑호'라고 선명하게 새겨둔 것 같더라니까요. 더 이상한 일은 이 사람을 만나고 나서였습니다. 많이 가까워진 연후에 그때 그 얘기를 이 사람한테 들려줬거든요. 그런데 이 사람 말이 자기가 딱 그 무렵에 파랑호라는 여객선을 타고 그 바다 위를 지나갔다는 겁니다. 환상이 아니라는 거예요. 지금도 잘 모르겠습니다. 워낙에 불가사의한 일이라서. 암튼, J와 저는 그날을 우리가 처음 만난 날로 하기로 결정했습니다. 일 년 전에 J를 저한테 소개해준 친구놈한테는 미안한 일이지만요. 할 수 없죠. 우리가 그 전에 먼저 만났다는데……

과묵해 보이던 남자는, 그러나 단숨에 이야기를 쏟아냈다. 마치 그 얘기를 하기 위해서 생을 유지하고 있었던 사람처럼.

진짜 인연이네, 저게 가당키나 해? J가 한번 떠보려고 신랑감하고 입을 맞췄나봐, '쎙쑈' 하고 있네, 방송이 다 그렇지 뭐, 남자를 어디서 고용한 거 아냐? 저 둘이 어디 어울리는 구석이 있냐고…… 남자의 말이 끝나자 토크쇼를 시청하던 사람들이 술렁대기 시작했다. 부정적인 반응을 보이는 사람들이 대다수였다. 남자의 얘기는, 대본에 없었던, 돌발적인 게 분명했다. 토크쇼를 진행하던 아나운서조차도 당황하고 있었던 것이다.

그런 놀라운 이야기를 왜 이제야 하십니까? 지금까지 가만히 계시더니. 어쩌죠? 흥미진진한 얘기가 더 있을 것 같은데, 마침 시간이 다되었네요. 꼭 한 번 다시 저희 스튜디오로 모시고 싶은데 그때 시간 내주세요. 두 분, 감사하고요, 행복하세요.

아나운서는 서둘러서 상황을 마무리했다. J와 남자는, 스튜디오를 떠났다. 그녀도, 파란색 간이의자에서 일어났다. 그녀는, 비틀거렸다. 익숙하고도 낯선 어떤 별과 정면으로 충돌한 기분이었다. 산산이 부서진 그녀의 육체가 대합실 허공에서, 부유했다.

가남휴게소 주인이 아이스크림 냉동고에 서린 서리를 닦다 말고 홀린 듯 그녀를 바라보았다. 그녀를 보고는 있지만, 그녀를 통과해서, 무언가 다른 것을 보고 있는 듯한 눈빛이었다.

파란색 간이의자에서 그녀가 일어난 시각은, 열한시 오십칠분이었다.

9월 17일 정오, K시행 고속버스

여자와 남자의 좌석번호는 33, 34번이었다. 여느 연인들처럼, 남자는 창가 쪽 좌석에 여자를 앉혔다. 그리고 여자의 배낭을 짐칸에 올려놓는 것도 잊지 않았다. 여자의 겨자색 이스트팩 배낭. 잔인하게 느껴질 정도로 밝고 화사한 태양이 떠 있던 그날의 거리가 저절로 떠올랐다.

그날의 거리는, 폭력으로 가득 찬 혹성, 이었다.

남자가 그 거리로 나가자고 했을 때 여자는 겁을 먹었다. 우린 떳떳

해요. 납치라도 하는 양 여자의 손목을 있는 힘껏 움켜잡고서 남자는 그렇게 말했다. 남자는, 자신 있었다. 없었다. 외계의 생물체를 향한 무차별 폭격처럼 내리꽂히던, 잔인한 시선들. 남자는 느끼고 있었다. 겁이 났다. 무시했다.

신체의 곡선이 노골적으로 드러나는 옷을 입고 있는 여자들, 페니스를 과시라도 하듯 둔각으로 다리를 벌리고 앉은 남자들, 쉰내 나는 훈계를 늘어놓는 꼰대들, 그 무엇에 대해서도 반항하지 않으면서 힙합바지를 입고 활보하는 아이들…… 그러나, 그래서, 떳떳한 그들. 그들은 진짜였다. 진짜 여자, 진짜 남자, 진짜 어른, 진짜 아이였다.

짝퉁을 팔고는 있지만 그래도 아저씨는 진짜다 그거죠?

주파수를 못 맞춘 라디오처럼 웃고 있던 노점상인. 남자는 만면에 미소를 가득 띤 채 그를 향해 그렇게 말했다. 노점상인은, 진짜였다. 그러니까 무시해야 했다.

하지만 아무리 무시를 해도 그들은 갈 곳이, 없었다.

태양은 밝고 따뜻했지만 그것은 진짜 지구인만을 위한 빛이었다. 그들에게는 방사능과 다를 바 없었다.

그래서였다, 언제나. 남자와 여자는 춘화 속의 주인공이 되고 싶던 게 아니었다.

"차를 두고 오길 잘 했어. 고속버스라…… 정말로 여행 가는 기분이야."

모처럼 의자 깊숙이 몸을 묻고서 여자가 말했다.

남자를 만날 때마다, 그곳이 카페건 극장이건 연구실이건, 여자는 언제나 의자 끝에 위태롭게 엉덩이를 걸치고 앉았다. 남자가 지적을 하면 고쳐앉기도 했지만 어디까지나 잠시였다. 머물러 있어야 할 곳에서조차 여자는 늘 떠날 자세를 하고 있었지만 이제는 아니었다. K시로 떠나는 버스 안에서, 여자는 비로소, 머물렀다.

남자는 여자의 허리에 안전벨트를 채워주었다. 그리고 여자의 손을 꼬옥, 잡았다. 가랑잎처럼 메마른 손이라 금방이라도 부서질 것만 같았다. 남자는 가슴께에 통증을 느꼈다.

"정말, 떠나는 거예요."

남자가 말했다.

고속버스는 정확히 정오에 출발했다. 오전도 오후도 아닌, 그냥, 정오였다.

언제나 그랬듯이 그녀의 좌석번호는 33번이었다. 그리고 또, 34번이었다. 혼자서 고속버스를 탈 때에도 그녀는 늘 두 개의 좌석을 예매했다. 다른 한 개의 좌석은 물론 그녀의 남편 것이었다.

그녀는 창가 쪽으로 앉았다. K시에 있는 남편이 그녀의 옆자리, 통로 쪽 좌석에 앉았다.

벨트를 매야지.

남편이 다정한 어조로 말하는 것을, 그녀는 들었다. 그리고 자신의 무릎 위에 놓여 있는 남편의 손을, 느꼈다. 그 손을 잡기라도 하듯 그녀는 두 손으로 핸드백을 꼬옥 움켜쥐었다. 남편의 손금이 훤히 떠올랐다. 남편에게는 운명선이 없었다.

운명이 내 손안에 있었다면, 사는 게 지금보다는 훨씬 간단했겠지. 하지만 운명선이 있든 없든 자기 운명을 손에 쥐고 휘두를 수 있는 사람은, 없어.

남편은 말하곤 했다.

당신 말이 맞아. 지도가 먼저 있고 그 다음에 국토가 생긴 게 아니듯이 당신이 살아가는 모양대로 당신 손에 지도가 그려지는 거야. 그건 나도 마찬가지야.

그녀는, 대답하곤 했다. 손금에 따르면 그녀에게는 결혼 운이 없었다. 손금대로 살았다면, 자신의 운명을 손안에 쥐고 있었다면, 그녀는 지금의 남편과 함께 살 수 없었을 것이다. 잘못된 지도를 보고 생을 오독한 나머지, 전혀 낯선 사람이 되어 낯선 땅에서 살았을 것이다. 운명이란, 단순한 선 몇 개로 그렇게 쉽게 구획정리할 수 있는 게 아니었다.

그녀는 K시에 있는, 그리고 지금 자신의 옆에 있는, 남편의 어깨에 머리를 기댔다. 초가을 햇빛이 남편의 어깨를 적시고 있었다. 아랫목처럼 따뜻한 어깨였다. 비로소 조바심이 가시는 것 같았다.

고속버스는 정확히 정오에 출발했다. 오전도 오후도 아닌, 그냥, 정오였다.

9월 17일 PM 4:00~9:00, K시

남자는 고속버스터미널에서 기차역으로 이어지는 K시의 모든 길을, 동맥과 정맥 그리고 모세혈관까지, 고고샅샅 헤매고 다녔다. 여자는 K시의 한 대학교에서 열리고 있는 세미나에 참석중이었다. 아무리 빨라도 아홉시는 되어야 다시 만날 수 있을 터였다.

남자는 걷고 또 걸었다. 그들은 같은 도시에 있었지만 그렇게 걷고 걸어야만 다시 만날 수 있는, 이상한 연인이었다.

이상한 걸로 치자면 K시도 만만치 않았다.

재래시장 골목을 빠져나오면 갑자기 거대한 봉분들이 눈앞에 펼쳐졌다. 극장과 카페, 옷가게가 늘어선 번화가의 끝에도, 무덤이 있었다. 자동차들은 거대한 무덤을 끼고 질주했다. 사람들은 무덤 사이사이에서 산책하고, 밥을 먹고, 쇼핑을 했다. 시청 맞은편에도, 호텔 앞에도, 주유소 뒤에도, 있었다. 그것은 어디에나 있었다.

K시가 천몇백 년 전의 유적과 유물로 가득 찬 도시라는 사실을 남자가 모르는 것은 아니었다. 십여 년 전, 중학생 시절에 수학여행을 온 적도 있는 곳이었다. 그 당시 남자는 숱한 유적과 유물을, 이미 보았다. 밀린 방학숙제를 하듯이 급하고도 지겹게. 그때 남자가 본 것은 무기수처럼 울타리 안에 갇혀 있던 유적들이었다. 생활의 한가운데서 범상하게 마주칠 수 있는, 이런 모습이, 아니었다. 더더구나 그것이 오래된, 무덤들이라니!

K시의 한복판은 생경하고도 낯익은 모습이었다.

파파이스, 엘지전자, 올리브, 대왕극장, 바람난 고양이, 명동 손국수, 니꼴, 키노, 런던호프…… 번화가의 상점들이 남자의 양옆에서 하나의 추상화가 되어, 무력하게, 뭉개졌다. 남자는 대왕극장에서 영화를 보고, 파파이스에서 햄버거를 먹고, 올리브에서 차를 마셨다. 시간이 흘렀다. 흐르지 않았다.

이제 더이상 할 일이 없어진 남자는 천천히, 고분 주변을 산책하기 시작했다. 직경이 약 팔십 미터, 높이는 약 이십 미터에 이르는 대형 고분들과 불과 수미터밖에 되지 않는 작은 무덤들이 군락을 이루고 있는 곳이었다.

무덤을 덮고 있는 잔디들은 초가을 햇볕을 받아 잘 말라 있었다. 막

탈색이 시작된 잔디의 노란빛이 남자의 눈 속을 가득 채웠다. 순하고 부드러운, 빛이었다. 이제 가을이 좀더 깊어지면 잔디의 색깔은 점점 더 황금빛에 가까워질 것이었다.

남자는 초식동물의 등허리 같은 봉분에 머리를 기대어보았다. 남자의 머리칼이, 눈동자가, 목울대가, 그리고 심장과 핏줄과 뼈가, 황금빛으로 젖기 시작했다. 죽음이란 그렇게 순정한 황금이 되어 거기 묻히는 것인지도 모른다고, 남자는 생각했다. 남자는 오른쪽 팔로 팔베개를 만들었다. 세미나에 참가하고 있을 여자가, 아니 어쩌면 지금쯤은 세미나가 끝나고 일행들과 간단하게 저녁식사를 하고 있을지도 모를 여자가, 살며시 그의 팔에 머리를 대고 누웠다. 그들의 모습은 어느 왕의 무덤에 껴묻거리로 매장되었던 한 쌍의 금귀고리처럼 보였다.

그들은 이제 막, 발굴되는, 중이었다.

들리니?

팔베개에 누워 있던 여자가 남자의 귀에다 대고 속삭였다. 여자의 입김 때문에 남자는 귀가 간지러웠다.

"하하하, 들려요, 들려. 간지러워요. 그만 해요."

남자는 자지러질 듯이 웃으며 몸을 일으켰다. 손으로 귀를 만지작거리며 남자는 자신의 옆자리를 내려다보았다. 그러나 조금 전까지만 해도 함께 누워 있던 여자는, 보이지 않았다. 주위를 둘러보았지만 어디에도 여자는 없었다. 남자와 등지고 선 자리에 새카맣게 늙은, 노인이 앉아 있는 게 보일 뿐이었다. 지역 특산물인, 단팥을 잔뜩 넣은 동그란 빵 몇 개와 소주병이 노인 주위에 널려 있었다. 노인이 언제부터 거기에 있었는지 남자는 알 수 없었다.

술에 취한 목소리로 노인은 노래를 부르고 있었다.

"낭창낭창 비리 끝에 무정하다 울 오라바 난도 죽어 후세상에 가정부터 싱길라네, 초롱아초롱아 영사초롱 니모진 방에 불 밝히라 넌도 눕고 나도 눕고 초롱불을 누가 끄꼬, 머리 좋고 키 큰 처자 울뽕남구에 걸앉었네 울뽕줄뽕 내 따주마 백년해로 내캉 하세……"

모래처럼 서걱서걱한 노인의 노랫소리가 남자의 귓속으로 흘러들어왔다. "들리니?"라고 묻던 여자의 목소리도 이명처럼 귓가에서 쟁쟁거렸다. 남자는 공연히 콧잔등이 시큰해지는 걸 느꼈다.

"이보게, 내 술 한잔 받지."

어느새 남자의 곁으로 다가온 노인이 말했다.

"어이, 그 옆에 앉아 있는 처자도 한잔 하시게."

남자에게 건넬 술을 따르고 나서 노인은 또 그렇게 말했다. 남자는 화들짝 놀라 제 옆자리를 더듬었다. 그러나 그곳에는 아무도 없었다.

"누가 있다고 그러세요?"

남자가 말했다.

무엇인가에 홀린 듯 노인은 말없이 남자를 바라보았다. 남자를 보고는 있지만, 그를 통과해서, 무언가 다른 것을 보고 있는 듯한 눈빛이었다.

남자는 자신을 둘러싸고 있는, 치명적으로 얇고 투명한 막을, 본 것만 같았다.

오늘 그녀는 K시에 있는 남편의 자취방에 가지 못했다. 방바닥에 묻혀 있던 온수 파이프가 터지는 바람에 방바닥을 완전히 헤집어놓았다는 것이었다.

지금 공사중인데 여섯시쯤엔 끝날 거야. 그때까지 우리, 밖에서 데이트하자.

K시 고속버스 터미널로 마중을 나온 남편은 그녀를 보자마자 그렇게 말했다. 연애 시절과 다를 바 없는 다감한 목소리였다. 주말부부이기 때문에 아직까지도 금실지락하는 모양이라고 사람들은 말하곤 했다. 맞는 말인지도 모른다. 하지만 그게 전부는 아니었다. 그녀와 남편이 함께 봉인한 저 안쪽의 시간을, 사람들은 모르고 있었다. 다행이었다. 불행이었다.

그녀는 남편의 팔짱을 끼고 K시 시내를 활보했다. 그들은 대왕극장에서 영화를 보았고 파파이스에서 햄버거를 사먹었다.

파파이스에는 어린이들과 청소년들이 온통 자리를 차지하고 있었다. 왠지 모르게 그들은 남편과 아내로 함께 있는 것이 어색하게 느껴지기 시작했다. 그들 사이에는 아이가 없었다. 없을 것이었다. 그녀는 종이컵에 꽂힌 빨대만 애꿎게 씹어댔다.

남편이 먼저 입을 열었다.

"학교 일은…… 어때?"

"요즘 애들이 그렇지 뭐."

"……"

"……"

"우리, 나갈까?"

그녀의 종이컵이 바닥을 드러냈을 때, 남편이 또 말했다. 빨대를 통해서는 더이상 음료수가 올라오지 않고 있었다. 음료수 대신 빈 빨대 속을 채운 공기가 빽빽 소리를 내고 있는데도 그녀는 모르고 있었다. 이제라도 봉인된 저 안쪽의 시간을 열고 다시 남편을 자유롭게 해주고 싶었다. 자연스럽게 해주고 싶었다.

"나가자. 너랑 같이 가려고 분위기 좋은 카페를 봐두었어."

남편이 재차 말했다. 그녀는 그제야 자리에서 일어났다.

그들은 카페 올리브에서 함께 차를 마셨다. 카페는 그들처럼, 조용했다. 시간이 흘렀다. 흐르지 않았다. 그들이 카페를 나섰을 때, 남편의 핸드폰이 울렸다. 파이프 수리공이었다. 공사는 끝나지 않았다. 내일 하루를 더 잡아야 할 것 같다고, 수리공은 말했다.

갑자기 갈 곳이 없어진 그들은 고분 주변을 산책하기 시작했다. 직경이 약 팔십 미터, 높이는 약 이십 미터에 이르는 대형 고분들과, 불과 수미터밖에 되지 않는 작은 무덤들이 군락을 이루고 있는 곳이었다.

남편은, 어떤 무덤은 그냥 지나쳤다. 그리고 어떤 무덤에 대해선 누구의 무덤인지, 껴묻거리로는 어떤 것들이 출토되었는지를 일일이 설명해주었다. 그녀는 공연히 가슴이 두근거렸다. 그런 것들을 알고 있어야 할 사람은, 남편이, 아니었다.

"참 이상해, 천몇백 년 전부터 이 무덤들이 줄곧 이곳에 있었다는 게. 임란 때도, 식민지 치하에서도, 그리고 6·25 때에도 이것들은 다 이곳에 이대로 있었겠지?"

그녀는 새삼스럽게도, 당연한 그 사실이 이상하게 느껴졌다.

"그래. 그때도 우리는 이 무덤들을 곁에 끼고서 밥을 먹고 흥정을 하고 사랑을 하고 싸움을 했어. 이 무덤들이 있기 전부터 그래왔고 이 무덤들이 다 사라진 뒤에도 우리는 그렇게 살 거야."

"아니야. 이 무덤들은 영원히 사라지지 않을 거야. 사라지지 않았으면 좋겠어. 이것들이 줄곧 내 곁에 함께 있었다고 생각하면 마음이 편해. 우리도 죽어서야 비로소 이 무덤들처럼 세상에 속하게 될 테니까. 지금 이렇게 살아가는 건…… 어쩌면 가짜인지도 몰라."

그들은 천몇백 년 동안 그들의 곁에 있었던 봉분에 머리를 기대고 누웠다.

낭창낭창 비리 끝에 무정하다 울 오라바…… 어디선가, 아주 가까운 곳에서, 노랫소리가 들려왔다.

"저 소리, 들려?"

남편의 귀에다 대고 그녀가 말했다.

"아주 잘 들려. 이 지역 민요야. 시누이랑 올케가 같이 물에 빠졌는데 오빠가 올케만 건져주었대. 그래서 시누이가 슬픔에 젖어 부른 노래라지, 아마."

"그렇구나. 여기 머무르면서 당신, 정말 공부 많이 했네."

아무렇지도 않은 척 대꾸를 하기는 했지만 그녀는 콧잔등이 시큰해지는 걸 느꼈다.

"아직 멀었어. 진짜로 우리 오빠가 되려면……"

남편이 말했다. 진짜로 우리 '오빠'가 되려면이라고, 남편은, 말했다. 그녀의 남편에게는 정말로 오빠가 있었다. 쌍둥이 오빠였다. 사고로 그가 죽은 것은 사 년 전의 일이었다. 그러나 사망자로 신고된 사람은 그의 여동생, 즉 그녀의 남편이었다. 오빠의 이름으로 여동생은 그녀와 결혼할 수 있었던 것이다. 여자와 여자의 결혼. 당연히 그들 사이엔 아이가 있을 수 없었다.

무덤의 내력을, 지역 민요를, 그것들을 알고 있어야 할 사람은, 남편이, 아니었다. 그것들을 알고 있어야 할 사람은, 남편의, 오빠였다. 남편과 똑같이 생긴, 쌍둥이 오빠였다. 그들이 봉인한, 저 안쪽의 시간에서 잠들어 있는, 남편의, 오빠였다.

오빠는, 그들의 사랑을 모르고 있었다. 그들의 사랑을 위해 몇 해 전에 죽은 자신이 지금까지 살아 있어야 한다는 사실도 모르고 있었다. 자신의 시신이 누워 있는 무덤이 여동생 것으로 되어 있다는 사실도 당연히 모르고 있었다.

그녀는 조금 울었다. 조금 웃었다.

그녀는 남편의 등 너머, 노랫소리가 들리는 곳을 찾아 고개를 돌렸다.

노래를 부르던 사람은 새카맣게 늙은, 노인이었다. 노인 주위에는 지역 특산물인, 단팥을 잔뜩 넣은 동그란 빵 몇 개와 소주병이 널브러져 있었다.

그녀와 눈이 마주치자 노인은 소주병을 들고 다가왔다.

"내 술 한잔 받으시게."

노인이 말했다.

"어이, 그 옆에 앉아 있는 처자도 한잔 하시게."

그녀에게 건넬 술을 따르고 나서 노인은 또 그렇게 말했다. 그녀는 화들짝 놀라 제 옆자리를 더듬었다. 그곳에는 남편이 있었다.

"누구요? 처자라고요?"

그녀와 남편의 입에서 동시에 흘러나온 말이었다.

무엇인가에 홀린 듯 노인은 말없이 그들을 바라보았다. 그들을 보고는 있지만, 그들을 통과해서, 무언가 다른 것을 보고 있는 듯한 눈빛이었다.

9월 17일 자정, S여관 202호

그녀는 남편과 함께 기차역 뒤에 있는 S여관으로 들어갔다. 아직 공사가 끝나지 않기 때문에 그날 밤, 그들은 갈 곳이 없었던 것이다.

그들은 S여관 202호에 몸을 뉘었다.

금지된 사랑의 행위는, 언제나 그랬듯이 슬프고도 격렬했다.

그녀와 남편, 그녀들은, 봉분처럼 둥근 가슴에, 서로의 얼굴을 묻고, 조금 울었다. 웃었다. 그녀가 원한 것은 여자도, 남자도, 아니었다. 남편도 아니었다. 지금 자신의 눈앞에 있는 바로 그 사람일 뿐이었다.

"당신과 함께 보았던, 오래된 무덤 속이면 좋겠어, 여기가."

먼저 말을 꺼낸 사람은 그녀였다.

"그곳도 안전하지는 않아. 언젠가는 발굴되고 말 텐데."

남편이란 이름의 옷을 입고 있었던 또다른 그녀가, 대답했다.

"발굴……되어야지. 그래야 비로소 당신은 오빠가 아니라 당신일 수 있을 테니까. 무덤 속에서 나온 금관을 청동 촛대라고 우길 수는 없는 일이잖아. 우리는 이 모습 그대로, 살아남을 수 있을 거야."

"그래, 그렇지만, 이제 더이상 그 무엇에 대해서도 미안해하지 마. 나는 내가 오빠로 살 수 있어서, 그래서 너와 함께 살 수 있어서, 행복해. 불가능한 생을 우리가 억지로 살고 있는 게 아니란 말이야."

열매처럼 동그란 그녀의 어깨를 따뜻이 쓸어내리며 또다른 그녀가 말했다. 그리고 또 이렇게 덧붙였다.

"너, 같은 콩나무에서 자란 콩이 사이좋게, 다른 콩나무에서 자란 콩하고는 한 알도 섞이지 않은 채 한 사람의 밥그릇에 들어갈 확률이 얼마나 된다고 생각하니? 바닷속 한 동네에서 살았던 미역이랑 조개가 같은 국그릇에서 다시 만날 확률은?"

"글쎄……"

"아주 없다고는 말할 수 없지? 그렇지? 확률이 크든 적든 그건 중요하지 않잖아. 확률이란 말 자체가 이미 가능성을 전제로 한 거니까. 내가 올리브 농장에 있었을 때에……"

"아, 안달루시아!"

갑자기 비명에 가까운 소리가 그녀의 입에서 흘러나왔다.

한 나무의 가지 끝이 다른 나무의 가지 끝에 잇대어지고 또 잇대어져서 거대한 차양처럼, 뭉게구름처럼, 함께 자라고 있던 올리브나무들. 폭양을 피해 올리브나무 아래에서 뛰어다니던 시간들. 안달루시아의 올리브 농장…… 그녀는, 잊을 수 없었다.

세상의 모든 곳을 여행하고 싶어했던 푸르른 시절, 그들은 그곳에서, 만났다.

그녀의 그녀는 그때도 이런 말을 했었다. 한 나무에서 수확한 올리브 열매가 같은 기름병에 들어갈 확률이 얼마나 되는지 아느냐고. 그녀는 대답했었다. 모르겠다고, 어쩌면 제로일지도 모르겠다고. 그녀의 그녀는, 세상의 모든 비밀을 간직한 듯한 표정으로 조그맣게 웃기만 했다. 그 미소 위로 또르르 굴러내리던 땀방울을, 그녀는 떠올렸다.

"확률은, 사만오천분의 일이야."

또다른 그녀가 말했다. 올리브 농장에서 보았던 그때 그 미소가 다시 한번 그녀의 얼굴을 가득 채우고 있었다.

농장에는 모두 사만오천 그루의 올리브 나무가 있었다. 그리고 그 가운데 한 그루에서 수확한 올리브 열매는 같은 기름병으로 들어갔다. 그녀의 그녀가 농장 주인에게 특별히 부탁한 결과였다.

"농장 주인이었던 후안은 그런 부탁을 하는 나를 이해하지는 못했어. 하지만 들어주었어. 외국에서 온 아르바이트생에 불과한 나의 부탁을 말이야. 사만오천분의 일…… 어쩌면 더 될지도 몰라. 변수가 있거든. 나 같은 부탁을 하는 사람이 또 있을 수도 있으니까. 지금도 난 안달루시아 산 올리브 기름을 볼 때마다 생각해. 이것들은 어떤 나무에서 어떻게 자랐기에 이렇게 만나게 되었을까……"

"그렇담…… 당신의 오빠도…… 받아들일지 모르겠구나. 후안이 그랬듯이."

"우리의 흩어진 생이 일치하는 날, 그건 흔치 않아. 그러나 있어, 그런 날은."

자매처럼, 연인처럼, 오누이처럼, 부부처럼…… 세상의 그 모든 한 쌍이 되어, 그녀들은 서로의 손을 꼭 쥐었다.

운명선이 없는 손과 결혼 운이 없는 손. 두 손이 만난 시각은, 자정이었다.

오전도 오후도 아닌, 어제도 오늘도 아닌, 그냥, 자정이었다.

"세미나는 괜찮았어요?"

마침내 남자가 먼저 입을 열었다. 금지된 사랑의 행위가 끝나고 나서야 남자와 여자는 비로소 여유를 되찾았던 것이다. 여관방 안에는 그들을 향해 무차별 폭격처럼 내리꽂히던 태양은 없었지만, 그들은 여전히, 불안했다. 행복했다. 아무리 서로를 나누어 가져도, 그들은 세상에 속할 수 없었다. 남자와 여자의 사랑은 천박한 '짝퉁'일 뿐이었다.

"세미나? 엉망이었어, 아주. 사람들이 내 옷만 봤거든. 천박해 죽겠다는 얼굴로."

"예상은 했지만…… 너무하네요."

"걱정하지 마. 난 아무렇지도 않았어."

"세미나에 왔으면 세미나나 열심히 할 것이지 왜 그럴까요, 사람들은? 옷 따위가 그렇게 중요한가요?"

"진실이란 고상한 거니까."

여자는 울 것 같았다. 웃을 것 같았다.

"오늘, 혼자서 고분 사이를 산책했어요. 분명히 혼자였는데, 그런데, 선생님이 꼭 내 옆에 함께 있는 것 같았어요."

남자는 무덤에서 만났던 노인의 얘기를 여자에게 들려주었다.

"나를 둘러싸고 있는 얇고 투명한 막 같은 걸, 보았어요. 지금 우리를 가두고 있는 저 벽 너머에서 선생님과 내가 다른 모습으로 함께 살고 있는 것 같았어요. 저 벽 너머에, 201호나 203호가 아니라 또 202호가 있는 거예요. 거기에 또 우리가, 있는 거예요."

"그래, 그럴지도 모르지. 나도 오늘 잠깐 그런 생각을 했어."

여자는 오늘 아침 고속버스 터미널에서 남자를 기다리다가 문득 텔레비전을 보았던 얘기를 들려주었다. 여러 차례 공중제비를 돌고 난 후 심한 착시상태에 빠진, 전투기 조종사의 얘기였다. 하늘과 바다를 구분할 수 없었던 전투기 조종사의 얘기였다.

"겨우 정신을 차리고서 그는 하늘이라고 생각한 곳을 향해 고도를 높였는데…… 아니었어. 그는 바다를 향해 고도를 높이고 있었던, 아니 추락하고 있었던 것이었어. 그때 그 사람이 그대로 바다로 뛰어들었다면, 그는, 죽었을까? 하늘과 바다를 혼동한 죄로?"

"……"

"우리가 바다라고 생각하는 건 어쩌면 네가 말하는 얇고 투명한 막일지도 몰라. 바다의 표면을 뚫고 더 깊이, 더 깊이 들어가면, 거기가 정말 창공인지도 몰라. 네 말대로 저 벽 너머에서 살고 싶다. 지금보다는 더 평범하고 덜 천박한 모습으로…… 그랬으면, 좋겠다."

"아뇨, 난 더 천박해질래요. 선생님."

남자의 어조는, 결연했다. 여자는 무어라 대꾸해야 좋을지 알 수 없었다.

"진실은 고상하지 않아요. 고상한 것만 진실이 된다면 너무 많은 사람들의 생이 다 가짜가 되는걸요. 자기를 진짜로 착각하는 가짜가 되고 싶지 않아요. 진실은, 천박해요."

그렇게 말하고서 남자는 와락 여자를 끌어안았다. 여자는 조금 울었다. 웃었다.

남자와 여자는 오래된 무덤 속에서 잠을 자고 있는 한 쌍의 금귀고리처럼 보였다.

세월이 흘러 누군가가 남자를 발굴했을 때, 그의 가슴속에 껴묻거리로 들어 있던 것은 여자도, 선생님도, 아니었다.

그것은 순금의 종양과도 같은, 올리브였다.

누구를 위하여 초인종은 울리나

삐리릭삐리릭.

나는 미친 듯이
프란체스코의 초인종을 눌러 댔다.

그가 와요.

그가 따라와요,
손가락에 면도날을 끼고
그렇게 말하고 싶었다.

그렇게 말하고 싶었다.

어서 문을 열어요.

시간이 없어요.

순식간에 무너질 거예요.

그렇게 말하고 싶었다.

삐리릭, 삐릭, 삑, 삑……

나는 벽의 한쪽 구석을 정으로 쪼고 있었다. 초인종이 울린 것은 그때였다. 삐리릭삐리릭. 초인종에서는 전자음으로 된 새의 울음소리가 났다. 나는 마치 감전된 것마냥 전신을 부르르 떨었다. 그 바람에 한쪽 손에 들고 있던 정이 방바닥에 툭 떨어졌다. 방바닥에는 시멘트 가루가 수북이 쌓여 있었다. 벽의 잔해였다. 나는 심하게 재채기를 했다.

　삐리릭삐리릭. 혈액 대신 전류가 흐르고 있는 새. 날개도 부리도 없이 오직 울음소리만 남아 있는 새. 그 새가 또 한번 요란하게 울었다. 내 집의 초인종을 눌러대고 있는 누군가가 아무래도 재채기 소리를 들은 모양이었다. 나는 현관문에서 가장 멀리 떨어진 곳에 있었지만 자리에서 일어나 서너 걸음만 뗀다면 당장에 문을 열어줄 수도 있었다. 내가 사는 곳은 겨우 네 평짜리 원룸이었다. 밖에서 초인종을 누르고 있는 누군가가 내 재채기 소리를 들었으리라는 것은 당연한 추측이었다.

초인종 소리는 계속 이어졌다. 따르릉따르릉. 때맞춰서 전화기도 울기 시작했다. 그러나 나는 전화를 받을 수가 없었다. 삐리릭, 삐리, 삐, 삑, 삑…… 초인종에서는 이제 더이상 새소리가 나지 않았다. 한 소절이 다 끝나지도 않았는데 자꾸만 초인종을 눌러댄 탓이었다. 서경아, 있는 거 다 알아. 건우의 음성이었다. 내 대신 자동응답기가 건우를 상대하고 있었다. 빨리 수화기 좀 들어줄래? 건우는 코맹맹이 소리를 냈다. 그는 알레르기성 비염으로 고생하고 있었다. 카펫이나 소파, 침대에 살고 있는 진드기가 그의 콧속에도 거주하고 있는 것이다. 문명인으로 산다는 사실은 때때로 얼마나 비위생적인지. 기계를 통해서 듣는 코맹맹이 소리는 그 정도가 더 심하게 느껴졌다. 나는 자동응답기와 건우 사이에 끼어들지 않았다. 재채기에다가 전화 통화까지 한다면…… 나는 틀림없이 들킬 것이다. 내가 집에 있는 것을 안다면 초인종을 누르고 있는 누군가는 현관문을 열기 위해 갖은 방법을 다 쓸 것이다. 박격포를 쏘아서라도. 나는 발각되고 싶지 않았다. 나는 입을 틀어막고 까치발을 한 채 현관문을 향해 걸음을 옮겼다. 내가 움직이는 소리는 내 귀에도 들리지 않았다.

나는 빠꼼이를 통해 밖을 내다보았다. 까만 얼굴의 남자가, 문 밖에 서 있었다. 며칠 전, 그러니까 설 연휴가 지나고부터 그는 자주 내 집의 초인종을 눌러댔다. 그는 동남아시아 남자이다. 어쩌면 서남아시아 남자인지도 모른다. 어쨌든 나와는 상관없는 일이었다. 그가 방글라데시 사람이든 파키스탄 사람이든 필리핀 사람이든 내가 알아야 할 이유는 없었다. 나에게 그는 그냥 동남아시아 사람일 뿐이었다.

돈을 벌기 위해 낯선 나라로 건너온 남자들. 고국에 비해 열 배의 수입을 올릴 수 있기 때문에 고국에 비해 백 배나 더한 인간적인 모욕을 견디는 사람들. 이 땅의 처녀들을 대신해서 농부의 아내가 된 여자들. 잘사는 나라의 농촌은 뭐가 달라도 다를 거라고 생각하는 사람들. 그들은 모르고 있다. 가난하다는 것과 시골에서 농사를 짓는다는 게 이 땅에서 어떤 의미를 갖고 있는지를.

서경아, 정말로 집에 없는 거니? 건우는 쉽게 전화를 끊을 기세가 아니었다. 지금 널 만나러 가고 싶은데…… 그는 말끝을 흐렸다. 오늘은 건우와 내가 만나야 하는 날이 아니었다. 그와 나는 일 주일에 딱 하루, 금요일에만 만났다. 예외는 없었다. 공교롭게도 금요일과 공휴일이 겹치는 일만 생기지 않는다면. 만약 그렇게 되면 우리는 목요일이나 수요일쯤에 미리 만났다. 토요일이나 일요일쯤으로 미뤄서 만나는 일은 결코 없었다. 오늘은 금요일이 아니다. 이번주 금요일은 공휴일도 아니었다. 자동응답기와 통화중인 건우. 그는 조금 이상했다.

나는 끝내 문을 열어주지 않았다. 초인종을 누른 사람이 동남아시아 남자였기 때문에 그런 건 아니었다. 외판원, 종교 전도자, 배달원, 검침이나 방역 요원, 심지어는 이웃 사람까지. 초인종을 누르는 사람이 누구든지 간에 나는 절대로 문을 열지 않았다. 인기척도 내지 않았다. 나는 유령처럼 빠꼼이에 눈을 대고서 밖을 살펴볼 따름이었다. 초인종을 누르던 사람들은 제풀에 지쳐 돌아서곤 했다. 내 잘못이 아니었다. 그들은 외판원이나 검침원, 혹은 이웃 사람일 뿐이었다. 그것만으로 자신의 존재 증명이 다 끝난 양 나더러 문을 열어달라고 하는 건 너무 무례한 짓이었다. 어쩌면 그들은 외판원이나 검침원, 혹은 이웃 사람이 아닐지도 몰랐다. 돌아서서 가는 그들의 뒷모습이 모두 똑같았던 것이다. 그들은 아무것도 아니었다. 그러므로 그들은 그 무엇이라도 될 수 있었다. 그들처럼, 동남아시아 남자도 등을 돌렸다. 그가 방글라데시인인지 파키스탄인인지 필리핀인인지 모르는 것은 내 잘못이 아니었다.

빠꼼이를 통해서 본 복도는 부채꼴처럼 완만하게 구부러져 있었다. 복도에 서 있는 동남아시아 남자의 얼굴도 왜곡되어 있기는 마찬가지였다. 숟가락에 비친 얼굴처럼. 그는 몹시 절박해 보였다. 어떻게 보면 화가 난 것 같기도 했다. 시멘트 가루를 들이마신 탓에 금방이라도 재채기가 터져나올 것 같았지만, 나는 꾹 참고 있었다. 지금은 저렇게 미친 듯이 초인종을 눌러대고 있지만 잠시 후면 그는 부채꼴의 오른쪽으로 사라질 것이다. 나는 알고 있었다. 오른쪽으로 가면 비상계단이 나온다. 그는 비상계단을 타고 내려갈 것이다. 저녁 일곱시에 그는 집을 나서서 새벽 네시에 귀가한다. 나는 알고 있었다. 그러나 나는 몰랐다. 그가 어디로 가는지, 그가 가지고 다니는 커다란 가방에는 무엇이 들어 있는지.

네가 있든 없든, 지금 당장 가겠어. 건우는 아직도 전화를 끊지 않은 모양이었다. 어쨌든 내게는 열쇠가 있으니까. 하지만 서경아…… 오늘은 내가 문을 따기가 싫어. 만약에 네가 이 메시지를 들었거든 문을 열어줘. 내가 초인종을 누를 테니까. 알았지? 나, 지금 간다. 건우는 그제야 전화를 끊었다. 그에게 집 열쇠를 준 것은 초인종을 누르지 말라는 뜻이었다. 그는 약속을 잘 지켰다. 알아들은 줄 알았다. 그런데…… 그는 정말 이상했다.

마침내 초인종 소리가 멎었다. 나는 입을 막았던 손을 떼냈다. 이제는 동남아시아 남자가 사라질 차례였다. 그리고 나는 그 동안 참았던 재채기를 내뱉으면 그만이었다. 그러나, 그는 사라지지 않았다. 초인종을 누르는 것도 아니면서 그는 여전히 현관문 앞에 서 있었다. 고개를 갸웃거리며 그는 아랫입술로 윗입술을 물고 자근자근 씹기 시작했다. 뭔가를 망설이는 눈치였다. 전에 없던 일이었다. 나는 다시 입을 틀어막았다. 금방이라도 재채기가 쏟아질 것 같았다. 그의 얼굴이 점점 빠끔이 앞으로 다가오고 있었다. 그가 다가올수록 그의 양미간은 점점 넓게 벌어졌다.

그의 얼굴에서 양미간만 남고 모든 이목구비가 사라졌다고 생각한 순간, 돌연 눈동자 하나가 빠끔이에 떠올랐다. 내 눈동자와 그의 눈동자가 만난 것이다. 철문 하나를 사이에 두고. 그도 나처럼, 빠끔이에 눈을 대고 저쪽에서 이쪽을 들여다보고 있었다.

더이상 재채기를 참을 수가 없었다. 나는 겨우 개수대만 있는 싱크대와 팔십 리터짜리 냉장고에 함부로 몸을 부딪쳐가며 간신히 창가로 도망쳤다. 불과 서너 걸음 차이지만 어쨌거나 현관에서 가장 먼 곳이 바로 창가였기 때문이다. 나는 커튼에 얼굴을 묻고 재채기를 하기 시작했다. 내 몸은 심하게 흔들렸다. 방 전체가 흔들렸다.

나는 내가 뚫다가 만 벽의 구멍을 바라보았다. 주먹이 반 정도 들어갈 수 있는 크기였다. 그러나 그것은 아직 구멍이 아니었다. 그저 홈집일 뿐. 옆집을 들여다보기 위해서라면 아직 더 뚫어야 했다. 어쩌면 다이너마이트를 써야 할지도 모른다. 나는 건우의 핸드폰으로 전화를 걸었다. 그는 지금 내게 오고 있는 중이었다. 나는 오지 말라고 했다. 그는 내 말을 듣지 않았다. 나는 절대로 초인종을 누르지 말라고, 문을 열어주지 않겠다고 버텼다. 뚜뚜뚜뚜. 접속이 끊어진 소리. 전화를 먼저 끊어버린 사람은, 건우였다. 나는 바닥에 수북이 쌓인 시멘트 가루를 무연히 바라보았다. 연신 재채기를 해대며 나는 이단짜리 책장으로 벽 구멍을 가렸다. 어쩔 수 없다. 나는, 들켜버린 것이다.

할아버지 회갑 때만 해도 우리에게는 그 집이 있었다.

정침(正寢)에 이어 창고와 접객 공간, 부엌, 그리고 사랑채가 잇달아 있던 집. 가운데에 안뜰을 품고 있던 그 집은 높은 데서 보면 ㅁ자로 보였다. 죽담을 여러 겹 쌓아서 주초를 놓은 덕분에 땅의 습기를 피할 수 있었던 집. 죽담에 골을 파서 만들었던 층계. 정식으로 다림보고 그랭이질한 기둥. 할아버지의 할아버지는 버드나무 잎이 늘어지기 시작할 즈음 집 지을 소나무를 베었다. 집 짓기에 가장 좋은 재목을 얻을 수 있는 시기였기 때문이다. 맞춤한 길이를 골라서 기둥, 들보, 도리에 썼으며 절대로 짧은 나무를 이어서 쓰지 않았다. 나무를 거꾸로 세워서 기둥을 만드는 짓도 물론 하지 않았다. 화려한 집은 아니었지만 맞춤옷 같은 집이었다. 할아버지의 할아버지는 나무를 거꾸로 세워서 기둥을 삼은 집을 보면 화를 냈다고 한다. 거꾸로 선 나무가 비명을 지른다는 것이었다.

언제나 열려 있던 대문. 대문 밖에는 한뎃뒷간이 있었고 돼지우리와 외양간이 있었고 밭이 있었고 논이 있었다. 그것들은 대문 밖에 있었지만 앞뜰에 있는 것과 마찬가지였다. 문은 사시사철, 스물네 시간, 언제나 열려 있었으니까. 만추에 떠났다가도 봄이면 다시 돌아와서 처마 밑에 집을 짓던 제비. 소나기를 피해 마당으로 모여들던 참새떼. 여름밤의 땅강아지. 언제나 열려 있었지만 언제나 쓸고 닦아서 언제나 깨끗했던 집. 여름이면 나는 초를 칠한 장마루에 누워 낮잠을 잤다. 겨울에는 장독대 위에 쌓인 눈을 뭉쳐서 먹기도 했다. 흙바닥이었던 부엌의 옆구리로 난 문을 열고 나가면 이층으로 된 장독대가 있었다. 그곳은 그 집에서 가장 맑은 햇빛이 머무는 데였다. 장을 숙성시키던 햇빛을 담뿍 받은 눈은 첫 이슬처럼 상큼했다. 머름대에 몸을 기대고 앉아 "눈이 오시네"를 연발하며 아이처럼 좋아하던 할아버지. 할아버지는 부지런했다. 매일 아침 마당을 쓸었고 손수 구둣대를 들고서 방고래에 쌓인 검댕이를 긁어냈다.

할아버지의 회갑 날은 볕 좋은 가을이었다. 뒤뜰에 걸어놓은 한뎃솥에서는 새벽부터 김이 피어올랐다. 아침에는 마을 사람들이, 점심에는 먼 곳에 사는 친척들이, 저녁에는 그들 모두가 집과 마당을 가득 채웠다. 그저 지나가다가 들른, 모르는 사람들도 부지기수였다. 물론 거지들도 빠지지 않았다. 할머니는 쌍홍장에 넣어두었던 그릇들을 몽땅 꺼내서 하루 종일 손님을 치렀다. 동네 사람들도 소매 걷고 할머니를 도왔다. 누구네 잔치인지, 누가 손님인지, 굳이 구분할 필요도 없었다. 사람들은 알고 있었다. 잔치란, 함께 밥을 먹고 함께 노는 것뿐만이 아니라 함께 음식을 장만하고, 치우고, 모르는 사람들과도 나누는 것임을. 시끌벅적한 하루가 지났지만 할아버지 집에서는 숟가락 하나 없어지지 않았다. 돌아가는 사람들의 뒷모습은 앞모습과 크게 다르지 않았다. 삼촌은 삼촌이었고, 이웃 사람은 이웃 사람이었고, 거지는 거지였다.

할아버지 회갑 때 나는 일곱 살이었다. 그때 나는 그 집에서 살지 않았다. 아버지는 이미 도시 사람이었다. 그러나 그 집은 내가 태어난 곳이었다. 병원보다 깨끗한 곳에서 아이를 낳고 싶었다는 어머니. 나를 낳던 날, 어머니는 진통이 시작되지도 않았는데 무조건 신음 소리를 내었다고 한다. 곁에 있는 사람들이 잠시라도 자리를 뜰까봐서. 첫 출산. 어머니는 무서웠던 것이다. 우려와 달리 아무도 어머니 곁을 떠나지 않았다. 진통이 시작되자 오히려 공포심이 사라지더라고 어머니는 말했다. 그날도 그 집의 대문은 활짝 열려 있었다.

회갑을 마지막으로 할아버지는 더이상 그 집의 마당에서 생일잔치를 치르지 못했다. 서울로 통하는 신작로가 뚫리면서 집의 구조도 달라졌기 때문이다. 할아버지는 신작로와 면한 곳에다가 가겟방을 만들었다. 뒤뜰에는 건물을 새로 지어 방을 여러 개 들였다. 서울에서 돈을 벌어야 하지만 서울에서 살기는 불가능한 사람들을 위해서였다. 돼지우리며 외양간은 사라졌다. 신작로에서 멀찍이 떨어진 논에서 겨우 벼농사를 지을 수 있을 뿐이었다. 할아버지는 가겟방에 앉아 뜨내기들에게 담배를 팔기도 했다. 그래도 할아버지는 예전처럼 아침마다 마당, 아니 가게 앞을 깨끗이 쓸었다. 눈이 내리면 쌓이기 전에 미리미리 치웠다. 눈이 왔는데 제 집 앞에 있는 눈도 치우지 않다니, 망조야, 망조…… 눈을 쓸어내며 할아버지는 주술처럼 그런 말을 내뱉었다.

건우는 현관문을 열고 들어오자마자 나를 안았다. 전에 없던 일이었다. 그의 혀는 송곳처럼 내 입술을 뚫고 들어왔다. 내 혀는 굳은 빵 같았다. 송곳에 찔렸는데도 통증이 느껴지지 않았다. 마음이 아프지도 않았다. 내 혀는 단지 부서졌을 뿐이다. 우리가 만난 지도 벌써 오년째였다. 신용카드의 유효기간은 이미 지나버렸다. 우리가 그것으로 구입할 수 있는 건 아무것도 없었다. 신용카드를 갱신하든가 카드회사를 옮기지 않는 이상. 건우는 내 입가에 잔뜩 침을 묻혀놓고 곧 내 목에도, 가슴에도, 두 다리 사이에도 혀를 들이밀었다. 그는 잘 충전된 배터리였다. 전에 없던 일이었지만 나는 놀라지 않았다. 건우는

214

성급하게 내 안에다 배터리를 장전했다. 그는 모종의 결심을 하고 내게 왔을 것이다. 그렇지 않다면 내 집에 들어서자마자 나를 안는 일은 없었을 것이다. 섹스를 해도 그는 격식을 갖추고 하는 남자였다. 달콤한 키스, 수줍게 벗어야 하는 옷가지, 갈급증이 느껴지는 애무, 조금은 야성적인 삽입, ……지난 오 년간 한결같이 우리들이 침대 위에서 먹었던, 풀 코스 요리. 오늘의 요리는 전혀 새로운 거지만 나는 어색해하지도, 감격해하지도 않는다. 그는 결코 나를 놀라게 하지 못한다. 건우는 뻔한 남자였다. 그래서 나는 그를 좋아했다.

건우를 인터뷰 대상으로 점찍은 사람은 내가 아니었다.

건우는 C그룹 계열 자동차회사의 디자이너였다. 외제 스포츠카를 몰고 다니는 젊은이들이 압구정동에 출몰하자 그의 자동차회사에서도 스포츠카를 기획했다. 그는 해외 유학파였고 회사에서 가장 젊은 디자이너였다. 그가 책임지고 디자인한 스포츠카는 한동안 인기를 누렸다. 국내의 도로 사정이 스포츠카를 타고 질주하기에는 부적합했는데도 말이다. 비싼 외제 차를 살 수 없는 형편에도 불구하고 압구정동의 특별한 젊은이들처럼 되고 싶었던 사람이 많다는 증거였다. 신형 스포츠카가 나오자마자 부장은 나더러 건우를 인터뷰하라고 했다. C그룹은 우리 잡지사의 최대 광고주였다. 선진국에 비해 결코 뒤떨어지지 않는 기술, 오너의 새로운 경영철학이 낳은 쾌거……나는 C그룹 사보에나 실음직한 인터뷰 기사를 썼다. 사실이 아닌 것도 사실처럼 썼다. 그런데도 부장은 내가 작성한 기사를 손수 가필한 후에야 인쇄소에 넘겼다. 자동차회사에서 보내온 보도자료에 실린 내용을 내가 요령껏 모두 기사화하지 못한 것을 부장은 참을 수가 없었던 것이다.

기사가 실린 잡지가 나오고 건우에게서 전화가 왔다. 나를 핑계로 자동차랑 우리 회사를 인터뷰하셨군요, 서경씨는. 나한테 미안하지 않아요? 미안하면 저녁 사요. 나는 미안하지 않았다. 하지만 나는 그날 저녁 건우를 만났다. 식사가 끝나고 그는 술을 마시자고 했다. 나는 거부하지 않았다. 그건 너무 뻔한 수순이었다. 그래서, 나는 안심했다. 건우는 해외 유학파답게 족벌체제로 유지되는 자신의 회사를 봉건시대에 비유하며 신랄하게 성토했다. 때가 되면 그만둘 거라고도 했다. 그 안에서 성공할 거라고도 했다. 그의 말은 모순투성이였다. 다행이었다. 모순이 없고 논리적이기만 한 인간은 대부분 편집증 환자이기 때문이다. 건우는 평범한 남자였다. 게다가 유부남이기까지 했다. 나는 그 점이 더욱 마음에 들었다. 그와 데이트를 해도 되고 섹스를 해도 되지만 굳이 그의 아내까지 될 필요는 없었기 때문이다. 남편이 나를 배신할까봐 불안에 떠는, 그런 아내가. 그는 나를 사랑한다고 했다. 그러나 나는 알고 있었다. 그에게 필요한 것은 사랑이 아니라 여자, 아내가 아닌 다른 여자라는 것을. 그는 종종 이혼 얘기를 꺼내기도 했다. 그것이 사랑의 진정성에 대한 건우의 알리바이라는 사실도, 나는 알고 있었다. 또 한번 이혼 얘기를 꺼내면 당신을 만나지 않겠어. 나는 짐짓 그를 협박했다. 그는 고통스러운 표정을 지었다. 불륜을 유지하는 힘은 슬픔이었다. 건우도 나도, 그걸 잘 알고 있었다. 그는 뻔한 남자였다. 그래서, 나는 그를 좋아했다. 그가 어느 날 갑자기 나를 놀래키거나 내 뒤통수를 치는 일은 없을 테니까.

"서경아, 사랑……"

건우는 거기까지 말하고서 온몸을 부르르 떨었다. 그의 절정은 언제나 사랑이었다. 사랑한다는 건지 안 한다는 건지 알 수 없는 절정.

그는 내 가슴팍에 고개를 떨어뜨리고서 절정의 순간에 참았던 숨을 한꺼번에 몰아쉬기 시작했다. 그는 방전되었다. 사랑, 까지만 말하고. 그는 방전되었다. 호흡이 제자리를 찾은 후 그는 내 몸에서 떨어져나갔다. 나는 목까지 말려올라간 스웨터를 끌어내리고 허리춤에 걸린 스커트도 제자리로 돌려놨다. 건우도 겨우 아랫도리만 종아리까지 내린 채였다. 전에 없던 섹스였다. 그러나, 결코 생경하지 않은 섹스. 우리는 무엇 때문에 이렇게 격정적인 것일까. 우리에게 아무런 격정이 없기 때문은 아닐까. 무조건 튀고 보아야 하는, 거리의 간판들처럼 말이다. 게임방이 잘 되면 거리에는 게임방 간판이 넘쳐난다. 다른 집보다 눈에 띄기 위해 간판은 점점 커져간다. 그러나 큰 간판은 만들어도 아름다운 간판을 만들지는 않는다. 무조건 싸고, 눈에 띄게 만들 뿐이다. 왜냐면 게임방은 오늘의 유행일 뿐이므로. 내일은 다른 간판을 걸어야 할지도 모르므로. 오늘은, 건우와 내가 섹스를 하는 이 시대는, 불륜조차 과당 경쟁을 벌이는 시대였다.

"무슨 일이 있는 거야?"

나는 건우에게 묻는다. 그는 곧바로 대답하지 않고 담배부터 피웠다. 잘 선곡한 배경음악처럼 그의 얼굴엔 적당한 수심까지 어려있었다. 나는 그의 표정을 감상했다. 뻔한 줄거리의 영화를 보듯이.

"나도 어쩔 수가 없었어."

담배를 다 피우고서야 건우는 입을 열었다. "알아."

내가 말했다.

"안다니, 뭘?"

그는 짐짓 놀란 표정을 지었다.

"실직한 게 당신 잘못은 아니잖아."

육 개월 전, 건우는 실직했다. C그룹이 워크아웃에 들어간 게 이 년 전이었으니까 건우로서는 용케 잘 버틴 셈이었다. 물론 나는 이 년 전에 이미 일자리를 잃었다. C그룹뿐만 아니라 많은 기업들이 줄줄 이 무너지던 때였다. 광고를 딸 수 없게 되자 잡지사는 시한폭탄처럼, 예정된 때에 공중분해됐던 것이다. 워크아웃에 들어가면서 A급 태풍에 버금가는 감원 바람이 불었다. 건우는 그때, 건재했다. 회사에도, 그에게도, 아직은 희망이 있었다. 그러나 C그룹에 대해서 육 개월 전에 드러난 사실은 티끌 같았던 희망마저 깨끗이 쓸어갔다. 감사 결과 C그룹의 부당 내부거래와 오너 2세에 대한 변칙 상속이 발각되었다. 회장은 그의 장남에게 계열사의 지분과 지배권을 넘겨주기 위해 자신들이 소유한 증권사를 통해서 주식 오십만 주를 두 차례에 걸쳐 헐값에 양도했다. 그런 과정을 거쳐 그의 장남은 계열사 지분의 구십구 퍼센트를 차지하는 절대주주가 되었다. 그리고 여러 은행에서 팔백억 상당의 특정 금전 신탁에 가입한 후, 그룹 내 계열사에 싼 이자로 대출해줄 것과 기업 어음을 매입할 것 등을 은행에 요구했다. 또한 삼 년 연속 적자를 보인 계열사 콘도의 회원권을, 수백억을 들여 과다 매입하기도 했다. C그룹은 회장이 직접 나서서 장부조작까지 했는데, 그들의 실제 자산은 장부에 기입된 것의 십분의 일도 되지 않았으나 반대로 빚은 기록된 것의 삼십 배가 넘었다. 한마디로 C 그룹은, 가짜 근육을 붙이고 다녔던 골다공증 환자와도 같았던 것이다. 건우는 실직했다. 그리고 입버릇처럼 달고 다녔던 이혼 소리도 꺼낼 수가 없게 되었다.

"그게 다가 아니야, 서경아. 여긴…… 희망이 없대. 식구들이 모두 떠나게 될 거야."

건우는 멜로드라마의 주인공처럼 말했다.

"정말…… 어쩔 수 없네. 하지만, 어쩔 수 없지만…… 잘 됐네. 늘 여기를 떠나고 싶어했잖아."

나는 맞장구쳤다. 나는 멜로드라마를 좋아한다. 뻔하면 뻔할수록 더 좋아한다.

건우는 늘 회사를 그만두고 싶다고 말했지만 여태껏 그만두지 않았다. 건우는 이혼할 수도 있다고 말했지만 역시 이혼하지 않았다. 내 방을 싫어하면서도 여관으로 가지는 않았다. 나는 그때마다 그에게 이렇게 말하고 싶었다. 그럼 당신 집으로 갈까, 라고. 그리고 좀비처럼 썩어들어가는 그의 얼굴을 똑똑히, 보고 싶었다.

작은 방에 비해 터무니없이 커다란 창. 지난 여름, 차양조차 없는 창을 통해서 한여름 뙤약볕은 무자비하게 내 방을 점령했다. 방 안의 온도는 사십 도가 넘었다. 창문을 열어두는 것만으로는 더위를 식힐 수가 없었다. 창은 컸지만 열어둘 수 있는 공간은 또 터무니없이 작았기 때문이다. 게다가 한번 들어오면 나갈 곳이 없기 때문인지 바람조차 제대로 들어오지 않았다. 이 건물의 입주자들은 현관문과 창문을 모두 열어놓고 지냈다. 그랬더라면, 나도 조금쯤은 시원하게 지낼 수 있었을지도 모른다. 그러나 나는 절대로 현관문을 열어놓지 않았다. 에어컨을 사주겠다는 건우의 제의도 거절했다. 에어컨을 설치하러 오는 사람. 그의 앞모습과 뒷모습이 일치하지 않을까봐서.

더운 공기는 묵처럼 굳은 채 여름 내내 방 안을 가득 채웠다. 섹스한 번을 해도 살이 내릴 정도로 지독하게 더운 방. 집을 일부러 이렇게 지으려고 해도 못 할 거야. 섹스가 끝나기가 무섭게 찬물을 뒤집어쓰며 건우는 빈정거렸다. 그는 그러나, 여관으로 가지는 않았다.

몰래 카메라 말이야, 게다가 인터넷까지. 그거 무서워서 어디 가겠니? 싫지만, 내 방을 견딜 수밖에 없는 이유였다. 여관은 믿지 못했지만 건우는 최소한 나는 믿었던 것이다. 건우는 그런 사람이었다. 그럴 때마다 나는 저주받은 우리들의 방을 위해, 그리고 우리들의 섹스를 위해, 몰래 카메라를 설치하고 싶은 충동을 느끼곤 했다. 어차피 우리들의 사랑이란 한 줌의 환상에 불과했다. 가상현실의 바다인 인터넷에 우리들의 사랑이 공개된다고 해도, 아무 상관 없는, 일이었다. 나를 믿는 건우. 그 남자의 헛된 신뢰. 나는 더이상 잃을 것이 없었다. 갈 곳도 없었다. 건우는, 그 남자는, 나를 믿어서는 안 되었다.

"넌 아무렇지도 않은 거니?"

"어쩔 수 없잖아. 당신 말대로."

나는 그가 내게 했던 말을 고스란히 되돌려준다. 어쩔 수 없다니, 얼마나 멋진 말인가. 어쩔 수 없는, 불가항력적인 운명. 그것은 불륜의 끝에서 꼭 필요한 소품이었다. 끝까지 내 뒤통수를 치지 않는 건우. 나는 그를 정말 사랑한다.

"언제 가니?"

"말할 수 없어."

"내일이구나."

나는 게임을 하는 사람처럼 말한다. 나는 알고 있다. 내일이구나, 라는 말, 그건 틀림없이 잭팟이다. 어쩔 수 없는 일이란 그렇게 급박하게 다가와야 하는 법이다. 조금이라도 여유가 있으면 어쩔 수 없는 일은 곧 어쩔 수 있는 일로 변하고 말 테니까.

"서경아, 너…… 왜 그렇게 잔인하니……"

건우는 말은 끝맺지 못하고 울상을 지었다. 정말로 울음소리가 들려왔다. 그러나 그건 건우의 울음소리가 아니었다. 옆집에서 들리는 소리였다. 갓난애답게 시도 때도 없이 울어대는 아기. 아버지인 듯한 남자가 갓난애의 형인 듯한 어린애를 야단치는 소리도 들렸다. 어머니인 듯한 여자는 아버지를 말렸고 어린애는 노상 울면서 잘못했다고 빌었다. 그 집에서는 하루 종일 세탁기가 돌아갔다. 어쩌면 다른 식구가 더 있는지도 몰랐다. 웅웅웅웅. 세탁기의 모터 소리는 몹시 요란했다. 어느 날은 내 방 전체가 거대한 세탁기처럼 느껴질 정도였다. 이렇게 작은 방에서 그토록 많은 식구가 살 수 있다니. 잘 상상이 되지 않았다. 제대로 상상하기 위해서, 나는 그들을 보고 싶었다. 벽에 작은 구멍을 내어서라도.

"또 우네."

나는 말했다. 마치 혼잣말인 듯.

"아직은 아니야."

건우는 자신에게 하는 말인 줄 알고 그렇게 대답했다. 그러나 나는 굳이 설명하려 들지 않았다. 옆집에 대해서 나는 이미 그에게 많은 말을 했었다. 옆집, 또 세탁기 돌리네. 내가 말하면 건우는 자기는 잘 모르겠다고 대답했다. 집요하게도 나는 평상시 옆집에서 어떤 소리들을 내는지 그에게 설명해주었다. 그러나 그는 대수롭지 않게 생각하는 눈치였다. 내가 사는 아파트도 마찬가지야. 난 벌써 단련됐어. 그나저나, 요만한 방에서 어떻게 그렇게 많은 식구가 같이 사냐. 정말 엽기적이야. 프라이버시도 없고, 얼마나 징글징글할까. 마지못해 건우는 그렇게 대꾸해주곤 했다. 위층에서 누군가가 소변보는 소리까지 적나라하게 들리는 집. 아무리 문을 닫아걸고 살아도 다 들켜버리는 집. 가끔 이 건물의 입구에서 마주치곤 하는 입주자들. 그들의 입가에 야릇한 미소가 감돌 때, 나는 소름이 돋았다. 강간당한 기분이었다.

"널 두고 어떻게 가니. 벌써부터 네가 그리운데."

건우는 다시 나를 안았다. 나는 너무 매정하지는 않게, 그러나 단호하게 그의 팔을 뿌리쳤다. 멜로드라마는, 안타깝게 끝나야 한다.

"어서 가. 와이프 혼자서 짐 싸게 하지 말고."

내 입에서 와이프란 말이 나온 것은 이번이 처음이었다. 건우의 표정이 한없이 어두워졌다.

"처음부터 너는, 너는 나를 사랑하지 않았지?"

건우의 입에서는 내가 예상했던 대답이 흘러나왔다. 사랑한다고 하면 그가 믿을까? 그가 유부남이기 때문에, 너무나 뻔한 남자이기 때문에 사랑한다고 하면 그가 수긍할까? 제발 특별하게 굴지 말아달라고 하면 알아들을까? 그가 너무 뻔한 남자이기 때문에, 처음이자 마지막으로, 나는 그와 소통하는 데 실패하는 중이었다.

"다 알면서, 다 예상하고 있었으면서, 어떻게 내 마지막 부탁을 들어주지 않을 수가 있니? 이 집의 현관문을 열 때마다 내가 얼마나 피가 말랐는지 아니? 잠금장치가 자그마치 네 개나 되는 문을 열면서, 어느 날 갑자기 네가 하나라도 바꿔버렸을까봐, 나는 늘 불안했다구."

말을 마치고 건우는 열쇠 꾸러미를 방바닥에 던졌다. 내 잘못이었다. 그의 불안한 상상처럼 어느 날 갑자기 나는 잠금장치를 바꿨어야 했다. 그를 교란시켰어야 했다. 나를 믿지 못하게 만들었어야 했다.

건우는 떠났다. 나는 커다란 창, 그러나 몸이 빠져나가기엔 너무 작은 창을 통해서 그의 뒷모습을 지켜보았다. 사랑스런, 뻔한…… 건우의 뒷모습. 그의 발자국을 지우며 눈이 내리기 시작했다. 산성눈이었다. 나는 정 대신 그가 두고 간 열쇠를 손에 들었다. 열쇠로도 시멘트 벽을 긁어내는 일은 가능했다. 이 집은 허술하기 짝이 없었다. 이 집에 살고 있는 나도 마찬가지였다. 옆집도 그럴까? 나는 잘 상상이 되지 않는다.

그저 흙길이었던, 서울로 가는 신작로. 그 길을 포장하게 되면서 할아버지는 집을 헐어야 했다. 개발 아니면 보존이었던, 흑백논리의 시대. 할아버지는 집을 헐고 상가건물을 지었다. 논밭도 사라지고, 가축 우리도 사라지고, 할아버지로서는 다른 수입원이 필요했던 것이다.

상가건물이 완공되던 날, 건물 옥상에서는 잔치가 벌어졌다. 국회의원이 축사를 하고 할아버지에게 직접 약주를 올렸다. 마을에서 가장 먼저 지어진 신식 건물이었다. 제법 평수가 큰 가게가 열 개나 있었으며 맨 꼭대기 층에 마련한 살림집에는 발코니까지 딸려 있었다. 지하실로 내려가는 통로에는 보일러실이 따로 마련되었다. 말로만 듣던 중앙난방식 집이었다. 거실 한켠에 놓인 은빛 라디에이터에서는 따뜻한 스팀이 피어올랐다. 한겨울에도 뜨거운 물이 쏟아져나왔다. 볼일을 보러 한뎃뒷간까지 나가야 하는 일도 사라졌다. 마을 사람들에게는 꿈의 집이었다. 삼층에 앉았는데도 일층에 앉아 있는 것과 똑같구먼. 참말 신기허네. 가까운 미래에 자신들도 갖게 될 그 건물을, 사람들은 부러워했다. 나는 그런 건물의 주인인 할아버지가 자랑스러웠다. 하지만, 나는 미처 몰랐다. 그날은 농사꾼이었던 할아버지가 졸지에 불로소득자가 되는 날이기도 했다는 것을.

내가 몰랐던 것은 또 있었다. 새로 지은 집은 결코 꿈의 집이 아니었다. 보일러는 자주 고장이 났고 집은 전혀 따뜻하지 않았다. 양변기는 뚫어도 뚫어도 계속 막혔다. 태풍이 한 번 지나가고 나면 건물 외벽을 마감한 타일이 추풍낙엽처럼 우수수 떨어졌다. 건축가는 설계대로 건물을 짓지 않았고 약속했던 재료를 쓰지 않았다. 할아버지는 소송을 걸었지만 건축가는 이미 도망간 뒤였다. 타일을 마감재로 쓰는 용감한 건축가답게 말이다. 문제가 발견되는 대로 응급처치를 하긴 했지만 괜찮아지는 것은 잠시뿐이었다. 응급처치의 흉터는 고스란히 집에 남았다. 집은 악몽처럼 변했다. 악몽에서 깨는 방법은 오로지 새로 짓는 것뿐이었다.

입주자들도 문제였다. 목공예를 하는 사람이 세 들면 건물 전체에 개미가 들끓었다. 개미들은 벽을 타고 검은 강물처럼 떼지어 흘러다녔다. 음식이 있다면, 뚜껑이 열려 있든 닫혀 있든, 형체를 알아볼 수 없을 정도로 새카맣게 달라붙었다. 카펫을 짜는 공장이 세를 들었다가 큰 불을 낸 적도 있었다. 불길보다 더 무서운 것은 유독가스, 그리고 검은 연기였다. 불은 눈에 보이는 것을 태울 뿐이지만, 그래서 피할 수도 있지만, 연기나 가스는 그렇지 않았다. 어디든 잠입하는 그것들은, 치명적이었다. 현관문을 닫고, 셔터까지 내려도, 집은 안전하지 않았다. 위험한 것들은 더이상 집 밖에 있지 않았다.

그 집에서 있었던 할아버지의 생일잔치. 할아버지는 언제나처럼 집 앞을 쓸고 손님 맞을 준비를 하고 있었다. 그날따라 초대받은 손님들은 제시간에 오지 않았다. 가까운 친척이고 먼 이웃이고 할 것 없이. 누군가는 전화를 걸어서 갈 수 없을 것 같다는 뜻을 전해오기도 했다. 손님을 기다리다 지친 음식은 상 위에서 시체처럼 식어갔다. 식구들은 무안해져서 서로 딴 곳만 쳐다보고 있었다. 할아버지가 갑자기 요강을 찾은 것은 그때였다. 그 무렵, 할아버지는 자주 막히는 양변기를 쓰지 않았다. 어쩌면 그건 요강을 사용하기 위한 핑계에 불과했는지도 모른다. 할아버지는 여전히 이미 헐어버린 옛집에 거주하고 있었던 건지도 모른다. 생일날 아침, 요강을 손에 든 할아버지. 할아버지는 그것을 냅다 생일상 위에다 부어버렸다. 시체처럼 식어가고, 또 굳어가고 있던 음식에서는 마침내 지린내가 진동을 하기 시작했다. 어떻게 손쓸 겨를도 없이 순식간에 일어난 일이었다. 할아버지는 그대로 집을 나갔다. 왜 요강을 안 비웠냐, 네 탓이다, 내 탓이다…… 남은 식구들 사이에선 작은 내분이 일어났다. 만취한 채 할아버지는 다음날 새벽이 돼서야 돌아왔다. 나중에서야 알았지만 생일 전날, 할아버지는 가깝게 지내던 이웃에게 또 사기를 당했다. 벌써 여섯번째 일이었다. 부농이었던 할아버지는 상가건물을 짓고도 많은 땅을 남겨둘 수 있었다. 같이 일하고 먹고 놀았던, 사시사철 열린 대문으로 무람없이 드나들던 이웃들이 그걸 모를 리가 없었다. 할아버지는 아무 의심 없이 이런저런 보증을 서주었다. 가까운 이웃 사람이 음모를 꾸미리라곤 상상조차 하지 않았다. 이미 다섯 번이나 당하고도 할아버지는 혹시라는 이름의 희망을 포기하지 않았던 것이다. 역시나 할아버지는 잘못 판단했다. 더 나빴던 것은, 그것이 할아버지에게 남아 있던 마지막 땅이라는 사실이었다.

집을 알아본 것일까. 이듬해 봄에는 베란다와 옥상 사이에다 제비가 집을 짓기 시작했다. 배가 희지가 않고 불그스름한, 혐오스럽게 생긴 제비였다. 제비집도 여느 제비의 그것과 달랐다. 짚이나 흙을 물어다가 침으로 반죽해서 짓는 게 아니라 꼭 팥알만한 돌만 가지고 집을 짓는 것이었다. 일정한 크기의 돌을 쌓아서 만든 제비집은 바둑판 같은 타일을 마감재로 쓴 상가건물들처럼 획일적인 느낌을 주었

다. 배가 빨간, 이상한 제비. 그것들은 지지배배 울지도 않았다. 도둑
고양이처럼 저주받은 아기 울음소리를 냈다. 제비가 집을 짓기가 무
섭게 할아버지는 막대기로 그 집을 부숴버렸다. 그런 제비가 날아들
기 시작하면 집안에 망조가 든다는 것이었다. 그러나 제비들도 결코
물러서지 않았다. 오늘 부수어도 내일이면 또 집을 지었다. 집을 부
수는 할아버지의 머리를 마귀처럼 쪼아대기도 했다. 어쩌면 정말 마
귀였는지도 모른다. 그 집은 어차피 악몽이었으니까.

　나는 거의 정오가 되어서야 일어났다. 나를 잠에서 깨운 건, 초인종
소리였다. 삐리릭삐리릭. 까치도, 종달새도, 뻐꾸기도 아닌 전자 새
의 소리였다. 내 집뿐 아니라 거의 모든 입주자들의 초인종이 요란하
고 바쁘게 울어댔던 것이다. 식사 왔습니다, 세탁이요, 하나님을 믿
으세요? 신문 보세요…… 초인종 소리에 이어 들려오는 또다른 소음
들. 어렸을 때는 참새가 지저귀는 소리를 들으며 아침을 맞는 일도
많았다. 도시고 농촌이고 할 것 없이 참새는 가장 흔한 새였다. 허수
아비를 조롱하며 황금빛 가을 논에 날아드는 것도 참새였고 도시의
포장마차에서 가장 쉽게 먹을 수 있는 술안주도 바로 참새였다. 그
많던 참새는 다 어디로 갔을까. 처마 밑에 둥지를 틀던 제비들은 또
어디로 가버렸을까. 이제는 무엇이 사라질 차례일까. 두꺼운 쇠로 만
든 현관문 앞에다가 버튼 모양을 한 전자 새를 키우고 사는 사람들,
그들이 아닐까.
　초인종이 요란하게 울어댔지만 문을 열어주는 건 고사하고 나는
빠끔이를 통해 상대방을 확인하는 일조차 하지 않았다. 동남아시아
남자의 눈동자가 거기에 붙박이로 있을 것 같은 상상 때문이었다. 건

우가 떠나고, 나는 다섯 시간 이상을 꼬박 벽 앞에 붙어 있었다. 세상에 태어난 목적이 오직 그것뿐이라는 듯 나는 밤새 벽에 구멍을 내는 일에 몰두했다. 덕분에 주먹이 거의 들어갈 정도로 벽을 헐어낼 수 있었다.

새벽녘에 잠든 나는 밤새 악몽을 꾸었다. 꿈속에서도 나는 벽을 파고 있었다. 마침내 구멍이 뚫리고 나는 그곳을 통해 옆집을 들여다볼 수 있게 되었다. 옆집은 캄캄했다. 아무것도 보이지 않았다. 나는 구멍에다가 팔뚝을 밀어넣었다. 보이지는 않아도 만질 수는 있을 거란 생각에서였다. 개구리 알처럼 물컹거리는 무엇인가가 내 손에 잡혔다. 그것은, 눈동자였다. 빠끔이에 붙어 있던 동남아시아 남자의 눈동자였다. 눈동자들은 구멍을 통해서 내 방 안으로 꾸역꾸역 밀려들었다.

밤새 벽과 악몽과 씨름한 탓인지 자고 일어났지만 조금도 개운하지가 않았다. 나는 욕실에 들어가 순간온수기의 플러그를 꽂았다. 물이 데워지려면 삼십 분은 기다려야 할 것이다. 삼십 분이면 살인이 일어날 수도 있는 시간이었다. 다리가 무너질 수도 있고 백화점이 주저앉을 수도 있는 시간이었다. 그렇게 긴 시간이 흘러야 겨우 물이 데워지는 온수기의 이름이 순간온수기라니. 아이러니였다. 아니었다. 어쩌면 온수기에 이상이 있는 건지도 몰랐다. 나는 순간온수기에 붙어 있는 명함 크기의 스티커를 보았다. 거기에는 애프터서비스 센터의 연락처가 적혀 있었다. 물론 나는 그 번호를 외우고 있었다. 하지만 나는 전화하지 않을 것이다. 수리공을 불러들이느니 차라리 삼십 분을, 아니 삼백 분이라도 기다리는 게 나을 것이다.

나는 창 밖을 내다보았다. 밤새 내린 눈이 거의 종아리까지 쌓여 있었다. 건우의 발자국은 보이지 않았다. 산성눈에 녹아버린 그의 흔적. 저렇게 폭설이 쏟아졌는데 비행기가 뜰 수 있을까? 나는 건우가 앉아 있을 공항을 그려보았다. 아무 맥락 없이 기와지붕을 얹은 국제선 청사. 할아버지의 할아버지가 지은 집을 헐 수밖에 없었던 것은 개발이란 명분 때문이었다. 개발은 곧 과거의 흔적을 불도저로 깨끗이 밀어버리는 것이었다. 개발지역에 묶이지 않았더라면 그 집은 지금도 남아 있을 것이다. 어쩌면 또다른 명분, 보존이라는 족쇄에 묶여 그 집은 저절로 무너져내릴 때까지 수리도, 증축도 할 수 없었을지도 모른다. 보존이란 곧 처음 그대로, 그 집에 어떤 사람이 어떤 방식으로 살든 말든, 단지 그대로 놔두는 것을 의미할 뿐이니까. 개발 아니면 보존. 국제선 청사도 그러한 이분법적 가치가 낳은 건물이었다. 양복에다가 전통 문양을 수놓았다고 해서 한복이 될 수 없듯이 기와를 얹었다고 한국적 건축물이 되는 건 아닐 것이다. 공항청사의 기와지붕. 그것은 기만이었다. 아무 맥락 없이 겉도는 이 땅을 건우는 떠났다. 나는 그가 도피했다고는 생각하지 않는다. 어쩌면 그는 이곳에 대해서 좀더 내성을 키우고 돌아올지도 모른다. 언제나 뻔했던 그에게는 충분히 가능한 일이었다. 그리고, 그가 돌아올 때쯤 나는 이미 멸종해버린 지구상의 수많은 생물 가운데 하나가 되어 있을지도 모르겠다.

삐삐삐삐. 갑자기 무슨 경보음 같은 소리가 들렸다. 처음 듣는 소리였다. 영문을 알 수가 없었다. 삐삐삐 하고 울던 소리가 삐이이이이, 끝이 점점 길어지더니 마침표를 찍듯이 삑, 하고는 그대로 멎어버렸다. 순간, 내 방은 고요해졌다. 진공관 속에 들어 있는 것처럼 아무 소리도 들리지 않았다. 냉장고 작동음도 들리지 않았고, 순간온수기로 물을 데울 때마다 파이프에서 딱딱거리던 소리도 들리지 않았다. 시도 때도 없이 돌아가던 옆집의 세탁기도 조용해졌다. 정전이었다. 삐삐삐거리던 소리는 차단기에서 울린 경보음이었음을 나는 그제야 깨달았다. 다급한 마음으로 나는 전화기를 들고 123번을 눌렀다. 전기 고장 신고 센터였다. 이 집에서 전기 없이 할 수 있는 건 아무것도 없었다. 물을 데워도, 밥을 해도, 난방을 해도, 모두 전기가 필요했다. 123번은 계속 통화중이었다.

가장 걱정인 것은 난방이었다. 난방 스위치를 올리면 방바닥이 금방 뜨거워지긴 했지만 그만큼 금방 식었다. 온수 파이프 대신에 단순히 전선을 깔았기 때문이었다. 그래서 방바닥은 따뜻해져도 방 안의 공기는 항상 냉랭할 수밖에 없었다. 공기가 차가우므로 침대에서 자는 건 불가능했다. 방바닥에 요를 깔고 누우면 등에서는 땀이 흐르고 코끝은 빨갛게 시려오는 기현상이 벌어졌다. 그나마도 겨우 한 사람이 누울 수 있을 정도의 넓이만 난방이 되었다. 이 집의 난방 시스템이란 건 일인용 전기장판과 다를 바가 없었다. 일부러 이렇게 지으려고 해도 못 지을 거야. 건우의 말이 떠올랐다. 나라고 이 집이 좋은 건 아니었다. 물론 계약 당시엔 좋은 집이라고 생각한 게 사실이다. 일단은 주변 시세보다 싼 전세값이 내 형편이 맞았고, 겉보기에 건물은 아무 이상이 없어 보였기 때문이다. 게다가 샤워 시설은 물론이고 싱크대에 소형 냉장고, 전기 곤로, 그리고 미니 장롱까지 갖추고 있었다. 그 정도면 맞춤한 방이었다. 하지만 이곳에 살면서 차츰 의문을 가지게 되었다. 왜 이 건물엔 차양이 없는지, 왜 이 건물은 단조로운 직사각형인지, 복도는 왜 그렇게 좁은지. 그리고 나는 알게 되었다. 그것이 바로 '경제적'으로 지은 건물의 실체라는 것을.

여러 차례 시도한 끝에 겨우 123번과 연결이 되었다. 녹음된 여자의 음성이 흘러나왔다. 폭설 때문에 지역 일대에 전기 공급이 중단됐는데 빨리 복구하겠다는 내용이었다. '빨리'라는 말은 너무 막연했다. 복구가 꼭 된다는 말인지 아닌지도 애매모호했다. 방은 이미 차갑게 식어 있었다. 빨리라는 말을 믿고 버티고 있어야 하는 건지 다른 방법을 찾아봐야 하는 건지 판단을 내릴 수가 없었다.

밖에서는 중국집 배달원들이 현관문을 두드려대는 소리가 여러 차례 들려왔다. 전기가 끊어진 탓에 입주자들이 그렇게 한끼 식사를 해결하는 모양이었다. 그제야 나는 어제부터 지금까지 아무것도 먹지 않았다는 사실을 깨달았다. 냉장고를 열어보았다. 언제나처럼 냉장고 안에는 생수 한 통이랑 뜯지도 않은 포장 김치, 그리고 사과 한 알 뿐이었다. 배가 고팠다. 하지만 식사를 주문할 생각은 없었다. 언젠가부터 나는 우유를 마시지 않았다. 요구르트도 마시지 않았다. 일간 신문을 보는 일도 없었다. 자장면이나 피자, 치킨 따위를 주문한 적도 없었다. 홈쇼핑 같은 데엔 아예 관심도 두지 않았다. 나는 배달 시스템이 적용되는 상품은 무조건 믿지 않았다.

온몸을 덜덜 떨며 기다렸지만, 다섯 시간이 지나도 전기는 들어오지 않았다. 더이상은 견딜 수가 없었다. 도대체 다른 입주자들은 어떻게 견디고 있는 걸까. 모두들 석유 스토브나 휴대용 가스 버너 정도는 상비해두고 사는 걸까. 그러고 보니 옆집이 이상하리만치 조용했다. 갓난애도 울지 않았고 큰애도 떼를 쓰지 않고 있었다. 이상한 점은 그것만이 아니었다. 그 집을 목표로 내가 벽에 구멍을 내고 있는데도 그 집에서는 한 번도 시끄럽다고 항의하는 일이 없었던 것이다. 내가 아무리 조심한다고 해도 그들은 그 소리를 들었어야 했다.

내가 그들의 소리를 샅샅이 듣고 있듯이. 도대체 옆집에 사는 사람들은 누굴까. 나는 정말 궁금했다. 하지만 내가 파고 있는 구멍이 언제쯤이나 완전히 뚫릴지는 알 수 없는 일이었다.

마침내 나는 외투를 걸치고 밖으로 나갔다. 추위도 견딜 수 없었지만, 남자와 헤어진 다음날 굶고 앉아 있는 여자가 되기는 더더욱 싫었다.

현관에 달린 네 개의 잠금장치를 차례차례 잠근 후 나는 잠깐 옆집을 보았다. 혹시 얼어 죽은 건 아니겠지. 나는 생각했다. 오 초 사이에도 목숨이 왔다갔다하는 세상인데. 다섯 시간이라면 결코 짧은 시간이 아니었다. 저절로 내 손이 그 집의 초인종에 가 닿았다. 나는 힘주어 초인종을 눌렀다. 삐리릭삐리릭. 그러나 초인종 소리는 환청으로만 들릴 뿐이었다.

지금은, 정전중이었다.

내가 고등학생이 되었을 때 할아버지는 상가건물을 팔았다. 집을 관리하기가 힘에 부친다는 이유에서였다. 할아버지는 건물을 판 돈을 아버지에게 넘겨주고 우리와 함께 살기로 했다. 아버지는 먼저 살던 아파트를 팔고 할아버지가 준 돈을 합해서 거실 창 너머로 강이 보이는 고급 아파트를 구입했다. 아버지는 이미 도시생활에 익숙한 사람이었다. 아버지가 꿈꾸던 집은 바로 그런 아파트였던 것이다.

최고급 아파트에서 할아버지는 겨우 이 년밖에 살지 못했다. 환절기에도 감기 한 번 앓는 일이 없을 정도로 건강했던 할아버지는 이상하게도 아파트에서는 맥을 못 췄다. 한여름에는 감기몸살과 냉방병, 겨울에는 건조증으로 고생했다. 그리고 비염과 고혈압, 관절염, 두

통, 소화불량은 사철 달고 살았다. 한 번도 불평한 적은 없었지만 할아버지는 아파트에 적응하지 못했던 것이다. 어쩌면 그건 당연한 일이었는지도 모른다. 아파트는 기성복 같은 집이었다. 모든 사람에게 맞추었다고 떠들지만 사실은 아무에게도 안 맞는. 할아버지의 잔병은 우리들도 모두 똑같이 앓고 있던 병이었다. 물론 할아버지가 잔병 때문에 돌아가신 건 아니었다. 할아버지의 사인은 폐암이었다. 삼 개월을 선고받고도 할아버지는 한사코 병원에 가지 않으려 했다. 항암치료조차 거부했다. 심지어는 가족들로부터 어느 날 갑자기 혼절하더라도 절대로 병원으로 옮기지 않겠다는 각서까지 받아냈다. 불행인지 다행인지 할아버지가 갑자기 정신을 잃는 일은 없었다. 오히려 할아버지는 병원에서 선고한 것보다 이 개월을 더 살았다. 할아버지의 사인은 폐암이 아니었다. 아파트였다.

물까지 저렇게 썩었으니, 망조야, 망조.

돌아가시기 며칠 전에 할아버지는 거실 창 너머로 강을 보며 그렇게 말했다. 오래 전 언젠가처럼 주술적인 목소리로. 나이가 들면 누구나 무당이 되는 것일까. 겉으로 보기에 그 아파트는 꿈의 집이 분명했다. 한옥보다 크고 편리한 건 당연한 사실이었다. 상가건물처럼 임대료 수입을 얻진 못했지만 대신에 질이 나쁜 이웃을 만날 가능성도 없었다. 질이 나쁘기는커녕 고상하고 우아한 이웃들 천지였다. 아버지와 어머니, 그리고 우리들은 덩달아 좋은 이웃이 되었다. 부모들은 함께 골프를 치고 오페라를 감상하고 같은 상표의 옷을 입고 똑같은 침대 위에서 잠들었다. 그들의 아이들은 같은 과외교사 밑에서 학습 능력과 우정을 쌓아나갔다. 비슷한 수준, 비슷한 취향, 비슷한 마인드. 모두가 똑같은, 진정 평등한 세상. 강이 내려다보이는 고층 아파트였다. 아무것도 문제삼을 이유가 없었다. 겉으로 보기에는.

　도치된 거리. 제멋대로 스카이라인을 재단하며 아무 맥락 없이 그저 크고 높게 지어진 빌딩들. 차도는 물론이고 인도까지 점령하고 있는 자동차들. 지상은 더이상 인간의 거리가 아니었다. 사람들은 지하로 난 음습한 길을 통해서만 다닐 수 있게 되었다. 폭격을 피해 방공호로 숨기라도 하듯이. 혹은 이미 멸종한 생물처럼.

　나는 지하의 미로를 이리저리 헤매다가 가장 먼저 눈에 들어오는 출구로 나와버렸다. 고층 빌딩의 뒷골목이 어지럽게 펼쳐져 있었다. 밥 한끼 먹기 위해 나는 시내버스와 지하철을 갈아타고 굳이 번화가까지 나오고야 말았다. 동네에서는 밥을 먹을 수가 없었다. 동네 밥집이란 동네 사람들이나 가는 곳이었다. 그곳에서 밥을 먹으면 그들은 내가 어느 건물의 몇층, 몇호에 사는지 다 알게 될 것이다. 당장은 아니어도 언젠가는. 그래서 나는 동네에서 비디오테이프를 빌린다거나 세탁물을 맡기는 짓도 하지 않았다. 배달 시스템을 꺼리는 것도 마찬가지 이유였다. 내가 그곳에 있다는 사실을 아무에게도 들키고 싶지 않았다.

　나는 너무 허름하지도 너무 화려하지도 않은, 손님이 많지도 저지도 않은, 평범한 식당으로 들어갔다. 열 명 중에 여섯 명 정도가 콩나물국밥을 먹고 있었다. 아무 망설임 없이 나는 그것을 주문했다. 새우젓 냄새가 물씬 나는 국밥에다가 날달걀을 깨뜨려 넣고 청양고추를 듬뿍 얹었다. 오래 굶은 뒤에 먹는 밥은 맛있었다. 남자와 헤어지고 난 뒤에 먹는 밥이라 더 맛있었다.

　반쯤 먹었을 때 식당 주인여자가 텔레비전을 틀었다. 각진 얼굴형

에 윗입술이 두꺼운 남자의 몽타주가 화면 가득 떠올랐다. 은하수아
파트 강도 강간 사건의 용의자. 곧이어 대역배우들이 사건을 재연하
기 시작했다. 주부 혼자 아파트에 남아 있을 시간, 가스 검침원으로
가장한 용의자가 초인종을 누른다. 문을 열어주는 여자. 강도로 돌변
한 용의자. 현금과 패물, 통장과 신용카드를 싹쓸이한 후 용의자는
여자의 몸까지 빼앗는다. 사지가 꽁꽁 묶인 채 용의자의 발 아래 놓
인 여자. 여자를 희롱하며 용의자는 라면을 끓여 먹는다. 장식장에서
양주를 꺼내 주둥이에 입을 대고 쿨럭쿨럭 마시기까지 한다. 그리고
유유히 사라지는 용의자. 아니, 점심식사를 하러 들른 남편인 양 평
범하게 사라지는 용의자. 나는 숟가락을 내려놓았다. 푹 삭아서 젓갈
이 된 새우가 팔팔하게 되살아나 그 뾰족한 꼬리로 내 위를 마구 찔
러대는 것 같았다. 사건 재연이 끝난 후 가스 검침원의 제복과 신분
증에 대한 자세한 설명이 이어지고 있었다. 그것을 마저 보지 않고
나는 식당을 나왔다.

"이 사람이 틀림없다니까요. 착각하려야 할 수가 없죠. 우리랑은
이렇게 다르게 생겼는데."

동남아시아 남자를 가리키며 한 여자가 큰 소리로 떠들었다. 저녁
여덟시. 동남아시아 남자가 출근하기에는 늦은 시각. 건물 입구에는
사람들이 떼지어 웅성거리고 있었다. 그만한 돈으로 이만한 방을 얻
었으면 땡잡은 거지, 아가씨. 임대계약서에 도장을 찍으며 그렇게 말
했던 주인아저씨도 나와 있었다. 경찰도 있었다. 앰뷸런스는 사이렌
을 울리며 막 대로변으로 진입하는 중이었다.

"아니에요, 할머니가 그래서 나는 마음 많이 아파요."

동남아시아 남자가 말했다. 발음이나 문장이 어색했지만 의사소통이 아주 불가능한 정도는 아닌 것 같았다. "어쨌든 저 여자분이 증언한 대로 그 집에 자주 드나든 것은 사실이지요?"

경찰이 끼어들었다.

"아이 참, 내 말이 맞다니까 경찰 아저씨는 왜 자꾸 그 사람한테 확인해요? 도대체 누구 편이야, 정말."

동남아시아 남자를 지목했던 여자는 노골적으로 짜증을 부렸다. 여자의 입술선은 유난히 짙고 까맸다.

"할머니가 나를 잘해줬어요. 그런데 새해? 구정? 오, 설날! 설날 지나고 없었어요. 벨 눌러도 안 나왔어요. 옆집에 벨 눌렀는데 또 안 나왔어요."

동남아시아 남자는 애쓰고 있었다.

"그러니까 자네 말은, 할머니 옆집에 사는 사람한테 왜 요즘 할머니가 안 보이냐고 물어보려고 했다. 그런데 그 집도 비어 있었다. 그거지 지금?"

주인아저씨가 제법 친절한 척하며 중간에서 통역사처럼 굴었다. 반말로.

"맞습니다. 내가 사장님에게 날마다 말했어요. 그거예요. 그래서 오늘 사장님이 문 열었어요."

반말을 찍찍 갈겨대는 건물 주인에게 동남아시아 남자는 사장님이란 호칭을 쓰고 있었다.

"그리고 할머니……"

동남아시아 남자는 그 대목에서 목이 잠기는 것 같았다.

"할머니가…… 나 아니에요. 아무도 할머니를 마음에 안 했어요.

나는 그거 이상하다고 했어요."

억울한 듯, 분노가 치미는 듯, 더듬더듬 그는 겨우 말을 이었다. 그게 다 알리바이지! 입술선이 짙은 여자가 빽 소리를 질렀다.

"솔직히 우리 중에 그 집에 할머니가 사는지 누가 사는지 아는 사람이 누가 있어요? 우리도 모르는데 저 사람은 너무 잘 알잖아. 수상하지 않아요? 그리고 저 사람이 그 집서 나올 때마다 꼭 뭘 하나씩 들고 나오더라구. 내가 똑똑히 봤다구요."

여자는 절대로 물러서지 않을 기세였다.

"아닙니다, 아닙니다. 할머니가 선물이에요. 맞습니다."

동남아시아 남자는 손사래를 쳤다.

"웃기시네."

여자의 눈빛이 빛났다. 팽팽하게 당겨진 활시위처럼 위험한 눈빛이었다.

"어디 그 가방 한번 열어보시지. 죄다 챙겨서 도망가는 중인지 알게 뭐야."

여자는 민첩하게 동남아시아 남자의 가방을 낚아챘다. 늘 그가 들고 다니던 커다란 가방. 누가 말릴 새도 없이 가방은 처참하게 벌어졌다. 함부로 도축한 짐승처럼. 스팽글이 가득 달린 양복 상의, 옆선을 따라 말갈기 같은 술을 박은 바지, 시폰 스카프, 그리고 이국의 악기들이 그 안에 들어 있었다. 나는 그에 대해서 한 가지 사실을 알게 되었다. 저녁과 새벽 사이에 그가 무슨 일을 하는지를, 나는 알게 되었다.

"이러지 마세용!"

남자의 입에서 처음으로 큰 소리가 터져나왔다.

"나, 신분 있어요. 클럽에 전화해요."

여자는 움찔했다. 아무런 대꾸도 하지 못했다.

"이러시면 곤란합니다, 아주머니. 외교 문제로 비화될 수도 있다구요."

팔짱을 끼고 있던 경찰은 그제야 슬그머니 끼어들었다. 은근히 여자에게 겁을 주기까지 했다.

"경찰 아저씨 하는 짓이 너무 답답하니까 그러지, 내가. 도대체 아저씨는 어느 나라 경찰이야……"

여자는 슬그머니 꼬리를 내렸다.

"그 남자 방을 한번 뒤져보지 그래요?"

건물 앞에 모여 있던 사람들 중에서 누군가가 그렇게 말했다.

"정말, 그럼 되겠네. 그래요. 한번 올라가봐요."

다른 사람들도 금방 휩쓸리기 시작했다.

아, 안 돼…… 얼굴을 알 수 없는 사람들의 말에 나는 현기증이 났다. 만약에 그들이 동남아시아 남자의 집으로 몰려간다면…… 나는 갈 수 없었다. 그의 집은 복도를 사이에 두고 나와 마주하고 있었다. 그가 나를 본 적은 없었지만 나는 언제나 그를 보고 있었다. 빠꼼이를 통해서. 그가 초인종을 눌렀을 때 모른 척한 것은 내 잘못이 아니었다. 그에게 들키지 않으려 안간힘을 쓴 것도 내 잘못이 아니었다. 그렇다고 이제 와서 들킬 수는 없었다. 그럴 수는 없었다.

"다들 진정하세요. 남의 집을 함부로 뒤지는 건 불법입니다."

경찰이 말했다. 그의 말은 어쩐지 너무 무기력하게 들렸다.

"어쨌든 같이 좀 가셔야겠습니다. 현재로서는 할머니를 가장 마지막에 본 사람이 바로 프란체스코 씨니까요."

경찰은 동남아시아 남자에게 말했다.

아! 나는 그에 대해서 한 가지를 더 알게 되었다. 그의 이름은 프란체스코. 아마도 세례명일 것이다. 동남아시아나 서남아시아 국가 가운데 세례명을 이름으로 삼을 수 있는 곳은 어디일까? 아시아 사람이 맞긴 맞는 걸까? 나는 알 수 없었다.

"그나저나 이게 어떻게 될 것 같소?"

주인이 경찰에게 물었다.

"현재 정황으로 봐선 욕실에서 미끄러진 후 뇌진탕으로 사망한 채 여러 날 방치된 것으로 추정됩니다. 하지만 자연사를 가장한 타살의 가능성도 배제하지 않고 있습니다. 자세한 건 부검 결과가 나와봐야 알겠죠."

경찰이 대답했다.

"설마 진짜 프란체스코는 아니겠지?"

주인의 말에는 이상한 호기심이 담겨 있었다.

"모릅니다. 어쨌든 건물주께서도 같이 가주십시오. 사망한 입주자에 대해서 아는 대로 증언해주시구요. 아, 그리구요. 프란체스코 씨가 할머니와 가깝게 지냈다고 증언하신 분도 같이 가셔야 합니다."

"아니, 내가 왜요?"

입술선이 짙은 여자. 조금 전과 다르게 그녀의 목소리는 잔뜩 겁에 질려 있었다.

"스스로 증인이라고 하셨잖아요."

"아니, 그게…… 말이 그렇다는……"

여자는 더듬거렸다. 쭈뼛쭈뼛 여자는 경찰차에 올라탔다.

"살인이면 큰일인데. 집값 떨어질 텐데. 다음부터 외국 사람은 받지 말아야지, 원."

주인은 혼잣말이라기엔 조금 큰 소리로 말하며 차에 올랐다. 프란체스코도 허깨비처럼 차에 올랐다.

"그 노인은 왜 궁상맞게 혼자 살다가 그 지경을 당했대."

"우리끼리도 못 믿는데 외국 사람을 어떻게 믿니?"

"그 할머니, 혹시 은근한 재산가 아니야?"

"그럼 진작에 친하게 지낼 걸 그랬지."

"우리 건물에 외국인도 있는지 정말 몰랐다, 얘."

"이 건물은 왜 이렇게 조잡하냐. 말이 오피스텔이지 다 늙은 할머니에, 얼굴 까만 외국인에…… 오피스텔은 학생이나 전문직 종사자들, 그런 사람 사는 데 아닌가?"

"그러는 너는 잘나가냐? 그러니까 방값이 싸지."

"정말 사고사일까? 무서워 죽겠다……"

남아 있던 사람들은 저마다 한마디씩 하고는 사라졌다. 건물엔 방마다 불이 환하게 켜져 있었다. 다시 전기가 들어온 모양이었다.

전기가 들어왔지만 시도 때도 없이 돌아가던 옆집 세탁기는 잠잠했다. 갓난애도 울지 않았다. 자식을 야단치는 아빠의 목소리도, 그걸 말리는 엄마의 목소리도 들리지 않았다. 그것들은 나의 환청이었을까? 아니면 다른 집에서 들리는 소리였을까? 나는 상상할 수 없다. 주먹 하나가 쑥 들어가기는 해도 옆집 벽으로 나 있는 구멍은 여전히 뚫리지 않은 채였다. 내가 들었던 소리들. 어쩌면 그것은 그 방에 홀로 있던 할머니가 불러낸 환상이었을지도 모른다. 아니다. 정말로 할머니의 현실이었을지도 모른다. 그러나 나는 상상할 수 없다. 일이 이렇게 되기 전에 구멍을 낼 수 있었다면 나는 제대로 상상할 수 있었을까?

새벽 두시. 프란체스코의 기척이 느껴졌다. 나는 빠꼼이를 통해서 그의 귀가를 확인했다. 평상시 그의 퇴근보다 빠른 시각. 그는 퇴근한 게 아니라 경찰서에서 돌아온 것이다. 그가 현관문을 열고 자신의 방으로 들어간 것을 확인한 후 나는 복도로 나왔다. 언제나처럼 프란체스코의 현관문이 내 앞을 가로막았다. 벽에 구멍을 뚫는 심정으로 나는 그의 초인종에 손가락을 갖다댔다.

오래 전, 지금처럼 간절히 초인종을 누른 적이 있었다. 할아버지가 돌아가시던 해의 겨울이었다. 독서실에서 돌아오던 깊은 밤. 어떤 남자가 나를 따라왔다. 깊은 밤에도 방마다 환하게 불이 켜진 아파트는 한바탕 불꽃놀이가 벌어지기라도 한 듯 화려하기만 했다. 강물 위로 번지는 불빛 때문에 더 그렇게 보였다. 저렇게 아름다운 강을 두고 썩었다고 표현한 할아버지를 나는 이해할 수 없었다. 포근하고 유쾌한 나의 보금자리. 나는 빨리 그곳에 닿고 싶었다. 나는 점점 빨리 걸었다. 내 뒤를 따라오던 남자도 덩달아 빨리 걷기 시작했다. 나는 달렸다. 그도 달렸다. 허둥지둥 엘리베이터 앞에 도착했지만 그것은 이미 최상층을 향해 올라가는 중이었다. 어쩔 수 없이 나는 비상계단을 타야만 했다. 그도 나를 따라 비상계단을 탔다. 우리집은 칠층이었다. 나는 점점 힘이 딸렸다. 그와 나의 거리는 점점 좁혀지고 있었다. 비상계단에 가장 가까이 붙어 있던, 사층의 어떤 집. 결국 나는 그 집의 초인종을 미친 듯이 눌러댈 수밖에 없었다. 아무리 눌러도 그 집에서는 아무도 나오지 않았다. 숨을 몰아쉬며 내게 다가온 남자. 그의 손이 내 어깨를 짚었다. 아악, 나도 모르게 비명을 질렀다. 눈물까지 쏟아졌다. 그렇게 눈물을 흘려대는 동안은 잠시 공포를 잊을 수 있었다. 눈물이 앞을 가려주었으니까. 학생, 왜 그래? 부드러운 목소리가 들렸다. 나는 그제야 정신을 차렸다. 나를 따라온 그 남자가 의아하다는 듯이 나를 내려다보고 있었다. 내게는 아무 일도 일어나지 않았던 것이다. 왜 울고 그래? 울지 마, 학생…… 그는 자신의 손바닥으로 내 볼을 적시고 있는 눈물을 닦아주었다. 그리고, 그는 계단을 타고 계속해서 올라갔다.

나는 집으로 돌아왔다. 언제나처럼 집에는 아무도 없었다. 어머니와 아버지의 교제범위는 점점 넓어지고 있었다. 이웃 사람뿐만 아니라 아버지는 다른 여자와도 교제했다. 이웃의 다른 아버지들도 마찬가지였다. 같은 남편을 둔 여자들은 같은 취미에 몰두하고, 남편의 뒤를 쫓고, 아는 척을 하고, 모르는 척을 했다. 우리는 이웃들과 똑같은 집에서 똑같은 짓을 하고 똑같은 생각을 하며 똑같이 살고 있었다. 우리집의 초인종은 어차피 무용지물이었다.

괜스레 사람을 의심했던 걸 후회하며 나는 욕실로 들어갔다. 눈물 자국을 씻어내기 위해 세면대에 물을 받으며 나는 거울을 보았다. 아악! 아악! 나는 연거푸 비명을 질렀다. 내 얼굴은 피투성이였다. 눈물인 줄 알았던 그것이 모두 피였다. 나의 양쪽 볼에는 팔(八)자 모양의 상처가 꽃뱀처럼 꿈틀거리고 있었다. 피는 거기에서 흘러나오는 것이었다. 나는 깨달았다. 눈물을 닦아주던 남자의 손가락 사이에 예리한 면도날이 들어 있었다는 사실을.

나는 아무도 믿지 않는 아이가 되었다. 부모라고 예외가 아니었다. 대학을 졸업하던 해, 유월의 어느 목요일. 아버지가 어떤 여자와 목걸이를 고르고 있더라고 이웃 사람이 말해주었다. 어머니는 그들이 있다는 백화점의 보석상으로 달려갔다. 그날은 어쩌면 여자의 생일이었는지도 모른다. 아니다. 어쩌면 여자는 아버지를 도와 어머니의 목걸이를 고르고 있었던 건지도 모른다. 하지만 나는 어머니를 잡지 않았다. 그들이 그러거나 말거나 나와는 무관한 일이었다. 과연 아버지는 누구를 위해서 목걸이를 구입했을까. 진실은 밝혀지지 않았다. 밝혀질 수가 없었다. 어머니도, 아버지도, 여자도…… 그들은 귀가하지 않았다. 겉으로 보기에 아무 이상이 없었던 백화점이 폭삭 주저앉은 것은 순식간의 일이었다.

그날 어머니를 붙잡았더라면 어머니는 살 수 있었을까? 진실은 밝혀졌을까? 모르는 일이었다. 내가 아는 사실은 오직 하나뿐이었다. 우리가 꿈꾸었던 집, 강이 내려다보이는 아파트가 이미 우리 것이 아니라는 사실이었다. 사업을 확장하느라 아버지가 돈을 끌어다 쓴 사람들. 아파트는 그들의 것이었다. 아파트는 집이 아니라 부동산일 뿐이었다.

강마저 썩었다니 망조야, 망조…… 할아버지의 말을, 나는 비로소 이해했다.

삐리릭삐리릭. 나는 미친 듯이 프란체스코의 초인종을 눌러댔다. 그가 와요. 그가 따라와요, 손가락에 면도날을 끼고. 그렇게 말하고 싶었다. 어서 문을 열어요. 시간이 없어요. 순식간에 무너질 거예요. 그렇게 말하고 싶었다. 삐리릭, 삐릭, 삑, 삑…… 프란체스코가 그랬듯이 나는 새의 울음 한 소절이 채 끝나기도 전에 초인종을 누르고 또 눌렀다.

"누구세요?"

현관문 너머에서 프란체스코의 목소리가 들려왔다.

"할머니의 손녀예요……"

나는 대답했다. 나는 말해주어야 했다. 내가 들었던 소리, 온갖 소리를 내며 할머니의 방에서 거주하고 있던 일가족들에 대해서.

오우! 감탄사를 내뱉으며 프란체스코가 현관문을 열었다. 벽이 뚫렸다. 한눈에 들어오는 그의 방. 상상할 필요도 없이 투명하게 드러난 그의 방. 작은 탁자 아래 놓인 놋쇠 요강을, 나는 보았다.

나는 나의 할아버지가 아니었다. 아버지도 아니었다. 하지만 나는 그들의 손녀이자 딸이었다. 나는 프란체스코의 가슴팍으로 짚단처럼 쓰러졌다. 낯선 남자가 내 뒤를 쫓아오던 날, 누군가가 현관문을 열어주었더라면 아마 나는 지금처럼 그 누군가의 가슴팍에 안겼을지도 몰랐다.

프란체스코는 순간적으로 당황하는 눈치였다. 하지만 그는 나를 뿌리치지 않았다. 손녀라는 말의 뜻을 프란체스코는 알까? 나는 결코 거짓말을 한 게 아니었다.

그의 몸에서는 이름을 알 수 없는 이국의 향신료 냄새가 났다. 내 몸에서도 마늘 냄새가 물씬 풍겼다. 나는 지금쯤 건우가 도착했을 머나먼 이국의 땅을 떠올렸다. 그곳의 향신료 이름을 낱낱이 알고 싶었다. 프란체스코, 당신도 건우처럼 내성을 키우기 위해 당신의 나라를 떠났을까? 날개처럼 팔딱거리는 프란체스코의 심장. 오래도록 초인종 안에 숨어 있던 작은 새의 울음소리를 나는 그제야 듣는 중이었다.

웨딩웨딩 드레스

Y는 줄곧 내가 그리워했던 산천어처럼 보였다.
그녀를 만나기 위해서라면 기꺼이 나는 현실을 버리고
그녀가 앉아 있는 유리창 안으로 들어갈 수도 있을 것 같았다.
그녀가 있는 곳이 설사 H의 소설 속이라 해도 상관없었다.
나는 그 누구의 소설에도 이끌려가지 않을 자신이 있었다.

모닝섹스

"일어날 시간이야."

나는 그림자의 어깨를 힙합 리듬으로 흔들며 작지만 단호한 소리로 일어나라고 외쳤다. 그림자는 출근을 해야 했고 나는 그림자가 직장에 늦지 않도록 깨워야만 했다. 우리는 각자의 생산 라인에 서서 프로페셔널하게 우리의 아침을 만드는 데 익숙해져 있었다. 잠시 후, 그림자는 눈도 뜨지 않은 채 주방으로 갈 것이다. 나는 그런 그림자를 위해 식탁 위에 시리얼이나 토스트, 크림수프 따위의 아침식사를 차려놓는다. 그림자는 여전히 눈도 뜨지 않고 그것들을 먹어치운 후 욕실로 향한다. 그림자가 욕실에서 배설과 세면을 하는 동안 나는 커피를 내린다. 잠시 후, 욕실에서 나온 그림자는 커피를 마시며 조간신문을 읽는다. 십이면쯤에 이르러서 '이런, 또 늦었잖아' 라는 언제나 똑같은 대사를 읊은 후에 그림자는 현관을 나선다. 변하는 건 아무것도 없을 것이다. 우리의 일상은 모눈종이처럼 정확했다. 당장 미아리에 자리를 깔고 앉아도 될 정도로 나는 모든 것을 예측할 수 있었다.

"일어나라구."

나는 모눈종이에 그려진 눈금 위에 덧금을 긋는 듯한 어조로 한번 더 그림자를 흔들어 깨웠다. 불쑥, 그림자의 손이 스커트 속으로 미끄러져들어왔다. 나는 몸의 균형을 잃고 그림자 위로 쓰러졌다. 그림자보다 먼저 일어난 페니스는 아이스바처럼 딱딱했고, 차가웠다.

"내가 일어나라고 한 건 그게 아니야."

"알아, 하지만 오늘 아침만큼은 네 안으로 출근하고 싶은걸."

잠에서 덜 깬 그림자의 웅얼거림이 모눈종이의 눈금을 조금씩 허물었다. 우리는 이런 아침을 가져본 적이 없었다. 마치 누군가가 쓰고 있는 소설 속에 들어와버린 것만 같았다. 소설가가 자판을 두드려 조합한 문장이 되어 나는 지금 그의 모니터에 새겨지고 있는 건 아닐까. 머릿속 가득 의심이 들어차는 바람에 내 몸의 감각은 종이인형처럼 말라갔다. 나는 그림자가 접는 대로 착착 접혔다.

여자의 몸 속엔 엘리베이터가 하나씩 있다. 여자와 결혼을 한 남자라면 누구나 전용 엘리베이터를 타고 자신이 원하는 층에서 내릴 수가 있는 것이다. 그러나 나의 엘리베이터는 언젠가부터 고장이었다. 아무리 단추를 눌러도 문이 열리지 않았다. 어젯밤에도 그랬다. 그림자는 보채지 않았다. 이유가 뭘까, 아직은 그것을 생각해보는 단계인 것 같았다. 혹시나 하며 몇 번 더 단추를 눌러보다가 그림자는 아무 일 없다는 듯이 침대를 빠져나갔다. 다시, 익숙한 아침이었다.

밤새 그림자가 베고 누웠던 베개에 그의 두형이 상흔처럼 남아 있었다. 아아, 흔적만으로 상처를, 상처의 원인을 짐작할 수 있다면. 터져나오려는 탄식 때문에 입을 틀어막은 채 나는 그림자의 베개를 어루만졌다. 동백꽃처럼 붉은 탄식이 속에서, 속에서, 툭툭 피어나기 시작했다.

동백꽃밭엔, 그리고 한 여자가 서 있었다.

변명

나는 커리어우먼이 되고 싶었다. 그것이 현대사회가 원하는 여성의 모습이라고 생각했다. 시대와의 조화를 위해 나는 노력했고 그 대가로 공중파 방송국에 공채로 들어갈 수 있었다. 그때만 해도 내가 내 인생 속에서 가리산지리산 헤매게 되리라곤 꿈도 꾸지 않았다.

나는 〈시네마 미팅〉이라는, 교양과 오락이 적당히 뒤섞인 영화 정보 프로그램의 구성작가로 일했다. 시청자들 사이에선 '시네팅'이라는 애칭으로도 불릴 만큼 인기가 좋은 프로그램이었다. 대학에선 문예창작을 전공했지만 영화제작 동아리에서 활동한 덕택에 영화를 보는 나의 안목은 비교적 신뢰할 만한 수준이었다. 물론 나는 메인 작가가 아니었기 때문에 고된 일에 걸맞는 보수를 받진 못했다. 그래도 프로그램에 대한 아이디어는 언제나 마르지 않았다. 차근차근 경력을 쌓는다면 머지않아 메인이 될 수 있다는 희망도 있었다. 그런 소박한 희망조차 한낱 꿈에 불과하다는 사실을 깨닫는 데는, 그러나 많은 시간이 필요하지 않았다.

"자, 이쪽은 미녀 작가 K씨. 그리고 이쪽은…… 현영씨, 무슨 대학 나왔다고 그랬지?"

"올해 M대 문창과 졸업했습니다."

"그래 맞다, M대라 그랬지. 이쪽은 M대 나온 현영씨. 서로 인사들 나누고 앞으로 잘 지내요. 우리 시네팅이 주말 황금시간대를 그냥 차지한 게 아닙니다. 다 팀워크가 좋아서 그런 거지. '뭉치면 살고 흩어지면 죽는다'. 승만이 영감은 재수 없지만 이 말은 아주 딱이라니까."

미녀 작가 누구, 명문 S대 나온 아무개 PD…… 시네팅 담당 PD가 사람을 소개하는 방식은 언제나 그랬다. 그만 그런 건 물론 아니었다. 방송국에서 그런 식의 소개법은 '국산품 애용'이란 말처럼 무감각하고 흔한 일이었다. 한 번도 나는 미녀나 명문으로 시작되는 말로 소개되지 못했다. 나는 언제나 'M대 나온 아무개'였지만 그렇다고 해서 큰 스트레스를 받지도 않았다. 변덕 심한 시청자 입맛에 딱 맞을 아이템 찾으랴, 녹화 때마다 MC를 맡은 남자배우나 스탭들과의 사적 대담으로 바쁜 메인 작가 대신 현장에서 대본 수정하랴, 자료 찾고 게스트 섭외하랴…… 그런 사소한 일로 마음을 다칠 여유가 내게는 없었다. 무심해지는 것이야말로, 미녀는 미녀인 것만으로도 이미 많은 일을 하고 있다는 논법 속에서 생존할 수 있는 유일한 방법이었다. 그러나, 그럼에도 불구하고 정기개편 때 나는 어떤 프로그램도 맡지 못했다.

"나 이거 참, 요즘 시청자들은 다 매니아 수준이라니까. 큐브릭이 어쨌네 린치가 저쨌네 하며 가납사니같이 떠들어댈 땐 언제고…… 겨우 시청자 수준을 못 맞춰요? 앞서진 못해도 최소한 같은 수준은 돼얄 것 아닙니까. 모르면 아는 척이나 말든가."

"현영씨 지금 예술 해요? 삼십 년 뒤의 시청자들이 알아주면 뭐 합니까. 방송은 중졸 수준에 맞춘다, 내가 몇 번이나 말했어요. 방송은 전공수업이 아니에요. 폼잡지 말고, 겉멋 버리고, 시청자 눈높이에 맞게."

담당 PD는 일 프로라도 시청률이 떨어지면 허무할 정도로 쉽게 방송 기준을 바꾸었다. 나만 눈치채지 못했지, 그는 내가 팀워크를 맞추지 못하고 있음을 수차례 암시한 셈이었다. 게다가, 능력도 있는데다 예쁘기까지 한 작가 지망생들이 언제나 줄을 서 있다는 사실을 간과하고 경거망동한 것은 나의 치명적인 실수였다.

사표를 내진 않았지만 맡은 프로그램이 없었으므로 나는 실업자였다. 그뒤로 몇 번의 개편이 더 있었지만 여전히 나는 실업자였다. 케이블 티브이 방송국에 들어갔던 한 친구는 수습기간 동안에 아이디어만 쏙 빼주고는 나와 같은 신세가 되었다. 몇 달 후, 경제부총리가 IMF에 구제금융을 요청했다. 광고가 들어오지 않자 방송도 구조조정에 들어갔다. 더 많은 실업자가 생겼다. 그래도 미녀 작가들은 변함없이 크레디트에 자기 이름을 올렸다. 금세 개선될 상황이 아니었다. 친구들은 새 애인을 만들기보다 헤어졌던 옛 애인을 다시 만났다. 그게 '경제적'이었으므로. 우리는 갑자기 모든 걸 '경제적'으로, '합리적'으로, 생각하기 시작했다. 남자들은 무조건 가장이기 때문에 무조건 가장이 아닌 여자들이 먼저 일을 그만두는 것이 합리적이었다. 어떻게든 시대와 불화하지 않으려고 친구들은 결혼을 택했다. 우디 앨런의 말처럼 인생은 공포 아니면 불행이었다. 불행해서 다행이라고 나는 생각했다.

성인이 된 후, 오로지 나의 경제력으로 확보해야 한다고 생각한 세

가지가 있었다. 나만의 공간, 보고 싶고 듣고 싶은 것을 참지 않아도 좋을 문화적 여유, 기동력을 발휘할 자가용 승용차. 그것이 남자를 갖는 것보다 우선이었다. 그러나 나는 이미 경제적 능력을 잃었으므로 그 세 가지는 고사하고 목에 풀칠할 걱정부터 해야 했다. 능력 있는 누군가를 만나야만 했다. 그런 내게 남자는 밖에서 일하고 여자는 안에서 살림해야 한다는, 가장 경제적인 생산방식인 분업이 당연시되는 사회에 산다는 것은 큰 축복이었다. 그리고, 그렇게 살기로 결심했다면 그런 사회가 내게 주는 여자로서의 덕목에 충실해야 했다. 그것은 운명이었다.

아무리 반항해도 운명이 써놓은 소설의 끝을 바꿀 순 없는 것이다.

화려한 싱글

문예창작과 입학 동기인 H는 소설가였다. 재학 시절, 그녀가 소설 쓰는 것은 고사하고 수업에 참석하는 것도 나는 제대로 본 적이 없었다. 그녀는 오히려 동아리 활동에 더 열심인 듯했다. 국토 사랑 모임, 서법 연구회, 지점토 공예, 록밴드, 불교 학생회, 심지어는 댄싱팀까지, 그녀가 열심히 쫓아다닌 동아리만 해도 열 개가 넘었다. 같은 과였음에도 불구하고 강의실이 아닌 영화제작 동아리방에서 우리는 처음 만났던 것이다.

막 방송국에 입사했을 무렵 그녀의 소설이 신춘문예에 당선되었다는 소식을 들었다. 그때 그녀는 사학년이었다. 이학년을 마친 후 일년간 휴학을 했었기 때문이다. 그녀를 딜레탕트 기질을 지닌 건달쯤으로 여겼던 나는 솔직히 충격을 받았다. H에게 글쓰기에 대한 자의식이 있으리라곤 조금도 상상하지 않았다. 그러므로, 등단작이 은퇴작이 될 게 뻔한 그녀에 대해서 진심으로 연민을 느낀 적도 있었다. 내가 연민을 느끼든 말든 H는 아랑곳 않고 꾸준히 작품을 발표했지만서도.

우리는 가끔 만나서 차도 마시고 밥도 먹고 공연도 보았다. 비용을 지불하는 것은 언제나 H의 몫이었다. 『무궁화 꽃이 피었습니다』같은 베스트셀러를 쓴 것도 아니니 H의 원고료는 보지 않아도 빤했다. 알면서도 나는 단돈 천원도 쓰지 않았다. 그러는 게 당연하다는 생각까지 들었다. 먹고살기 위해 최선이 아닌 차선을 택했다고 우리가 아쉬운 소리를 할 때, 먹고살기도 어려울 H는 결코 아쉬운 소리를 하지 않았기 때문이다. H를 만나고 있으면 나는 그저 그녀의 소설에 들어갈 재료에 불과한 것 같았다. 언젠가는 나를 닮은／닮지 않은 모습으로 저 건달의 소설 속에 서 있을지도 모른다고 생각하니 끔찍했다. 내 인생에서 진짜 같은 가짜는 남자와 결혼한 사실 하나만으로도 충분했다.

어느 날, 마침내 그녀도 내게 아쉬운 소리를 했다. 방송국에서 편집 과정을 지켜보고 싶다는 것이었다. H는 '만남'을 테마로 한 소설 한 편을 청탁받은 상태였다. 방송 프로그램 편집 화면에 등장하는 어떤 여자와 소설 속 화자가 현실에서 만나게 되는 또다른 여자에 관한 이야기를 구상하고 있다고 H는 말했다. 두 여자 중 한 명은 관상어를 판다고 그녀는 덧붙였다. 숨겨둔 애인의 정체를 폭로하기라도 하듯 은밀하게. 그들이 결국 만나긴 하느냐는 내 질문에 그녀는 대답하지 않았다. 자기가 바라는 것을 얻기 위해 그녀는 최소한의 예의만 보일 뿐이었다. 분명히 내가 도움을 주는 건데도 더 물어보면 나만 구차해질 것 같아 그만두었다. 소설에 관한 한 H의 어법은 언제나 그랬다.

그녀는 서울 근교에 자기만의 공간을 갖고 있었다. 원고료로 방세를 지불하기도 힘들 텐데, 불가사의한 일이었다. 어쩌면 돈 많은 유부남을 여럿 사귀고 있는지도 모르겠다. 아예 결혼할 생각이 없다면 그리 불가능한 일도 아니리라. 더구나 H라면, 소설을 쓰기 위해 그보다 더한 일도 마다하지 않을 것이다. H의 그런 면이 나를 불편하게 한다.

편집실에선 〈강을 건넌 여자들〉이라는 르포물을 편집하고 있었다. 굶주림을 견디다 못해 강 건너 중국에 불법 체류하고 있는 여자 동포들을 취재한 것이었다. 여자들이 강을 건너가서 하는 일은 단란주점 종업원, 현지처와 같은 변형된 매춘이었다. 〈강을 건넌 여자들〉은 그런 사실 ― 어쩌면 사실이 아닐지도 모른다. 아무리 르포라 해도 사실만 가지고 프로그램을 만들지는 않는다. 이것은 방송가의 공공연한 비밀이다 ― 을 선정적으로 나열하느라 바빴다. 편집담당 선배는 모자이크 처리를 해서 여자들의 얼굴을 감추었다. 스무 살쯤 된 여자가 노래방에서 〈소양강 처녀〉를 불렀다. 중년 남자들이 박수를 치고 남자들과 짝을 지어 앉은 여자들이 탬버린을 흔들며 박자를 맞췄다. 또다른 장면. 서울이 본거지인 사업가의 현지처라는, 나와 동갑인 여자가 긴 목을 꺾고 눈물을 흘렸다. 어머니와 동생들은 강을 건너지 못했다고 울먹였다. 그녀들이 건너왔다는 강의 저편에 대해서 나는 잘 모른다. 〈똘이 장군〉 같은 만화영화가 그 땅에 대해 내가 받은 교육의 전부였다. 그래서인지 강을 건넌 여자들에게서 어떤 현실감을 느끼기가 몹시 힘들었다.

"선배, 저 여자 정말 강 건너간 여자 맞아요?"

나는 편집담당 선배에게 따지듯 물어보았다. H가 함께 있었기 때문에 괜한 과시욕 같은 게 생겼던 건지도 모르겠다.

"그러니까 모자이크 처리하지. 사투리 들어보면 몰라?"

"그런데 저 여자…… 예전에 다른 프로그램에서 본 것 같아요. 강을 건너려다 당국의 총에 맞아 죽었던 그 여자랑 너무 똑같이 생긴걸요. 둘 다 배우죠? 프로그램 만들려고 훈련시켰죠? 그쵸? 솔직히 말해봐요, 선배."

"얘가 큰일날 소리 하네. 이게 무슨 〈트루먼 쇼〉냐? 한동안 놀더니…… 너, 방송에 대해 냉소만 늘었구나."

선배의 말이 끝나기가 무섭게 H의 시선이 내게로 왔다.

그런 줄 몰랐어. 그녀의 시선이 말하고 있었다.

개편을 이유로 그때 나는 실직중이었다. 하지만 H는 계속 소설을 쓰고 있었다.

계급

Y를 처음 보았을 때의 내 기분을 어떻게 설명할 수 있을까.

가량가량한 체격의 Y는 결코 미인이 아니었다. 세련된 매너나 청산유수 같은 화술을 자랑하는 것도 아니었다. 화장기 없이 까칠한 얼굴은 그녀가 고달픈 삶을 살고 있음을 암시하기에 충분했다. 그런데도 Y는, 그녀를 처음 본 바로 그 순간, 내 속으로 뛰어들어왔다. 금방이라도 귀에 익은 노래를 연주할 것만 같은, 풀피리같이 가늘고 긴 그녀의 목을 볼 때마다 나는 아련한 그리움에 젖는 것이었다.

그녀는 겨드랑이에 물이 닿을 정도로 수족관 깊숙이 양팔을 집어 넣고 있었다. 장난기 많은 금붕어가 주둥이로 팔을 건드리거나 지느러미가 손가락을 스칠 때마다 그녀는 오르가슴에 도달하기라도 한 듯한 표정을 지었다. 금방이라도 목 긴 새가 되어 날아가버릴 것처럼 아슬아슬한 그녀의 모습을 보자 귓속 깊이 불을 지른 듯했다.

"물고기가 하는 말, 알아들을 수 있어요?"

Y가 내게 던진, 첫마디였다.

"글쎄요."

나는 머뭇거렸다. 물고기의 현란한 색깔이 먼저 눈에 들어왔다. 나는 빛이 말을 걸고 있다고 생각했다. 그러나 단박에 그 말을 알아들을 수는 없었다.

"짝사랑에 빠진 사람처럼, 지치지도 않고 세레나데를 부르는 것 같군요."

한참이 지나서, 나는 겨우 그렇게 대답했다. 내가 물고기라면 아마 그랬을 테니까.

"와우, 그 정도면 멋진걸요."

주인도 아니고 겨우 직원이면서 장사를 그런 식으로 하는 사람은 처음이었다. H가 말한 '관상어 파는 여자'가 Y임을 나는 직감으로 알았다. 언제부터인가 나는, 그토록 끔찍해 마지않았던 H의 소설 속에 들어와 있는지도 몰랐다. 설사 그렇더라도 Y와의 만남을 없던 일로 해야겠단 생각은 추호도 없었다.

나보다 한 살 아래인 Y는, 내가 결혼했다는 이유만으로 부신 눈으로 나를 바라본 유일한 여자였다.

"언닌 정말 능력 있어. 누군 하고 싶어 죽겠어도 못한 일을 아주 간단하게 해버렸잖아."

결혼에 대한 Y의 생각은, 그랬다.

하지만 결혼식을 떠올리면 지금도 나는 옷밖에 생각나지 않는다. 신랑을 입은 연미복이 입장하고, 아버지를 낀 장갑을 붙들고 신부를 입은 웨딩드레스가 등장하고, 주례선생님을 입은 양복의 주례사를 듣고, 하객을 입은 옷들 사이로 퇴장하고…… 예복이 사람을 입었던 것 같은 이상한 하루.

"능력 있으면 혼자 살아야지, 우아하게. 내가 뭘 하든 간섭하는 사람도 없고 의무와 책임에 짓눌릴 필요도 없으니…… 좋잖아. 혼자면 조금 외로울 수도 있겠지만 뭐 애인을 여럿 두면 해결되지 않겠어? 그런다고 누가 뭐라 그러지도 않을 테니까."

나는 H를 떠올리고 있었다.

"혼자 산다고 해서 꼭 언니가 말한 것처럼 될 수 있을까?"

"그렇게 못 살 것 같으면 결혼해야지. 혼자 사는 즐거움이 뭔데?"

나는 이번엔 나를 떠올리고 있었다.

"언니, 왕가위 감독 알지? 영화 프로에서 작가 했었다니까 알겠네."

Y는 뜬금없이 왕가위 얘기를 꺼냈다. 나는 양팔저울에 올려놓고 무게를 견주어보고 있던 H와 나를 얼른 저울에서 내려놓았다. 나는 왕가위를 좋아했다. 고독하면서도 화려한 감수성이 흘러넘치는 그의 영화들…… 나는 그의 영화처럼 살고 싶었다.

"그럼, 굉장히 좋아하는걸."

"그럴 줄 알았어. 하지만 나는 좋아하고 싶어도 잘 안 되더라. 그 사람 영화에선 나 같은 점원도 꽤나 화려해 보이던데…… 지금 내 수

입, 시골집에 안 부치고 내가 다 써도 그 영화처럼은 못 살 것 같아. 어쩌면 홍콩에선 점원이 괜찮은 직업인지도 모르지만. 언닌 자꾸 능력 없으면 결혼한다고 말하지만 결혼할 정도의 능력이 안 돼서 혼자 살 수도 있다는 건 왜 몰라? 아, 내 나이도 벌써 12월 25일이건만……"

"12월 25일? 그게 나이야?"

"여자는 크리스마스 케이크와 같다고 하잖아. 23, 24일에 제일 잘 팔리고 25일에도 그럭저럭 팔리지만 25일이 지나면 거저 줘도 안 가져가는, 크리스마스 케이크. 지금 내 나이가 바로 크리스마스 케이크를 팔수 있는 마지막 날이란 말이지. 단 한 번도 나는 독신을 생각해본 적이 없어. 언니가 말하는 그 능력이라는 게 있어도 혼자 살고 싶지 않아. 능력이 없어서 결혼한다는 말도 솔직히 나한테는 사치로 들려."

Y는 뜻밖에 진지했다. 나는 아무 말도 할 수가 없었다.

"사람과 사람이 같이 사는데, 능력이 있느냐 없느냐는 중요한 문제가 아닌 것 같아. 절실히 누군가와 같이 살고 싶은 마음이 있다면 살아야지 어떡해? 언니는 능력 없어서 결혼했다 그러고, 나는 능력 없어서 혼자라고 하고…… 우린 정말 한 쌍의 바퀴벌레처럼 치욕적인 커플인 것 같다……"

자신 명의로 된 집을 소유하고 있어야 하고 월 수입도 몇백 이상이어야만 가입할 수 있는 독신자 클럽 얘기를 해주면 Y는 어떤 표정을 지을까. 독신에의 꿈은 풍선처럼 공허하게 내 머릿속에서 부풀어 있었다. 혹독한 현실로서의 독신을 견뎌야 하는 Y의 한마디 한마디가 날카롭게 나를 찔렀다. 그녀에게 독신은 삶의 한 방법이라기보다 일종의 계급에 가까웠던 것이다.

신종 프롤레타리아 Y. 그녀는 혁명을 꿈꿀까?

그녀가 받아주기만 한다면 나는 그녀의 남편이라도 되고 싶었다.

Y의 긴 목에 시선을 박았다.

풍선이 터졌다.

긴 목으로 매듭을 풀다

내 기억 깊은 곳엔 목이 긴 여자가 살고 있다.

그녀는 결이 고운 머리를 언제나 틀어올리고 있었다. 그래서인지 그녀가 움직이면 언제나 목부터 보였다. 잘 당겨진 현처럼 긴장된 그 목을 보고 있으면 덩달아 내 마음 어딘가가 푸르륵 떨렸다.

"목이 저렇게 생기면 징그러운 사람이래."

내 또래였던 옆집 아이는 그렇게 말했다. 옆집 아이는 텔레비전에서 남녀가 입을 맞추는 장면을 보고도 징그럽다고 표현했다. 아마도, 야하다거나 섹시하다는 표현을 그렇게 한 것 같다. 그 당시 우리 나이는 일곱 살 아니면 여덟 살이었을 것이다. 우리에게 성은 아직 금지된 세계였다. 하지만, 아무리 금지되었다 해도 본능적으로 우리는 그런 세계가 있다는 것을 알고 있었다.

긴 목은 구멍가게 주인이었다. 좁은 길 하나를 사이에 두고 그녀의 가게와 마주하고 있는 또다른 구멍가게가 있었는데 거기 주인은 애를 넷이나 낳은 아줌마였다. 둘의 나이가 엇비슷하다고 들었지만 내 눈에는 긴 목 쪽이 훨씬 젊어 보였다.

애가 넷인 아줌마는 자기 가게 앞을 빗자루로 쓰는 척하면서 쓰레기를 몽땅 긴 목의 가게 앞으로 보내는 것을 취미로 했다. 긴 목은 두 말 없이 그 쓰레기를 다 치웠다. 그녀가 아줌마의 취미생활에 제동을 거는 일은 결코 없었다.

"아유, 저 여우. 어디서 굴러먹다 왔는지 몰라."

그랬어도, 긴 목에게 돌아가는 것은 언제나 비난뿐이었다.

동네 남자들은 대부분 긴 목의 가게에서 물건을 샀다. 괜히 물건값보다 더 많은 돈을 내고 가려는 남자들도 많았다. 그러면 긴 목은 아예 물건값을 안 받아버렸다. 몰래 몸을 만져보려는 남자도 있었다. 손 치워요. 긴 목은 단호했다. 머쓱해진 남자가 나간 뒤, 긴 목은 라면 박스 뒤에 숨어서 소리도 내지 않고 어깨만 떨며 조금 울었다. 진드기처럼 달라붙는 남자에게 따귀를 올려붙였다가 되레 멍이 들도록 맞은 적도 있었다. 그래도 남자 손님은 줄지 않았다.

옆집 아이 말대로 정말 '징그러운' 여자일지도 몰라.

그런 생각을 하면서도 나는 꼭 긴 목의 가게에만 갔다. 간장병에 간장을 채우고 소쿠리에 콩나물을 담느라 활처럼 휘어진 그녀의 목덜미를 깊이깊이 바라보았다.

긴 목이 얼마나 '징그러운' 여자인가는 오래지 않아 밝혀졌다.

그 당시 우리집은 우물을 중심으로 한 안채와 대추나무를 중심으로 한 뒤채로 나뉘어 있었다. 뒤채엔 젊은 여자가 세를 들어 살고 있었다. 그녀는 갖가지 재질의 끈이나 실을 꼬아 다양한 매듭을 만든 후 그것들을 일정하게 배열하고 엮어서 각종 장식품을 만드는 일을 했다. 모빌처럼 천장에 매달 수 있는 화분 받침대부터 목걸이나 머리핀 같은 자잘한 장식품까지, 매듭만으로 그녀는 모든 것을 만들었다. 나와 옆집 아이는 자주 매듭의 방에 가서 놀았다. 거기에는 긴 목의 가게 못지않게 과자며 사탕이 널려 있었다. 긴 목의 가게에서였다면 값을 지불해야 할 것을 우리는 공짜로 먹는 행운을 누렸다. 과자가 널려 있었음에도 불구하고 매듭의 방에선 언제나 오이 냄새가 났다.

매듭은 자신이 만든 장식품 중에서 가장 잘 된 것은 나와 옆집 아이에게 주고 그저 그런 범작을 내다팔곤 했다. 나는 매듭이 준 물건들을 책상 서랍 깊숙이, 비밀처럼 숨겨두었다. 비록 어렸지만 과자나 얻어먹으려고 매듭에게 간다고는 생각하지 않았다. 나는 매듭의 방에서 나는 오이 냄새를 맡고 싶었다. 냄새를 맡으면 언제나 몸이 가늘거렸다.

대추나무에 열매가 열리기 시작하던 무렵이었다.

아직 새파란 대추에 조각칼로 그림을 새겨넣는 일을 나는 아주 좋아했다. 그날도 옆집 아이와 나는 소쿠리 가득한 파란 대추를 가지고 몽땅 그 짓을 했던 것 같다. 그러다가 싫증을 느꼈을 때, 우리는 집 안에 아무도 없다는 사실을 깨달았다. 와락 무섬증이 들었다. 옆집 아이와 나는 매듭을 찾아갔다. 그보다 더 당연한 선택은 있을 수 없었다.

"나만 강을 건넜어. 내 동생이 무섭게, 서럽게 울었지만 강을 거슬러올라갈 수가 없었어. 그때 그애 얼굴은 찬바람에 온통 터져 있었는데…… 너무 울어서…… 짠기에 얼굴이 없어져버렸는지도 몰라."

매듭의 방에선 그러나 누군가의 목소리가 새어나오고 있었다. 당연히 우리는 평소처럼 아무 거리낌 없이 매듭의 방문을 열지 못했다. 매듭의 방에 와 있던 그 손님은 혼잣말인 듯 대화인 듯 그렇게 끝없이 말을 해댔다. 슬픈 목소리였다. 매듭은 아무 대꾸도 하지 않았다. 으허으허…… 수상한 신음 소리만 토해낼 뿐이었다.

보고 싶다, 보아선 안 된다…… 두 개의 마음 사이에 놓인 외줄을 밟으며 우리는 도둑고양이처럼 창문이 있는 쪽으로 걸음을 옮겼다.

외줄이 위태로이 흔들렸다.

커튼 사이로 두 여자가 알몸으로 엉켜 있는 것이 보였다. 끈이나 실이 아닌, 사람의 몸으로 만드는 매듭은 어떤 모양일까. 그 매듭을 가지고 만들 수 있는 장식품은 어떤 것일까. 엎드린 채로 흐느적거리고 있는 한 여자의 뒷목을 매듭이 혀로 핥고 있었다.

"네 얼굴을 이리 줘."

엎드려 있던 여자가 갑자기 몸을 뒤집고 자세를 바로 하더니 두 손으로 매듭의 턱을 감싸쥐었다. 그녀의 혀가 매듭의 턱에서 이마까지 순식간에 일직선으로 관통했다. 아, 그녀는 바로 긴 목이었다. 옆집 아이는 거의 울 듯한 표정이었다. 갑자기 오줌이 마려웠다. 수많은 원을 그리며, 하늘이 내 머리 위에서 빠르게 회전했다. 순식간에 대추 열매가 붉게 물들었다. 어디선가 화살 같은 바람이 불어와 대추나무를 흔들어댔다. 후드득후드득 대추가 떨어지고, 뒤란은 온통 핏빛이었다.

나는 비밀처럼 숨겨두었던, 매듭이 내게 주었던 장식품을 몽땅 내다버렸다. 책상 서랍은 비밀이 숨어 있기엔 위험한 장소였다. 진짜 비밀을 나는 마음의 맨 밑바닥에 묻었다. 나조차도 꺼낼 수 없도록, 깊고 깊은 곳에.

과자를 먹거나 오이 냄새를 맡기 위해 매듭의 방에 놀러가던 것을 나는 당장에 그만두었다. 가끔, 옆집 아이가 옷을 다 입은 채로 또래 아이들과 사타구니를 맞대고 있는 장면을 목격하기도 했다. 어느새 내 몸에서도 오이 냄새가 나고 있었다.

한 남자가 거의 매일같이 매듭을 찾아왔다. 그 일이 있기 전에도 가끔씩 들르곤 하던 남자였다. 그러나 예전에 그가 찾아왔을 때와는 사뭇 다른 분위기였다. 그와 매듭은 만나기만 하면 심하게 다투었다. 다른 건 아무것도 하지 않았다. 오로지 싸우기만 했을 뿐이다. 싸움이 여러 날 계속되자 매듭은 비스킷처럼 깡말라버렸다. 살짝 건드리기만 해도 그대로 부서져버릴 것 같았다.

그런 날들 중에 어느 하루였을 것이다.

"현영아, 어제 그 아저씨가 또 찾아오면 언니 없다고 해라. 시골집에 내려갔다고 해, 알았지?"

그녀는 땅콩크래커를 내 주머니에 넣으며 속삭였다.

"오늘만요?"

"글쎄…… 그래, 우선은 오늘 하루면 될 거야. 그래줄 수 있지?"

"가게 아줌마한테도요?"

"……응, 가게 아줌마한테도."

매듭은 한참 머뭇거리다가 힘없이 말했다.

"알았어요. 근데 나 이제부턴 과자 먹으면 안 돼요. 이 썩는다고 엄마한테 혼나걸랑요."

나는 매듭이 주머니에 넣어준 과자를 도로 꺼내놓았다.

"현영이가 다 컸구나."

매듭은 쓸쓸히 웃었다.

그날, 나는 헌병처럼 뒤란을 지키며 매듭을 찾는 사람들을 따돌렸다. 남자는 서너 번의 헛걸음질에 지쳤는지 그날은 더이상 찾아오지 않았다. 그러나, 긴 목은 결코 내 말을 믿지 않는 눈치였다. 묵묵히 발걸음을 돌리긴 했지만 계속 매듭의 방 주변을 맴돌았다. 오히려 내가 감시받고 있는 기분이었다. 긴 목에게 이실직고하고 감시에서 벗어나고 싶었다. 그러나 또 한편 매듭과 긴 목 사이에서 영원히 거치적거리고도 싶었다. 어찌나 마음이 왔다갔다하던지, 도무지 가리사니를 잡을 수 없는 하루였다.

종일 불안에 떠느라 일몰쯤 해선 나는 거의 신경쇠약 직전에 이르렀다. 긴 목도 나와 비슷한 상태인 모양이었다. 마침내 그녀는 나에게 화를 내며 저돌적으로 매듭을 향해 돌진했다.

"안 돼요, 아줌마!"

물론, 나는, 저지했다.

"저리 비키지 못하니? 어린 게 뭘 안다고 어른들 일에 참견이야."

물론, 그녀는, 나를 밀쳐버렸다.

"언니는 지금 없다니깐요."

나는 긴 목의 뒤를 허겁지겁 쫓아가며 소리쳤다. 나는 정말로 매듭이 사라졌기를 바랐다. 그리고 내 바람대로 매듭은 정말 사라지고 있는 중이었다. 방 안에 반듯이 누운 채 헐헐헐, 숨을 몰아쉬며.

매듭이 관에 실려나가던 날, 찬비가 내렸다. 쥐약을 먹었다고 어른들이 수군댔다. 긴 목은 두 번이나 실신했다. 겨우 정신을 차리고 일어나면 또 사무치게 울었다. 마치 고장난 장난감 같았다. 그러나 아무도 고장난 장난감을 위로해주지 않았다. 긴 목의 긴 목이 더 길어졌다. 매듭이 사랑한 사람은 긴 목일까, 그 남잘까. 나는 그것이 몹시 궁금했다.

엄마는 죽은 여자가 준 장식품들을 몽땅 내놓으라며 나를 닦달했다. 눈에 보이는 것들을 버린 지 이미 오래라는 걸, 내가 간직하고 있는 것은 결코 육안으로 볼 수 없다는 걸, 엄마는 아직 몰랐다. 머리에 스웨터를 뒤집어쓴 채 비를 맞으며 나는 오래오래 대추나무 아래 서 있었다.

이산가족

　몇 년 뒤, 긴 목은 아예 가게 문을 닫았다. 동생을 찾는다는 내용을 도화지에 적어서 그것을 가슴과 등에 붙인 채 긴 목은 방송국 앞에서 살다시피 했다. 그녀는 광고판을 앞뒤로 매단 '샌드위치맨' 같았다. 우스꽝스런 모습으로 장터를 떠돌며 호객을 하던 그들, 이미 오래 전에 멸종해버린……

　눈물 없이는 볼 수 없는 영화, 개봉박두!

　그녀들의 영화가 개봉할 때마다 사람들은 모두 텔레비전 앞에 모여앉아 부둥켜안고 울었다. 텔레비전 안과 밖의 풍경이 너무 똑같아서 누가 배우고 누가 관객인지 구분이 가지 않았다. 만날 사람은 만나야 한다고 어른들은 말했다. 아이들은 그 시절, 모두 똑같은 일기를 썼다.

마음속 에덴동산

　식탁 위엔 조간신문의 십이, 십삼면이 펼쳐져 있었다. 나는 펼쳐진 신문을 접은 후 맨 끝 면부터 읽기 시작했다. 백화점 바겐세일을 알리는 전면광고조차도 프랑스 자수라도 놓듯 꼼꼼히 읽었다. 가끔 볼펜으로 표시를 하거나 메모도 남겼다. 네 컷 만화, 사회면, 문화면, 연재소설……을 넘어 티브이 프로그램 안내에 이르자 볼펜은 더욱 바쁘게 움직였다. 역시, 직업은 못 속인다. 밤 열한시 십분, 〈거꾸로 보는 뉴스―강을 건넌 여자들〉에는 꼭 봐야 한다는 뜻으로 별을 두 개나 그려넣었다.

십이면에는 어떤 시인이 금강산 관광길이 열리게 된 것에 대해 감회를 토로하는 글이 실려 있었다. 절절한 글이었다. 하지만 내게는 아무런 감회도 없었다. 금강산의 이미지는 전설의 섬 이어도보다도 더 막연할 따름이었다. 금강산에 대해 내가 아는 것이라곤 〈그리운 금강산〉이라는 가곡이 있다는 정도, 겨우 그 정도였다. 그리고 또, 그 곡을 작곡한 사람의 아들이 최성원이라는 것.

최성원은 록밴드 '들국화'의 멤버이며 내가 좋아하는 몇몇 노래를 만든 사람이기도 하다. 〈매일 그대와〉란 곡도 그중의 하나였다. 그림자가 입사하던 날이었다. 그날 우리는 술에 취하지도 않은 채, 맨정신으로, 노래방엘 갔다. 그리고 무려 네 시간이나 노래를 불렀다. 새벽비 내리는 거리도 저녁 노을 불타는 하늘도 우리를 둘러싼 모든 걸 같이 나누고파 우우 매일 그대와…… 마지막 노래를 부르는 그림자의 목은 잠겨 있었다. 잠긴 목으로 그림자는 나에게 프러포즈했다. 노래방에서 나왔을 땐 정말 비가 내리고 있었다. 운명이라고, 나는 생각했다. 아주 통속적인, 운명. 그 당시 나는 정기개편을 이유로 실업자가 된 상태였다.

그림자는 십이면을 읽으며 무슨 생각을 했을까?

나는 십이면까지 읽고 나서 신문을 접었다. 그림자와 나는 언제나 십이면에서 만난다. 그는 앞에서부터 십이면까지 읽고 나는 뒤에서부터 시작해서 십이면에 이르는 것이다. 십이면보다 앞면에 실린 기사에 나는 전혀 관심이 없었다.

그림자와 나는 둘 다 72년생 쥐띠, 동갑이다. 그러나 그림자는 나보다 한 학번 위로 M대 선배였다. 그림자가 일학년 때 같은 학교 같은 학번의 한 청년이 과잉 시위 진압으로 인해 숨지는 사건이 발생했다. 그 학기 내내 모든 강의가 휴강이었고 교정은 언제나 구호와 최루 연기로 뒤덮여 있었다고 한다. 하지만 같은 시간, 나는 재수생 신분을 한탄하며 '봄날은 간다'고 읊고 또 읊었다. 이듬해, 내가 같은 학교에 입학했을 땐 어디서도 그런 흔적을 찾을 수 없었다. 그림자는 청년이 숨진 사월이 되면 늘 검은 옷을 입고 다녔다. 그림자를 질투했던가. 잘 모르겠다. 어쨌거나, 비 오는 날마다 민주광장은 잃어버린 대륙 아틀란티스처럼 떠올랐다. 그림자는 지금도 사월이 오면 검은 옷을 입는다. 그러나 같은 시간에 나는 국제영화제 시상 결과에 촉각을 곤두세운다.

같이 사는 동갑내기의 현실도 이 정도로 불일치하니 세대간의 불일치는 더 말할 것도 없을 것이다. 아니, 세대차라는 말 자체가 허위다. 전 세계 인류가 모두 한 날 한 시에 태어났다 해도 그 누구도 같은 인생을 살 수는 없다. 결혼을 해도 닮은 인생을 살 수 없는 건 당연하다. 결혼이란, '매일 그대와'가 '매일 그림자와'로 바뀌어가는 과정을, 내가 그대를 그림자라고 부르기 시작했을 때 나 또한 그림자가 되고 마는 것을 속수무책으로 지켜보는 것일 뿐. 그림자의 프러포즈를 받던 날, 비를 맞으며, 내가 운명이란 말을 울컥 토해냈던 것은 그저 감상이 아니었다.

사람들의 마음속엔 저마다 에덴동산이 하나씩 있다. 동산의 한가운데서 자라고 있는 아름드리 나무에 탐스런 열매가 열려도 사람들은 감히 딸 생각을 하지 못한다. 금단의 열매라는 소문에 중독되어.

세월이 흘러, 시들어 썩고 있는 열매를 보며 자신의 욕망대로 살지 못했던 사람들은 말할 것이다. 내 팔자, 내 운명이라고. 운명적 만남이니 사랑이니 하고 거창하게 떠들어대지만 운명이란 알고 보면 그렇게 시시한 것이다. 운명은 실재하지 않는다. 우리가 만나는 것은 운명에 대한 루머일 뿐이다.

마음속 동산에 철조망을 치고 내 스스로 접근금지 팻말을 달았기 때문일까. 그날의 비는 조의를 표하는 검은 깃발처럼 아직도 내 안에서 내리고 있다.

송어

Y와 춘천에 갔다. 먼산에서부터 가을이 오고 있었고 소양호의 물빛도 산을 닮아가고 있었다. 올해는 여름의 끝물에 이상하게 비가 많이 내렸다. 그래서인지 막 색을 입기 시작한 단풍 빛깔이 썩 곱지만은 않았다. 하지만 그래도 가을이었다. 가을이 먼저 시작되는 곳, 국토의 북쪽. 우리는 그곳에 함께 있었다.

청평사 입구에서 Y와 나는 현미로 빚은 술과 송어회를 먹었다. 뭘 먹을까 물어보면 Y의 입에선 언제나 송어회라는 말이 스프링처럼 튀어나왔다. 그럴 때 그녀는 아주 귀여워 보였다. Y는 송어야말로 사랑이 뭔지 아는 물고기라고 했다. 그녀는 물고기에 대해서라면 뭐든지 다 알고 있었다. 소나무 마디처럼 붉은색이 선명해서 송어라는 이름이 붙었다는 것도 나는 그녀 때문에 알았다.

"언니, 송어 신랑이 누군지 알아?"

"송어한테도 신랑이 있니?"

"당연하지. 송어도 결혼을 해야 새끼를 낳을 거 아냐."

"사람이 사람하고 결혼하듯이 송어도 송어랑 결혼하겠지 뭐."

"하여간 언니의 상상력은 아주 썰렁하다니까. 그렇게 뻔한 답이 나올 것 같으면 뭐 하러 물어본담. 하긴, 그런 언니를 알면서도 물어본 내가 잘못이지."

"잘못한 줄 알았으면 됐네. 그래, 신랑이 누구니?"

Y는 나 때문에 김이 좀 샌 것 같더니만 송어 얘기를 하면서 금세 생기를 되찾았다.

"송어는 가을의 신부야. 시월이 되면 송어 옆구리가 분홍빛으로 물이 든대. 사람은 웨딩드레스를 그저 걸칠 뿐이지만 송어는 몸 자체가 예복이 되는 거라고 볼 수 있지. 준비된 송어 옆에 설 준비된 신랑은 바로 산천어. 재밌는 건, 송어는 바다에 살고 산천어는 하천에 산다는 사실이야. 결혼은 신랑 동네에서 올리고 새끼도 거기서 낳는다고 하는군. 그리고 일 년쯤 지난 후에 수컷이 된 산천어는 하천에 남고 암컷이 된 송어는 바다로 떠난다는 거야. 어때, 멋있지?"

"말도 안 돼. 네 말 들어보니까 하나는 바닷고기고 하나는 민물고긴 것 같은데 둘이 결혼을 한단 말야?"

"그러니까 정말 결혼이지. 백인 백색인데 어떻게 똑같은 사랑, 똑같은 결혼이 나올 수 있다고 생각하는지 모르겠어. 그런 건 가짜야. 언닌 결혼을 너무 상투적으로 생각하는 것 같아. 그러니까 맨날 영화에나 나올 법한 독신 타령이지."

그렇다. Y의 말이 맞을지도 모른다. 내가 바다에 산다고 해서 내가 그리워하는 누군가도 꼭 바다에 살아야 한다는 법은 없는 것이다. 진심으로 만나길 원했다면 바다를 버리고 내가 하천으로 갈 수도 있는 것이었다. 입 안의 송어와 나의 살이 섞이는 행복한 착각에 빠질 수 있어서 송어회를 먹는 내내 나는 행복했다.

창 밖은 어느덧 짙은 어둠으로 덮여 있었다. 어둠 때문에 거울이 되어버린 유리창엔 횟집의 내부가 그대로 비쳤다. 나는 그 안에 들어앉은 Y를 바라보았다. Y는 줄곧 내가 그리워했던 산천어처럼 보였다. 그녀를 만나기 위해서라면 기꺼이 나는 현실을 버리고 그녀가 앉아 있는 유리창 안으로 들어갈 수도 있을 것 같았다. 그녀가 있는 곳이 설사 H의 소설 속이라 해도 상관없었다. 나는 그 누구의 소설에도 이 끌려가지 않을 자신이 있었다. 잠시 후, 그녀와 나의 시선이 마주쳤다. 유리창 위에서, 아직은 불안하게. 우리는 한동안 그렇게 서로를 응시했다.

"언니 눈 속에 앉아 있는 기분이야."

Y가 말했다.

돌고 돌아, 버리고 버려, 현실이든 꿈이든, 어떤 식으로든, 만날 사람들은 만나게 마련이다. 뭍이 그리운 바다처럼, 수많은 얼굴들이 파도를 일으키며 내 안으로 밀려왔다.

커밍아웃

〈강을 건넌 여자들〉을 보며 그림자와 섹스를 했다. 아니, 하려고 했다. 그러나 엘리베이터의 문은 여전히 열리지 않았다. 모자이크 처리를 당해서 얼굴이 지워진 여자들이 티브이 화면에 떠다녔다. 돌연 변태적인 욕구가 솟았다. 나는 그림자를 내 몸에서 떼어내며 말했다.

"모자이크 뒤에 숨은 여자들의 얼굴을 나는 알고 있어."

그림자는 허공을 보듯 나를 보았다. 내가 그림자를 바라볼 때의 바로 그 눈빛이었다. 나는 정말 그림자와 결혼한 걸까. 결혼은 정말 상투적인 것일까. Y는 정말 내 귓속 깊이 불을 지폈나. 긴 목과 매듭은 정말 사랑했나. 이 모든 것이 정말 현실일까. 혹시 나를 스쳐간 수많은 이미지에 불과한 건 아닐까. 수많은 질문과 의혹이 아우성치며 달려들었다. 나는 운명이, 혹은 H가 써놓았을 소설의 끝을 바꾸어보기로 했다.

"나 지금 커밍아웃한 거야."

그러나 그림자는 들은 척도 하지 않은 채 다시 나에게 몸을 맞댔다. 그의 페니스는 아침과 달리 아주 따뜻했다. 그러나 그것은 이미 내 것이 아니었다. 언젠가 그림자가 사랑할 미지의 누군가의 것이었다. 미지의 누군가는 그림자가 가진 따뜻함을 온전히 받아들일 수 있는 사람일 것이다. 그림자가 그 사람을 만나길 나는 진심으로 바란다. 만날 사람을 만나지 못한 사람은 언제나 허공을 보며 환상 속에서 살 수밖에 없다. 기다림의 시간을, 우리는, 견뎌야만 한다.

"점점 이상한 말만 하는구나. 도대체 왜 그러니? 우린 결혼한 사이야."

그림자의 어조가 점점 절망적으로 변해간다. 하지만 우리에겐 아직 희망이 있다.

한 번도 나는 결혼하지 않았다.

내가 기다려야 할 얼굴들이 밀려온다.

그들에 대한 그리움으로 내 목이 점점 길어진다. 금강산이든 한라

산이든 울릉도든, 그리운 그들이 있는 곳이라면 어디라도 좋다. 이 긴 목이 기꺼이 다리가 되어줄 테니까.

손정수(문학평론가, 계명대 교수)

현대성의 균열로부터 흘러나온 욕망의 표정

이상의 까마귀와 마찬가지로 김현영의 까마귀 또한 체계의 시스템으로부터 배제된 이미지들로 구성된 현대적 의식의 한 측면을 표상하는 메타포의 일종인바, 김현영이 까마귀의 시선을 도입한 이유 역시 이곳에서 찾을 수 있다.

말하자면 김현영의 '까마귀의 시선'은 일상적 시선의 표면을 걷어내고 그 아래 잠복해 있는 비일상적인 세계를 드러내는 한편, 그를 통해 일상의 메커니즘을 비판하는 기획과 관련을 맺고 있는 것이다.

1. '몰핑 기법'과 '까마귀'

　김현영은 그의 첫 소설집 『냉장고』(문학동네, 2000)의 후기에서 자신의 글쓰기를 '몰핑 기법'에 비유한 바 있다. SF영화 〈터미네이터2〉에 나오는 액체금속로봇 'T-1000'을 만들어낸 할리우드 특수효과 팀의 기법이 그것인데, 이와 같은 비유는 무엇에라도 손을 대기만 하면 그것을 복제해서 하나가 되는 T-1000처럼, 의식 바깥의 세계를 고스란히 글로써 담아내고자 하는 작가적 열망의 표현으로 이해할 수 있을 것이다.

　그런데 여기에서 주목되는 것은 그가 글쓰기를 '몰핑 기법'이라는 할리우드 영화의 기법에 비유하고 있다는 점이다. 이는 김현영 소설에 내포된 세대적 감수성의 한 측면을 말해주는 요소일 것이다. 그러나 그렇다고 하더라도 이러한 감수성이 소설쓰기의 영역 바깥에 존재하는 것은 아니다. 오히려 그와 같은 감수성은 소설 장르의 전통적 영역과 그 바깥에 존재하는 새로운 현실 사이의 긴장에서 연원한다. 그러하기에 "몰핑 기법에다 소설을 비유할 수밖에 없는 나, 그러면서 도 깊어지는 영혼을 꿈꾸는 나……"('작가의 말', 『냉장고』, 334쪽)라 는 표현은 김현영을 비롯한 젊은 세대 작가들의 지향점을 보여주는 패러독스의 일종이라고 할 수 있을 것이다. 이 패러독스에 접근하기 위해서는 이중의 작업이 요청된다. 기존의 소설 언어로 담아낼 수 없 었던 새로운 감수성에 근거하되, 이를 다시 소설의 영토 내부로 이끌 어들이는 작업이 곧 그것이다.

그러나 다른 한편으로 생각해보면, 이러한 요청조차도 체계의 시 스템의 한 부분인 소설 장르 자체의 기획 아래 놓여 있는 것이다. 벌 들이 저마다 열심히 꽃을 찾아다니며 꿀을 모아 집을 짓는다 해도 결 국 그 집의 형태는 육각형의 기하학적 무늬로 귀착되듯, 새로움을 추 구하는 글쓰기의 산물이 띠게 될 모습 또한 이미 체계의 시스템에 의 해 그 윤곽이 마련되어 있는 형국이라고나 할까. 물론 글쓰기가 전적 으로 체계의 주입대로 실현되는 것은 아니겠지만, 글쓰기 이전에 담 론의 배치와 분배 시스템이 이미 작동하고 있다는 사실만큼은 부정 하기 어렵다. 글쓰기는 언어 그 자체의 문법과 관습뿐만 아니라, 문 학적인 것과 비문학적인 것 사이의 구분, 허구와 사실의 형이상학적 대립, 장르간의 분화 등의 여러 규범들을 의식적으로 혹은 무의식적 으로 통과하면서 이루어지기 때문이다. 그러하기에 그 결과 산출된 한 편의 소설은 애초의 글쓰기 욕망과 필연적으로 어긋날 수밖에 없 다. 글쓰기에 내포된 이와 같은 절망적인 운명을 의식하면서, 규범을 넘어서 애초의 글쓰기 욕망에 접근하기 위한 언어적인 시도가 기괴

하고 뒤틀린 형태로 나타날 수밖에 없는 것 또한 이러한 측면과 관련될 터이다.

김현영의 두번째 소설집 『까마귀가 쓴 글』의 저류를 흐르고 있는 의식은 이와 같은 시장사회 속 문학의 존재방식과 운명에 대한 인식, 그리고 그 속에서 발생하는 글쓰기에 대한 깊은 자의식이다. 이번 소설집에서 이와 같은 글쓰기 의식을 표상하고 있는 이미지가 곧 '까마귀'이다.

일찍이 이상(李箱)의 시「오감도(烏瞰圖)」가 까마귀의 음울한 시선으로 현대의 풍경을 조감한 '까마귀가 본 그림'이었음에 비해, 김현영의 이번 소설집은 '까마귀가 쓴 글'을 표방하고 있다. 그의 소설들이 사실적이라기보다는 초현실적인 분위기에 바탕을 두고 있으며, 전통적인 소설의 영역에서 과감하게 벗어나 현대적인 삶의 장면들과 직접 마주하고 있는 것 또한 이러한 맥락을 뒷받침해주고 있다. 이상의 까마귀와 마찬가지로 김현영의 까마귀 또한 체계의 시스템으로부터 배제된 이미지들로 구성된 현대적 의식의 한 측면을 표상하는 메타포의 일종인바, 김현영이 까마귀의 시선을 도입한 이유 역시 이곳에서 찾을 수 있다. 말하자면 김현영의 '까마귀의 시선'은 일상적 시선의 표면을 걷어내고 그 아래 잠복해 있는 비일상적인 세계를 드러내는 한편, 그를 통해 일상의 메커니즘을 비판하는 기획과 관련을 맺고 있는 것이다.

2. 까마귀 바이러스—시장사회 속에서 글쓰기

김현영의 소설들에는 현대적인 삶 속에서 글쓰기가 갖는 의미에 대한 물음과 그로 인한 자의식의 형상화가 밀도 있게 펼쳐져 있는바, 그와 같은 자의식의 표현이 곧 '신개념 워드 프로세서'이다.

육필(肉筆)의 아우라(Aura)가 사라진 근대 이후의 상황 속에서, 그리고 텍스트의 범람 속에서, 작가는 더이상 'write'의 주체가 아니라 'word'를 'process'하는 존재에 지나지 않게 되었다. 연필에도 볼펜에도 이미 '신개념 워드 프로세서'가 장착되어 있다. 아니, 우리의 신체에, 뇌 속에 이미 '신개념 워드 프로세서 프로그램'이 깔려 있다. 이 프로그램으로부터 벗어나는 것이 가능하지 않다 해도, 글 '쓰기'를 시도하기 위해서는 우선 이 프로그램의 실체와 마주해야만 한다. '신개념 워드 프로세서' 프로그램의 작동을 교란시키는 바이러스, 김현영은 이 바이러스에 '까마귀'라는 파일명을 부여하고 있다.

「신개념 워드 프로세서」에서 '나'(한성우)는 실패를 경험해본 적 없는 인생을 살아온 광고회사의 카피라이터로, 일상의 반복되는 생활이 따분하기는 하지만 실은 그 때문에 안심하며 살아간다는 것 또한 체념적으로 받아들이고 있는 속물적 인간이다. 더구나 사람들의 비슷한 정서나 관심사야말로 광고를 성립시키는 조건이기에 광고 기획자인 '나'가, 굳이 세상에 대해 따분하다는 제스처를 취할 필요는 없다. 그렇다고 '나'가 진부하게 엘리트 코스를 정석대로 밟으며 살아온 것은 아니다. 운동도 사교도 문화생활도 '적당히' 전문적으로 누리는 파격을 나름대로 추구해온 '나'가 판검사가 아닌 광고 일을 선택한 이유 또한 스스로가 특별한 존재라는 환상에 사로잡혀 있었기 때문이다.

그러던 '나'에게 최초의 실패가 찾아온다. 한 번도 삶의 궤도로부터 일탈해본 적이 없기에 실패를 견디는 방법에 대해 전혀 학습한 바가 없는 '나'는 당황스러울 수밖에 없다. 29년간 이어온 삶의 궤도로부터 이탈해 있다고 느끼는 순간, 당황스러움은 절박한 위기감으로 바뀌어간다. 그러한 위기감 속으로 찾아온 것이 정체불명의 메일, 곧 '신개념 워드 프로세서 프로그램'이다. '나'가 다운받은 그 프로그램은 움베르토 에코의 『푸코의 추』에 나오는 워드 프로세서 '아불라피아'처럼 맞춤법이나 잘못된 문장을 고쳐줄 뿐만 아니라 머릿속으로만 구상한 소설을 완벽하게 자동적으로 써내는 환상적인 프로그램이었다.

신개념 워드 프로세서를 사용하며 나는 모범적인 문장, 신선하지만 무난한 표현, 적당한 감동이 무엇인지를 배웠습니다. 나나 당신이나 우리들이 원하는 것은 언제나 '적당히' 신선하고 '적당히' 충격적인 것이라는 것도. 아니라고, 당신은 부정하고 싶은가요? 천만의 말씀입니다. 적당하지 않으면 나나 당신은 부담을 느낄 겁니다. 만고의 진리를 깨닫고, 그리고 그걸 받아들인 덕분에 내 책은 베스트셀러가 될 수 있었습니다. 별로 믿고 싶은 일은 아니지만 다른 베스트셀러들도 신개념 워드 프로세서로 작성됐을 가능성이 아주 높습니다.(151쪽)

애초에 '나'가 작가가 되기로 마음먹은 것은 학창 시절 같은 반이었던 강중연에 대한 열등감 때문이다. 학창 시절 우등생이었지만 지금은 바야흐로 삶의 위기에 처해 있는 '나'와는 대조적으로, 성적 만능 풍토의 고등학교 교실에서 선생과 다른 학생들로부터 따돌림을 당하던 열등생 강중연이 소설가가 되어 신문의 한 면을 차지하고 있었던 것이다.

'신개념 워드 프로세서' 덕분에 '나'는 베스트셀러 작가가 되지만, 그럼에도 불구하고 강중연에 대한 자의식은 떨칠 수 없다. '신개념 워드 프로세서'로 작성된 '나'의 소설은 지금까지 '나'가 살아왔던 삶처럼 '적당히' 신선하고 '적당히' 충격적인 것에 지나지 않기 때문이다. 상상력조차도 "육체가 길들인 사소한 습관의 지배를 받으며 오직 그 안에서만 활개치고, 증식하고, 비상하는……"(135쪽) 것에 지나지 않는 현실 속에서 상식선을 초과하는 신선함과 충격은 부담스러울 따름이다. 이상이 「날개」에서 말한 '가공할 상식의 병', 그 병균은 이제 '신개념 워드 프로세서' 프로그램으로 진화한 것이다.

그렇다면 이러한 상황에서 벗어나는 방도는 무엇인가. 학창 시절부터 '나'와는 달리 체계가 강제하는 삶의 궤도로부터 벗어나 있었으며 신개념 워드 프로세서로 글을 쓰지 않는 소설가인 강중연의 존재는 '나'의 규범적 글쓰기에 대한 반성적 시선을 도입하기 위한 설정인바, 이처럼 「신개념 워드 프로세서」에는 글쓰기를 매개로 체계의 시스템의 압력과 그로부터 벗어나고자 하는 욕망 사이의 대립이 그 기본적 구도를 이루고 있다.

3. 독신 까마귀 ─ 체계에 저항하는 삶

이런 맥락에서 '독신'은 체계의 시스템에 편입되지 않은 욕망의 근원을 형상화하기 위한 장치의 일종이라 할 것이다. 거기에는 우아한 백조의 삶이 아니라 천덕꾸러기 '까마귀'들의 삶이 놓여 있다. 독신의 여성을 주인공으로 설정하고 있는 「누구를 위하여 초인종은 울리나」와 「웨딩웨딩드레스」와 같은 작품이 그 대표적인 예에 해당된다.

우선 「누구를 위하여 초인종은 울리나」에서 잡지사에 다니던 '나'(서경)는 이 년 전 많은 기업들이 마치 "가짜 근육을 붙이고 다녔던 골다공증 환자"(218쪽)처럼 일시에 줄줄이 무너지던 때 일자리를 잃었다. 서경이 기거하고 있는 네 평짜리 원룸 또한 부실하기는 마찬가지다. 그곳은 폐쇄와 노출이 이율배반적으로 얽혀 있는 공간이다. 옆집에 누가 살고 있는지도 알 수 없을 만큼 폐쇄적이지만, 위층에서 소변보는 소리까지 들릴 정도로, 아무리 닫아놓고 살아도 다 들켜버리는 그런 곳인 것이다. 사실 서경의 옆집은 할머니 한 분이 혼자 살고 있는 곳이었음이 나중에 판명되지만, 서경은 벽 저쪽에서부터 세탁기 소음을 비롯, 아이의 울음소리, 아이를 혼내는 목소리 등의 환청을 듣는데, 이는 곧 이와 같은 폐쇄와 노출의 이중성이 결합되어 나타난 것이라고 할 수 있다.

그런가 하면 서경의 기억속에 자리하고 있는 할아버지의 집은 현재의 원룸이 그 속성으로 갖고 있는 부실함과는 대척적인 지점에 놓여 있는 공간이다. 그러나, 화려하지는 않지만 맞춤옷 같은 집이었고 사시사철 스물네 시간 언제나 열려 있던 그 집 또한 "개발 아니면 보존"(223쪽)의 이분법의 와중에서 초라한 상가건물로 바뀌기에 이른다. 바둑판 같은 타일을 마감재로 쓴 그 건물에는 지지배배 우는, 짚이나 흙을 물어다가 집을 짓는 배가 흰 제비가 아니라 도둑고양이처럼 저주받은 아기 울음소리를 내는, 배가 빨간, 이상한 제비가 돌을 물어다 상가건물같이 획일적인 느낌의 둥지를 짓는다. 할아버지는 결국 그 건물마저 팔고 '나'와 부모님이 사는 아파트로 옮겨오지만 아파트 생활에 적응하지 못하고 이 년 만에 폐암으로 사망한다. "모든 사람에게 맞추었다고 떠들지만 사실은 아무에게도 안 맞는"(232쪽) 기성복 같은 집이 곧 아파트이며, 그곳에서 사람들은 비슷한 수준, 비슷한 취향, 비슷한 마인드를 가진 "진정 평등한 세상"(232쪽)을 이루며 살고 있다. "할아버지의 사인은 폐암이 아니었다. 아파트였다"(232쪽)고 서경은 생각한다.

이와 같은 현대적 삶의 조건은 사람들 사이의 불신과 오해의 근원을 이루고 있으며, 그것은 곧 서경이 세상과 거리를 둔 채 평범한 유부남인 건우와 주기적인 관계를 가지면서 독신의 삶을 살아가는 이유이기도 하다.

  건우는 평범한 남자였다. 게다가 유부남이기까지 했다. 나는 그 점이 더욱 마음에 들었다. 그와 데이트를 해도 되고 섹스를 해도 되지만 굳이 그의 아내까지 될 필요는 없었기 때문이다. 남편이 나를 배신할까봐 불안에 떠는, 그런 아내가.(216쪽)

김현영 특유의 가벼움이 느껴지는 대목이라 할 수 있는 위의 인용에서 우리는 독신의 근거가, 일상에 발을 걸치고 있으면서도 삶 전체가 일상에 함몰되기를 거부하는 어떤 욕망에 놓여 있음을 확인하게 된다. 그리고 거기에는 '나'가 학생 시절 간절히 초인종을 누르던 기억, 곧 뒤쫓아오던 남자로 인한 공포에 어느 집 초인종을 미친 듯이 눌러대며 울고 있을 때 다가와 눈물을 닦아주던 남자의 손가락 사이에 감추어져 있던 예리한 면도날의 경험이 현실에 대한 근원적인 불신의 요인으로 가로놓여 있다. 그날 이후 "나는 아무도 믿지 않는 아이가 되었"(241쪽)던 것이다. 서경이 너무 허름하지도 너무 화려하지도 않은, 손님이 많지도 적지도 않은 평범한 식당을 찾는 이유도, 배달 시스템이 적용되는 상품은 무조건 믿지 않는 것도 불꽃놀이가 벌어지기라도 한 듯 환하게 불이 켜진 아파트에서 누구에게도 도움을 청할 수 없었던 그날의 경험에서 유래한 것이다. 현실의 공포로부터 조금씩 뒷걸음질칠수록 서경은 "이미 멸종해버린 지구상의 수많은 생물 가운데 하나"(228쪽)가 되어갈 수밖에 없다. 비단 서경뿐만인가. 지상이 더이상 인간의 거리가 아니게 된 상황에서 사람들은 이미 멸종한 생물처럼, 폭격을 피해 방공호로 숨기라도 하듯 지하의 음습한 미로 속을 헤매고 있다.

현실 속의 '나'의 의식에 심리적 위안으로 존재하던 할아버지의 '그 집'과 대조되는 부실과 소음으로 가득 찬 도시의 삶 속에서 '나'의 의식은 어디에도 자리잡을 곳이 없다. '나'가 벽에 정으로 구멍을 뚫어도 결국 거기에서 어둠만을 발견하는 것도, 그리고 '나'가 낯선 땅에서 봉변을 당하는 동남아시아 청년 프란체스코의 초인종을 미친 듯이 눌러대는 것도 이 때문이다. 아무에게도 들키지 않으려고 문을 닫아거는 한편 벽의 한쪽 구석을 정으로 쪼아대는 '나'의 모습은, 불안하게 유폐되어 있으되 공포스러운 시스템의 압력으로부터 어느 정도는 거리를 두고 있는 독신의 삶에 대한 집착과 그로부터 벗어나고자 하는 욕망이 교차하는 '나'의 의식의 투영일 것이다.

「웨딩웨딩드레스」는 여러 겹의 이야기 구조가 중첩되어 있는 형식으로 되어 있다. 이 소설은 표면상 M대 문예창작과를 졸업한 방송작가 '나'(현영)가 화자로 되어 있다. 실업상태에 있는 '나'는 경제적 능력이 있는 누군가를 만나야만 했기에 지금의 남편과 결혼했다.

　능력 있는 누군가를 만나야만 했다. 그런 내게 남자는 밖에서 일하고 여자는 안에서 살림해야 한다는, 가장 경제적인 생산방식인 분업이 당연시되는 사회에 산다는 것은 큰 축복이었다. 그리고, 그렇게 살기로 결심했다면 그런 사회가 내게 주는 여자로서의 덕목에 충실해야 했다. 그것은 운명이었다.
　아무리 반항해도 운명이 써놓은 소설의 끝을 바꿀 순 없는 것이다.(252쪽)

　'운명이 써놓은 소설'의 바깥으로 나가는 것이야말로 이 소설의 감추어진 주제라고 할 것이다. 이 주제를 추구하기 위해 작가는 의도적으로 '나'라는 캐릭터에 '현영'이라는 이름을 부여하고 있다. 그리고 그 곁에 '나'와 문예창작과 입학 동기인 소설가 H를 내세운다. 실상 H가 만들어낸 소설 속의 인물이 '나'(현영)라는 사실이 아래의 대목에 암시되어 있다.

　H를 만나고 있으면 나는 그저 그녀의 소설에 들어갈 재료에 불과한 것 같았다. 언젠가는 나를 닮은/닮지 않은 모습으로 저 건달의 소설 속에 서 있을지도 모른다고 생각하니 끔찍했다. 내 인생에서 진짜 같은 가짜는 남자와 결혼한 사실 하나만으로도 충분했다.
　어느 날, 마침내 그녀도 내게 아쉬운 소리를 했다. 방송국에서 편집 과정을 지켜보고 싶다는 것이었다. H는 '만남'을 테마로 한 소설 한 편을 청탁받은 상태였다. 방송 프로그램 편집 화면에 등장하는 어떤 여자와 소설 속 화자가 현실에서 만나게 되는 또다른 여자에 관한 이야기를 구상하고 있다고 H는 말했다. 두 여자 중 한 명은 관상어를 판다고 그녀는 덧붙였다. 숨겨둔 애인의 정체를 폭로하기라도 하듯 은밀하게.(252쪽)

방송 프로그램 편집 화면에 등장하는 한 여자가 '나'의 어린 시절의 목이 긴 여인이라면, 현실에서 만나는 또다른 여자는 곧 관상어를 파는 Y이며, 소설 속 화자는 '나'(현영)이다. H의 소설대로 '나'(현영)는 '관상어 파는 여자' Y를 만나고, 기억 속의 여인, 곧 '긴 목'과 '매듭'을 만난다. 능력이 없어서 결혼한 '나'와는 대조적으로 '관상어 파는 여자' Y의 경우는 결혼할 능력이 안 돼서 혼자 살고 있다. Y에게 독신은 삶의 한 방법이기보다는 계급에 가까운 것이다.

이처럼 '나'(현영)가 소설 속에서 만나는 세 사람은 모두 독신이라는 점에서 공통된다. 하지만 이 세 사람의 독신의 이유는 각각 구분된다. H에게 독신의 이유가 글쓰기라면 Y에게 그것은 경제적인 이유이다. 그런가 하면 긴목의 경우는 성적 정체성이 그 이유이다. 이러한 각각의 이유들은 글쓰기를 생업수단으로 현실을 살아가는 독신 여성의 의식을 중첩적으로 보여주고 있다고 할 수 있을 것이다. 소설 속에서 '나'가 "내 인생에서 진짜 같은 가짜는 남자와 결혼한" 것이라고 발언하는 이유 또한 여기에서 찾을 수 있다. 이렇게 본다면 김현영의 소설에서 독신의 시선은 체계에 편입되지 못한, 혹은 편입되기를 거부하는 의식에 기반하여 현실을 바라보기 위한 전략적인 시선이라고 할 수 있을 것이다.

4. 분열 까마귀 — 동시성의 체험과 현대성의 틈

김현영의 소설들은 철저하게 현재와 마주하고 있다. 거기에서는 미래의 시간을 앞당겨 전유하는 20세기적인 낙관적인 기대감을 전혀 찾을 수 없다. 연대기적인 시간이 무너진 자리에서 과거와 현재와 미래는 하나의 지점에서 서로 얽혀 새로운 시간으로 다시 태어난다. 꿈과 현실, 삶과 죽음이 교차하는 이 시간, 김현영은 그것을 '까마귀'의 시간이라고 제시하고 있다. 그러하기에 "과거의 까마귀가 오늘날의 나이고 나는 머나먼 미래의 또다른 까마귀일 뿐"(41쪽)인 것이다.

이렇듯 김현영의 이번 소설집에서 발견되는 특징 가운데 하나는 동시성의 체험의 형상화이다. 서로 다른 시간의 층위들이 동시에 경험되고 있다는 것, 혹은 서로 다른 곳에 있는 사람들이 동일한 사건을 경험하고 있다는 것, 그것은 모든 견고한 것을 녹여버리는 자본주의적 운동의 전지구적 팽창과 더불어 더욱 뚜렷하게 감지되는 현대성의 시간 경험에 다름아니다. 「사당역」과 「안달루시아의 올리브」는 이러한 동시성의 체험을 소설의 기본구도로 설정하고 있다.

「사당역」은 '나'가 인터넷에서 "저를 보디가드로 고용하십시오. 저를 고용하시는 분께는 후사하겠습니다"라는, 구인도 구직도 아닌, 어떻게 보면 둘 다이기도 한 이상한 광고를 보고 의뢰자를 찾아가는 장면으로 시작된다. 보디가드인 '그'가 '나'를 채용하기에 앞서 질문한 것은 특이하게도 '악몽을 꾸어본 적이 있는가, 자주 꾸는가'하는 것이 전부이다.

현실을 잊고 싶어 잠을 자고, 내 맘대로 꿈을 꾸고, 꿈에서 깨어나기 싫어서 억지로 또 잠을 자고…… 잠, 잠, 잠…… 그럴수록 현실은 멀어졌지만…… 잠을 자는 일은 내 생애 최고의 사치였다. 악몽이라니, 내겐 당치도 않은 말이었다.(161쪽)

상상 또한 현실의 제한을 받는, 현실의 다른 이름이기에, 현실에서 자신의 뜻대로 되는 것이 아무것도 없는 '나'는 악몽을 꾸는 대신 꿈 속에서 비현실적인 환상을 추구하거나 현실과 꿈의 불투명한 경계 속을 헤맨다. 하지만 경제적으로 무능력할 뿐 아니라 육체적으로 초라하고, 그러하기에 사회적으로 상승의 가능성이 보이지 않는 '나'의 처지에서 돈이 된다면 악몽이라도 못 꿀 이유가 없다.

보디가드가 '나'에게 전한 편지에는 '그'가 이와 같은 기이한 광고를 내게 된 사연이 적혀 있다. 그는 매일 밤 악몽에 시달리는 여류화가의 머리맡을 지켜주던 보디가드였다. 누군가가 머리맡을 지켜주면 신기하게도 그녀는 악몽을 꾸지 않았던 것이다. 그런데 문제는 보디가드를 고용하면서 그녀는 더이상 악몽은 꾸지 않았지만 동시에 그림을 그릴 수 없게 되었다는 점이다. 그녀의 그림은 간밤에 꾼 악몽을 털어내기 위한 절박한 생존의 몸부림이었으므로. 그녀에게 악몽은 그림(예술)을 위해 치러야 하는 일종의 대가였던 것이다. 그러하기에 그녀가 그림을 그리기 위해서는 다시 악몽에 중독될 수밖에 없다. 그렇다면 그녀가 선택한 것은 그림을 그려야 한다는 현실인가 아니면 그림을 위해 꾸어야만 하는 악몽인가. 이 지점에서 꿈과 현실은 서로의 꼬리를 물고 있는 뫼비우스의 띠처럼 경계를 허물고 순환적 고리로 연결되기에 이른다.

「안달루시아의 올리브」는 두 커플의 이야기가 서로 대응되면서 교차되는 형식으로 이루어져 있다. 한 커플이 여선생과 남학생 사이의 금지된 관계라면, 다른 커플은 둘 다 여성인 커플인바, 이들 두 커플은 금지된 사랑을 하고 있기에, 그래서 세상에 속할 수 없다는 점에서 공통적이다. 그들이 걷고 있는 거리의 태양은 밝고 따뜻하지만 그것은 정상적인 지구인들만을 위한 빛이기에 그들에게는 방사능과 다를 바 없다. 사람들의 시선을 폭력으로 느낄 수밖에 없는 그들은 마치 외계인과도 같다.

옷차림 때문에 조금쯤 나이가 들어 보이는 남자. 그리고, 조금쯤 어려 보이는 여자. 생의 속도는 언제나 조금 빠르거나 조금 늦었다. 상대방을 향한 깊은 배려는 때때로 뚝배기 속에 들어간 숟가락처럼 충돌하기도 하고 이렇게 엇박자로 나가버리기도 하는 것이다.
생의 엇갈림 속에서, 그들은, 서성댄다.
가남휴게소 주인이 아이스크림 냉동고에 서린 서리를 닦다 말고 홀린 듯 남자와 여자를 바라보았다. 그들을 보고는 있지만, 그들을 통과해서, 무언가 다른 것을 보고 있는 듯한 눈빛이었다.(185쪽)

이들이 일상의 시간과는 다른 세계에 접근할 수 있는 것 또한 이들이 품고 있는 욕망이 시스템으로부터 배제된 금기의 일종이라는 사실과 관련이 있을 터이다. 그러하기에 외부와의 관계가 단절된 이들은 스스로를 '얇고 투명한 막'에 둘러싸여 있는 존재로 느낀다. 그들을 결박하고 있는 것은 타인의 시선이 아니라, 타인의 시선으로 스스로를 바라볼 수밖에 없는 그들 자신의 의식이다. 진정한 자아는 그

얇고 투명한 막 너머에 존재하고 있다는 존재 상실의 느낌 또한 이러한 의식에서 연원한다. 그렇다면 이러한 존재 상실의 느낌은 곧 현대성의 시간 경험 속을 살아가는 주체의 것이 아니겠는가. 김현영의 소설에서 동시성의 체험은 이처럼 자아 상실의 감정으로부터 발원하고 있으며, 그것은 또한 현대성의 균열에 대응되는 것이라는 점에서 그 현실적 의미를 갖는다.

5. 고흐의 까마귀 — 현대성의 틈을 뚫는 열정의 형식

김현영의 까마귀는 이상의 까마귀에 닿아 있는 한편, 고흐의 까마귀와도 연결되어 있다. 그것은 곧 기존의 예술적 전통으로부터 벗어난 새로움의 영역으로 나아가고자 하는 정신적인 추구의 한 부분을 표상하고 있는바, 이번 소설집 『까마귀가 쓴 글』에 실려 있는 「그의 리볼버」나 「꽃 핀 아몬드 나뭇가지」와 같이 고흐의 작품과 삶이 소설의 모티프로 등장하고 있는 것 또한 이러한 추구의 방향성과 연관되어 있다. 김현영의 소설들은 일상 속에 내재된 틈이랄까 일상적 시선으로 포착되지 않는 맹점들을 그만의 언어로 형상화하고 있는바, 그의 소설들의 언어가 후기인상파의 그림을 닮아 있는 것 또한 이러한 맥락에서 말해질 수 있을 듯하다.

「꽃 핀 아몬드 나뭇가지」는, 마치 카프카의 「변신」의 주인공 그레고르 잠자가 어느 날 아침 잠에서 깨어 벌레로 변신한 자신의 모습을 발견하듯, 어느 날 주인공 시민 K가 아침에 일어나 소리를 들을 수 없게 된 자신을 발견한다는 상황 설정으로 시작된다.

소리에, 소음에 진절머리를 내긴 했지만 그건 이미 그녀 삶의 일부였고 그녀의 육체에 저장된 새로운 유전자였다. 소음에 대한 거부는 어떤 의미에서 자신의 존재를 부정하는 것과도 같았다.(17쪽)

현대의 도시적 생활공간에서 소음은 피할 수 없는 것 가운데 하나이다. 소음은 신체 혈관 속에 흐르는 피톨처럼 당연하다는 듯이 우리의 삶을 헤집고 다닌다. 미세하게 분할된 시간적 질서 위에 기초한 현대적 삶에서 소음은 낮과 밤을 가리지 않는다. 사방에서 부수고 뜯어고치는 소리가 들려온다. 그러하기에 그것은 진절머리나는 것이기는 하지만 이미 우리 삶의 일부이며 '육체에 저장된 새로운 유전자'에 다름아니다.

시민 K에게는 새삼스런 깨달음이었다. 그녀는 그제야 알 것 같았다. 사람들과 많은 이야기를 나눌수록 점점 더 공허해지는 까닭을. 알 수 없는 이유로 인해 시민 K는 지금 자기 목소리밖에 들을 수 없는 처지가 되었지만, 따지고 보면 인간이란 족속은 누구나 다 그녀와 같은 처지였다.(26쪽)

'자기 목소리밖에 들을 수 없는 처지'에 놓인 시민 K의 운명이란 따지고 보면 인간 모두에게 해당되는 것이 아닌가. 가령 인간은 누구나 타인이 듣는 '나'의 목소리를 들을 수 없는 운명 속에 놓여 있다. 녹음기에서 들려오는 '나'의 목소리는 마치 타인의 음성처럼 낯설다. 이렇듯 상상계 속을 헤매는 인간에게 자기가 듣는 자기 목소리 이외의 모든 소리는 타자의 목소리일 수밖에 없다.

　　정체는 쉽게 풀리지 않았다. 하여간 다들 뭐 볼 게 있다고. 그는 짜
증 섞인 목소리로 말했다. 물론 시민 K의 귀에는 들리지 않았다. 그는
자신도 그 '다들' 중의 하나임을 미처 모르는 모양이었다.(26쪽)

　자기 목소리밖에 들을 수 없다는 것이 인간이 처한 한 가지 숙명이
라면, 타자의 세계를 바라보고 있는 자기 자신을 타자의 시선으로 바
라볼 수 없다는 것은 인간의 또다른 운명의 하나이다. 자신이 마치
그 세계 속에 없는 듯이 '나'는 초월적 자리에서 세계를 바라본다. 이
렇듯 '바라보는 나'와 '보여지는 나'는 날카롭게 구분되어 저마다의
고유한 세계를 살아가고 있다. 그러하기에 원리적으로 다른 사람들
과 이야기를 나누면 나눌수록 단절의 벽은 두터워지고 그에 비례하
여 공허의 심연은 깊어진다. 둘이 있을 때의 고독이 이인분이라면 수
많은 사람들이 군집한 공간에서 '나'가 느끼는 고독은 공포에 가깝
다. 그렇다면 이 닫힌 세계로부터 벗어나는 방법은 무엇인가.

　　그의 눈을 찌르는 순간, 시민 K는 세상의 모든 고름이 자신을 향해
파죽지세로 몰려오는 걸 느꼈다. 자신의 몸이 한 개 종양이 되어 발갛
게 부풀어오르는 걸, 마침내 폭죽처럼 터져버린 걸, 그녀는 생생히 느
끼고 있었다.(33쪽)

　'나'는 결혼을 앞둔 약혼자, 약혼자임에도 불구하고 타인의 목소리
를 들을 수 없는 상황 속에 놓여 있는 '나'의 처지를 전혀 이해하려

들지 않는 '그'의 눈을 젓가락으로 찌른다. 이러한 우발적이고 파괴적인 '나'의 갑작스런 충동은 어떠한 동기에 연유하고 있을까. 그러한 충동은 유폐된 자신의 의식으로부터 벗어나고자 하는, 타자의 세계와의 소통을 갈망하는 '나'의 무의식적 욕망으로부터 발원하는 것일 터이다. 그것은 그러한 광기를 미학적으로 처리하고 있는 다음 대목에서 보다 분명하게 드러나고 있다.

눈을 감싸고 있는 그의 손가락 사이로 검붉은 핏방울이 꽃잎처럼 뚝뚝 떨어져내렸다. 불현듯 시민 K의 머릿속으로 어떤 그림 하나가 떠올랐다. 하늘색 바탕 위에 꽃이 잔뜩 핀 나뭇가지를 그려놓은 그림, 그것은 대학 시절 시민 K가 유럽 배낭여행중에 보았던 그림이었다. (33쪽)

약혼자 '그'의 눈을 찌른 후 눈을 감싼 '그'의 손가락 사이로 핏방울이 뚝뚝 떨어져내리는 장면을 보면서 문득 시민 K의 머릿속에 떠오른 그림은, 제목에 제시되어 있듯 빈센트 반 고흐의 〈꽃 핀 아몬드 나뭇가지〉이다. 이 그림은 동생 테오의 득남(동생 테오는 그 아이의 이름을 형의 이름을 따서 빈센트라고 지었다)에 대한 축하의 마음을 담아 형 빈센트가 그려 보낸 조그마한 그림이다. 그렇다면 소설 속 '나'의 눈 찌르기란 반 고흐의 귀 자르기 행위에 대응되고 있는 것은 아닌가. 반 고흐의 이야기는 이 소설 「꽃 핀 아몬드 나뭇가지」의 심층에 놓인 또하나의 텍스트라고 할 것이다. 반 고흐의 죽음을 새롭고도 특이한 관점에서 조명하고 있는 「그의 리볼버」의 발생 근거 또한 여기에서 찾을 수 있다.

시민 K는 누군가가 거대한 지우개로 자신의 소리를, 자신을 둘러싼 배경을, 그리고 마침내 자기 자신을 지워버리고 있다고 생각했다. 그건 어쩌면 무난했던 삶에 대한 형벌일지도 몰랐다.

"번데기처럼 긴 잠을 자고 싶군……"

최후변론이라도 하듯 시민 K가 말했다. 그것이 그날 시민 K의 입에서 나온 마지막 말이었다.(35쪽)

카프카의 「심판」에서 이유 없이, 아니 자신이 전혀 알 수 없는 이유로 체포된 요제프 K가 낯선 두 사내에 의해 죽음을 당하면서 행한 최후변론이 "개같이……"였다면, 「꽃 핀 아몬드 나뭇가지」에서 이유를 알 수 없이 소리를 들을 수 없게 된 '나'가 최후변론을 하듯 내뱉은 말은 "번데기처럼 긴 잠을 자고 싶군……"이다. 작가는 '나'가 처한 이런 부조리한 상황을 '무난했던 삶에 대한 형벌'이라고 파악하고 있다. 곧 평탄하게 흘러가는 일상은 그 이면에 존재의 상실감을 필연적으로 동반하고 있다는 것이다. 일상의 사소한 균열을 만나면 언제든지 그 틈을 뚫고 나오는 허무적 감정, 그것은 예술의 발생적 근원에 다름 아닌바, '나'가 세계의 부조리와 마주하는 순간 고흐의 〈꽃 핀 아몬드 나뭇가지〉를 떠올리는 장면 또한 이러한 맥락에서 설명될 수 있을 것이다. 이 소설에서 부분적으로 암시된 이러한 가능성은 고흐의 일대기를 소재로 취하고 있는 「그의 리볼버」에서 본격적으로 추구된다.

「그의 리볼버」는 고흐의 일대기가 작품의 중심에 들어와 있다는 점에서, 고흐의 이미지가 부분적으로 삽입되어 있는 「꽃 핀 아몬드 나뭇가지」에서 한 발 더 나아간다. 작품 속에서 고흐의 삶과 관련된 고유명들은 조금씩 변형되어 있다. 가령 반 고흐는 '반고후'로, 고흐의 동생 테오는 '반태후'로, 테오의 아내 요한나는 '오한나'로, 고흐의 동료 고갱은 '고'로, 가셰 박사는 '가새리' 박사로, 도비니는 '도빈희'로, 오베르 마을은 '오보리' 마을로 각각 조금씩 변형되어 있다. 이와 같은 고유명사의 부분적인 변형은 이 소설이 고흐의 삶의 일대기에 바탕을 두고 있으되, 그럼에도 불구하고 고흐의 삶을 형상화하는 것이 이 소설의 궁극적인 목적이 아님을 분명하게 드러내고 있다.

때는 바야흐로 세계대전이 막바지로 치달을 무렵, 수도에 살고 있는 조카의 결혼식에 참석하고 시골 마을 오보리로 돌아오던 방그래 씨는 까마귀가 날아다니는 보리밭에서 '갑자기 자신의 왼쪽 귀를 뚫고 들어왔다가 재빨리 오른쪽 귀를 뚫고 달아난 어떤 소리'를 듣는다. 그 순간 공간은 두 겹으로 분리된 채 흔들리고 있는 것처럼 느껴진다. 잠시 정신을 잃고 깨어난 그의 옆에는 만년필만한 크기에 작은 손잡이가 달려 있는 금속 재료의 낯선 물건이 놓여 있다.

상상이 오히려 현실을 따라가지 못하는 때가 올지도 몰라. 문득 그런 말이 떠올랐다. 결혼식 피로연에서 누군가가 그에게 들려주었던 말이었다. 이상한 소리, 두 개의 태양, 그리고 낯선 물건…… 그가 영원의 모습이라고 생각했던 보리밭을 짧은 순간 강하게 교란시킨 것들이었다. 낯선 물건, 어쩌면 그것은 인간이 상상할 수 없는 어떤 현실이 존재한다는 강력한 증거일지도 몰랐다. 홰치는 닭처럼 그의 목덜미가 한차례 부르르 떨렸다. 보리밭에는 빠른 속도로 땅거미가 내리고 있었다.(77~78쪽)

방그래 씨가 겪고 있는 이 모순된 감정, 곧 "자신을 둘러싼 공간과 자신의 감정 사이에 놓인 모순"(77쪽)의 틈 속으로 "칠십 일 정도를 오보리에서 살다가 자살한 19세기 말의 화가"(73쪽)의 삶이 끼어든다. 그 화가 반고후는 "생의 본질을 향해 격렬하게 투신하는 그림"(80쪽)을 꿈꾸고, 그의 동생 반태후는 자신의 모든 것을 던져 이 불행한 화가의 의지를 불태우고자 하지만, 그를 둘러싼 세상은 그의 이러한 열정을 알아차릴 준비가 아직 되어 있지 않다. 그러나 그의 불안은 자신의 예술적 능력을 알아차리지 못하는 세상에 대한 불만으로부터 온 것이 아니다. 그것은 '그들', 곧 미래로부터 온 정체를 알 수 없는 사람들로 인한 것이다.

그가 마지막 까마귀를 그리고 있을 때였다. 강렬한 섬광 하나가 포물선을 그리며 지평선으로 낙하했다. 그는 반사적으로 눈을 감았다. 그들이 왔다! 그는 직감했다. 곧이어 그는 자신의 왼쪽 귀를 뚫고 들어왔다가 재빨리 오른쪽 귀를 뚫고 달아나는 어떤 소리를 들었다. 그다지 큰 소리는 아니었지만 교묘하게 뇌파를 교란시키다가 몹시 불쾌한 여운을 남기는 소리였다. 소리가 들린 것과 동시에 그의 눈에는 태양이 두 개로 보이기까지 했다. 어쩌면 정말로 두 개의 태양이 뜬 건지도 몰랐다.(113쪽)

섬광을 타고 나타난 '그들'은 반고후에게 그의 그림이 오랜 시간이 지난 후 비싼 값에 팔리게 될 것을 예언한다. 이 소설 가운데 등장하는 〈가새리 박사의 초상〉, 곧 고흐가 그린 마지막 초상화이자 미술 경매품 가운데 가장 높은 경매가를 기록한 〈가셰 박사의 초상〉이 그려진 것 또한 이와 같은 열정과 불안 사이에서이다. 거기에는 "오랫동안 지켜보아야 할 얼굴, 어쩌면 한 세기가 지난 후에야 뜨거운 열망으로 돌이켜보게 될 현대의 얼굴"(107쪽)이 담겨 있다. 김현영이 이 소설을 통해 그려내고자 하는 것 또한 이와 관련이 있을 터이다. 곧, 반고후를 죽음으로 이끈 것은 그가 미리 보아버린 한 세기 이후의 세계와 그가 몸담고 있는 19세기 사이의 거리가 만들어놓은 깊은 심연이었던 것이다.

　　시스템에 이상이 생겼어! 젠장, 총이 없어졌다고! 그들이 말하는 소리가 들렸다. 그리고 그의 심장과 서혜부 사이에서 붉은 피가 쏟아지기 시작했다. 도대체 어디로 떨어진 거야? 몇년도랑 겹친 거냐고? 몰라, 모르겠어, 55년에서 60년 사이라는 것밖엔. 여기는 늘 똑같단 말이야. 달라진 지형지물이 하나도 없다고. 제기랄, 그러니까 총이 언제로 떨어졌는지 모른다는 거 아니야.(114쪽)

그 깊은 심연에 빠져버린 반고후의 리볼버는 20세기 중반의 방그래 씨의 손을 거쳐 그가 죽은 21세기 초 이 소설을 쓰고 있는 김현영에게로 넘어왔다. 그 총은 김현영을 비롯하여 시스템의 포위 속에서 자기만의 세계를 발견하고자 기도하는 모든 이들의 심장을 겨누고 있는 것이 아닐까. 그렇다면 '그의 리볼버'는 인간이 상상할 수 없는 어떤 현실로부터 겨누어진, 말하자면 예술이 그려내고자 하는 미래의 세계에 대한 메타포의 일종이 아니겠는가. 「그의 리볼버」가 현대적 상황 속에서 글쓰기에 대한 자의식을 형상화하고 있다는 판단 또한 이러한 맥락에서 설명이 가능하다.

6. 현대성의 균열로부터 흘러나온 욕망의 표정

『냉장고』이후 발표한 여덟 편의 소설이 실려 있는 김현영의 두번째 소설집『까마귀가 쓴 글』은 이처럼 '까마귀'의 이미지들이 변주해낸 다채로운 폭을 가지고 있다. 거기에는 시장사회 속 문학의 존재방식에 대한 자의식이 바탕을 이루고 있는 한편, 인간세계에 대한 우화적인 풍자가 담겨 있기도 하고, 후기자본주의사회 속에서 겪는 독신 여성의 의식세계가 펼쳐져 있는가 하면, 반복되는 운명 속에 놓인 삶의 이면에 대한 투시가 드러나 있기도 하며, 불행한 삶의 살았던 한 예술가의 일대기가 새로운 시선으로 포착되어 있기도 하다.

김현영의 소설들은 이처럼 다양한 폭을 지니고 있지만, 그럼에도 불구하고 거기에는 현대적 일상 속에 내재된 균열로부터 흘러나온 욕망의 일그러진 표정들이 아로새겨져 있다는 점에서 한 가지 주제로 일관되게 엮여 있다. 김현영은 현대성의 균열과 그로부터 흘러나온 욕망의 표정들을 그만의 독특하고도 돌출적인 감수성과 상상력으로 포착하여 경쾌하면서도 견고한 그의 언어로 형상화하고 있다. 그의 소설 언어는 비애와 명랑, 차분함과 경쾌함을 동시에 갖추고 있으며, 그러하기에 날카로우면서도 따뜻하다. 그가 현실에서 발견하여 소설 속으로 옮겨놓은 현대성의 균열들이 만만치 않은 흡인력을 내장하고 있는 이유 또한 여기에 있다.

작가의 말

　사랑하는 친구가 파란 꽃병과 하얀 장미를 주고 갔다. 너무 뜨거운 나머지 오히려 푸르게 타오르는 별들과 너무 순수하기 때문에 결국 엔 창백하게 지쳐버릴 수밖에 없는 어떤 꿈에 대해서 나는 생각했다. 사랑했다. 그럼에도 불구하고 그것들은 아주 빨리 시들어갔다.

　어떤 이는 내 방을 노란 나비로 가득 채워주었다. 일 주일에 두 번 은 물을 줘야 해. 그 사람의 당부를 나는 잊지 않았다. 노란 나비들과 해바라기도 하고 신선한 공기도 나눠마셨지만 지금 내 곁에 남아 있 는 나비들은 반이 채 되지 않는다.

　그뿐이 아니다. 아파트 베란다에서 살고 있는 나의 토마토는 부상 병처럼 온몸에 부목을 대고 있다. 잘 자라던 고추들도 비료를 먹고 새카맣게 타들어간다. 인마, 정신차려. 내가 너에게 준 것은 비료야, 비료. 비소가 아니란 말이야. 나는 안타깝게 외쳐본다. 그러나 그것 들은 여전히 힘겨워할 뿐이다. 나의 사랑을.

나는 때때로, 아니, 아주 자주 생각한다. 어쩌면 내가 '에드워드 가위손'의 운명을 갖고 태어났는지도 모른다고.

손가락 대신 가위를 달고 살아야 하는 그는 사랑하는 사람의 손을 잡을 수 없다. '보통' 사람들처럼 손을 잡았다간 연인의 손가락이 모조리 싹둑 잘려나가고 말 테니까. 연인의 몸에 상처를 내지 않고는 연인을 안아주지도 못한다. 사랑하면 할수록 그는 연인에게 점점 더 크고 깊은 상처를 남길 수밖에 없다. 그런 그에게 주어진 사랑법은 오직 이것뿐이다. 사랑하는 사람을 떠나 홀로 성에 고립된 채 가위손으로 연인의 형상을 얼음조각하는 것, 얼음가루가 연인의 창 밖에서 연서처럼 흩날리길 꿈꾸는 것, 그리하여 마침내 눈의 기원이 되는 것……

참 이상한 일이다. 내 손에 들어온 식물들은 늘 요절하고야 만다. 그것들에게 난 아무 짓도 하지 않았다. 그저 '남들처럼' 사랑했을 뿐이다. 남들처럼, 꼭 그렇게. 난 내 잘못이 아니라고 생각했다. 공교롭게도 약한 것들이 내게 왔던 거야, 그저 운이 좀 나빴을 뿐이야…… 나는 단지 그렇게 믿었다.

"사실 나는 일생 동안 내가 접하는 인간들, 세상을 가득 메우고 있는 인간들이 보여주는 혼란스러운 '정상성'에 익숙해지는 것이 몹시 어려웠다. 내 생각에는 생길 수도 있을 만한 일들이 절대로 생기지 않는 것도 의문이었다. 나는 인간 존재가 너무도 개인화되지 않은 것, 그리고 그들이 언제나 가장 엄격한 순응주의 법칙에 따라 행동하는 것을 이해할 수 없었다."

살바도르 달리의 자서전을 읽다가 위의 문장에 이르렀을 때 나는 퍼뜩 척추를 곧추세웠다. 노란 나비가 가득한 방 안에서였다.

나는 심지어 그 문장에 밑줄을 긋기까지 했다. 꼭 손을 씻은 후에야 책을 펴들고 책장을 넘길 때에도 손가락에 절대 침을 바르지 않던 나였다. 밑줄씩이나 긋는다는 건 정말 흔치 않은 일이었다. 하지만 달리의 그 말은…… 그렇다, 평소와 달리 흔적을 남기고 싶을 정도로 내게는 좋았던 것이다.

어쩌면 앞으로도 자주 나는 그렇게 밑줄을 그어가며 책을 읽게 될지도 모른다. 그건 내게 '생길 수도 있을 만한 일들' 중에 하나였던 것이다.

두번째 창작집 교정을 보며 새삼 이런 것들을 다시 생각했다. '남들처럼' 사랑하고 '남들처럼' 살아버린다는 게 얼마나 무서운 일인가를, 타인은 물론 세상 만물을 모두 자신의 잣대에 맞추려 하는 인간들의 폭력성을, 그리고 온힘을 다해 '개인화'를 저지하고 있는 교묘한 시스템들을……

나의 식물들이 그렇게 일찍 죽어갔던 건 모두 내 잘못이었다. 나는 '남들처럼' 사랑해선 안 되었다. 그런 식으로 사랑해선 오직 상처밖에 줄 수 없는, 나는, '에드워드 가위손'이었던 것이다. 그렇다. 어쩌면 가위손의 운명을 타고났을지도 모르는 게 아니라 분명히, 틀림없이, 나는 가위손인 것이다. 이제, 나는 인정한다. 눈의 기원이 되어야만 하는 나의 사랑법을…… 받아들인다.

방 안 가득 노란 나비들이 눈처럼 흩날리고 있다. 미숙한 내 사랑을 감당하느라 날개가 모조리 찢겨버린 가여운 나의 나비들……

그러나 어쩌면 그것은 남들과 다른 나를 인정하고 받아준 어떤 이의 사랑, 그럼으로써 흰 눈이 아니라 노란 눈의 기원이 되어버린 또 다른 누군가의 사랑일지도 모른다. 그렇다면 나는 새로운 나의 사랑

법을 받아들이는 용기로 다른 모든 이들의 사랑법 또한 받아들여야
하리라. 이 세상에서 가장 창조적인 힘이자 가장 평등한 제도는 바로
사랑이기에.

2003년 여름

김현영

문학동네 소설집
까마귀가 쓴 글
ⓒ 김현영 2003

초판인쇄 │ 2003년 8월 25일
초판발행 │ 2003년 9월 2일

지 은 이 │ 김현영
책임편집 │ 차창룡 조연주 이상술
펴 낸 이 │ 강병선
펴 낸 곳 │ (주)문학동네
출판등록 │ 1993년 10월 22일 제22-188호

주   소 │ 136-034 서울시 성북구 동소문동4가 260번지 동소문빌딩 6층
전자우편 │ editor@munhak.com
전화번호 │ 927-6790~5, 927-6751~2
팩   스 │ 927-6753

ISBN 89-8281-719-0 03810
www.munhak.com